在青藏高原的边关，
他们把自己站成了风景，任一片飘零的月光，孤独地遥望。

"北岳风"中国原创长篇小说系列

战士们

The Soldiers

范玉泉 著

山西出版传媒集团
北岳文艺出版社
BEIYUE LITERATURE & ART PUBLISHING HOUSE

图书在版编目（ＣＩＰ）数据

战士们 / 范玉泉著. — 太原：北岳文艺出版社, 2014.10
ISBN 978-7-5378-4223-5

Ⅰ.①战… Ⅱ.①范… Ⅲ.①长篇小说—中国—当代
Ⅳ.①I247.5

中国版本图书馆 CIP 数据核字（2014）第 224141 号

书　　名　战士们
著　　者　范玉泉
责任编辑　陈学清
装帧设计　阎宏睿

出版发行　山西出版传媒集团·北岳文艺出版社
地　　址　山西省太原市并州南路 57 号
邮　　编　030012
电　　话　0351-5628696（太原发行部）
　　　　　010-57427288（北京发行部）
　　　　　0351-5628688（总编办）
传　　真　0351-5628680　010-57571328
网　　址　http://www.bywy.com
E - mail　bywycbs@163.com
经 销 商　新华书店
印刷装订　山西人民印刷有限责任公司

开　　本　720×1030　1/16
字　　数　218 千字
印　　张　17.5
版　　次　2014 年 10 月第 1 版
印　　次　2015 年 1 月山西第 1 次印刷
书　　号　ISBN 978-7-5378-4223-5
定　　价　28.80 元

一

曹天佑一笑起来,孙浩宇就气不打一处来。

来琅琊的第一天,曹天佑让孙浩宇丢尽了面子。

他们俩坐在最后一排,刚下飞机时,两个人走在最后,完全按照医生的吩咐:走路要慢慢地走。

但是,这俩兄弟越走越慢,最后表演起了慢动作,抬个脚抬了半天,吓了美丽的乘务员乔梦琪一跳。

乔梦琪以为他们不舒服,现在飞机降落在赤壁机场,完全有可能是高原反应。

乘务长乔问筠目光犀利,说:两个猪头三。

乔梦琪不解:既然是两个,怎么会是猪头三呢?

善良的乔梦琪连忙跑到了过去,温柔而客气地问,两位兵哥哥哪里不舒服?

孙浩宇说,姑娘,怕是你不舒服吧?

曹天佑说,你怎么说话呢? 我们很好,就是动作慢了点。

说着,曹天佑还用他那胖手比画着。其实动作并不大,但曹天佑手背上的那四个指窝一下子暴露了出来。乔梦琪从未看见过如此圆润完美的指窝,她看呆了。

由于乔梦琪的热情和关心,曹天佑和孙浩宇停下了慢动作表演。

但此时,除了他俩,飞机上穿军装的人全部下完了。

飞机下面,正在点名。

他们俩赶快跑出机舱,正要冲下舷梯,就听到一个熟得要命的声音:站住!

这是大队长刘鹏涛的声音。

这个声音化成灰孙浩宇也能听出来。

他们俩立刻站在舷梯上不敢乱动。

刘鹏涛停止了点名,冲他俩喊,哪怕是头猪都下飞机了,猪老是坐在飞机上干什么?

听了这种训斥,孙浩宇习以为常,曹天佑却气得要命。

站在机舱门口的乔梦琪却笑出了声,这笑声只有孙浩宇和曹天佑听得到。

曹天佑稍微转了一下头,说,没见过这么漂亮的猪。

这时,刘鹏涛又喊了,你俩给我滚下来!

曹天佑连滚带爬,钻进了队列里。

孙浩宇慢慢地走下舷梯。

刘鹏涛看着他,鼻子哼了一声。

二

此时是凌晨零点二十分。

机场的三月,寒风刺骨。

因为要赶时间,官兵们正忙着从飞机上御东西。

孙浩宇抱着三箱方便面,撞了一下曹天佑,问,不是说走路要慢慢地走吗?

曹天佑说,你慢点就是了。

孙浩宇说,你别不识好歹,你那么肥,我在替你想。

曹天佑说,不劳驾了,早就有人替我想好了。

孙浩宇说,屁,想好了让你来琅琊?

曹天佑说,我怎么知道我要来琅琊?

孙浩宇说,搞了半天你也不知道啊!

曹天佑小声说,知道就好了。

说着说着,所有东西就卸下来了。

由于这里是3700米以上的高原,风太大,飞机不具备直航条件,从永昌到琅琊是临时申请的航班,所以刘鹏涛又跑到飞机上,说,你们的住处我们都安排好了,下来吧!

乔问筠说,你们让飞就飞,让下就下,这是什么道理?

刘鹏涛歉意地说,我不会开飞机,我要是会开,就不麻烦你们了。

乔梦琪想笑又不敢笑。

三

其实在早上吃早点的时候,曹天佑还是想替乔梦琪打一碗稀饭的。

乔问筠眼睛瞪得铜铃大,你们不就是几个小兵吗?不要打小乔的主意。

当时,想给乔梦琪打稀饭的大有人在。

刘鹏涛双眼血红,居然冲乔问筠笑笑,大姐,实在对不起了。

乔问筠眉毛一扬,问道,凭什么你喊我大姐?

孙浩宇想,可能是高原反应的缘故,否则刘鹏涛也不会那么傻。

刘鹏涛说,大姐,你是不是想让我喊你小姐?

孙浩宇还没笑出个样子来,曹天佑就笑得不成样子了。

刘鹏涛没笑,他把一碗稀饭递到了乔问筠的手中。

此时,孙浩宇发现,刘鹏涛居然蹲了下来。

刘鹏涛居然也会温柔地说话,乘务长同志,我们怎配打人家的主意?昨晚也就是大家第一回坐飞机,才会给小乔同志添了很多麻烦,所以才累病了。我代表所有没有坐过飞机的官兵向小乔同志致敬。

刘鹏涛一下子站起来,向靠在背囊上的乔梦琪敬了一个礼。

乔梦琪勉强笑了笑,脸色惨白。

孙浩宇说,曹天佑,昨天你的话最多,乔梦琪就是因为你话多才生病的。

刘鹏涛回过头来说,瞎说,她是高原反应。

孙浩宇说,那你还向她敬礼?

刘鹏涛说,我是想让她舒服点。

听了这句话,孙浩宇的火气又来了,怎么不能让我舒服点呢?

刘鹏涛是机动大队大队长,孙浩宇是机动一中队一排一班(战斗班)副班长。

孙浩宇当不上班长的原因是:刘鹏涛不让当。

教导员关智宸和副大队长张立轩都看好孙浩宇,一班还没有班长。

刘鹏涛说,会打个篮球就可以当班长?那乔丹是不是要当联合国秘书长?

这话真是无懈可击,孙浩宇虽然很生气,但刘鹏涛搬出乔丹来,打篮球的都知道,此人是篮球界的如来佛,孙浩宇只能认了。

副班长代班长,孙浩宇很不爽,可大队长不同意,又能怎么样。

四

孙浩宇作为战斗班代理班长,和炊事班的人打交道的时间不算太多,第一次到琅琊,他生曹天佑的气是有原因的。

他正好和曹天佑坐一起,当时是三个人,另外一个战友看曹天佑那么胖,就到别处去了。

反正是包机,没坐满。

要吃晚饭时,乔梦琪发饭,曹天佑有点死不要脸地说,我们是三个人的,你要发三份。

这不重要。重要的是乔梦琪真的发了三份,还对坐在过道上的曹天佑说,慢慢用。

当然,孙浩宇得到了一份,另两份被曹天佑吃了个一干二净。

但曹天佑在此时从座位上站了起来,他冲着乔梦琪说,姑娘,再给我三份,我没吃饱。

在整个飞机上,穿军装的坐过飞机的不太多,孙浩宇算是一个。

居然说再给我三份。

饭是可以再要的,但不兴这么要,太不讲究了。

因此孙浩宇一下子怒发冲冠,脑袋发热,站了起来,喊道:再给我三份,撑死我算了。

曹天佑很纳闷,三份怎么能撑死呢?

这时,美丽的乔梦琪也端着饭走了过来,先生,您的动机不纯,我已向你们领导汇报了。为了您的生命安全,再为您提供最后一份食品。

孙浩宇没吃,他看着曹天佑津津有味地吃完了三份米饭。他明白一个道理,对于吃饭,胖子是最有说服力的。

乔问筠过来了,对曹天佑说,先生,您胃口真好。

曹天佑说,不是先生,是兵哥哥。

孙浩宇说,先生怎么会吃那么多呢?

乔问筠大眼瞪着孙浩宇,先生,您怎么就不能吃那么多呢?

五

让孙浩宇最可气的还在路上呢。

曹天佑和孙浩宇虽然在一个支队,但不在一个单位,曹天佑是一个工作站的炊事员。哪知两人竟被分配坐在同一辆车上。

曹天佑早就坐好了,手里拿着干粮正往嘴里塞呢,一看孙浩宇上了车,屁股挪了挪,喊道,快,这里有位置。

有个鬼,挪了半天也没挪出一寸宽的地方。

孙浩宇一脸厌恶,没有好气地说道,你想挤死我啊!

曹天佑看看刚才挪屁股的效果,也不好意思了,说,你坐别处吧,反正一辆车上,相互有个照应。说着,就把手里的压缩干粮递了过来,别客气。

孙浩宇说,刚吃了早点,你不怕撑着啊?

曹天佑说,撑不着。早晨我在灌开水,没来得及吃。

孙浩宇觉得自己稍微有点过,声音缓和了许多,说,那你吃吧,我吃过早点了。

曹天佑边吃边说,小乔的飞机该飞了吧,那姑娘太漂亮了。

孙浩宇说,大哥,我们这是去执行任务,你就不能严肃点。

曹天佑说,正是要去执行任务,才要找点乐子缓解一下紧张的情绪。

孙浩宇说,我一点也不紧张。

曹天佑说,你是不紧张,可紧张的人大有人在,今天早上还不是跟着飞机返回一个,还是个干部呢。

孙浩宇说,还有这事?不过回去也好,昨晚我冻得半死。

曹天佑说,是啊,在飞机上还可以和小乔说说话呢。说完,他爬了过来,太遗憾了,忘了留小乔的电话了。

孙浩宇说,你想干吗?

曹天佑说,没事吹吹牛。

孙浩宇说,还有时间吹牛吗?

曹天佑说,只要挤,时间还是有的。这是哪个名人说的?

孙浩宇说,反正不是我。

曹天佑搧了他一拳,你是多大的名人,不就是会打个篮球吗?

这句话又把孙浩宇激怒了,别用这种口气和我说话。会打篮球犯法吗?

曹天佑没想到孙浩宇发这么大的火,连忙说,别生气,别生气。我还不是因为打篮球才知道支队有你这么个人吗?

这句话让孙浩宇稍微受用些,他说,奶奶的,刘鹏涛说我打篮球比不上乔丹，所以不提我当班长。你说，这是什么狗屁理由，我要打得过乔丹，我会受冷受冻来这里。

曹天佑说，也倒是。他妈的，这个乔丹也太过分了，现在连篮球也不打了，反而影响你当班长，这事给我也想不通。

他们俩因为激愤，声音有点大，被二排长赵致远听到了。他站起来走到两人身边说，你们俩扯什么淡？人家刘鹏涛大队长是说不能因为你篮球打得好就可以当班长。

曹天佑说，我们也是这个意思啊，那个什么乔丹不是也没当过班长吗？

赵致远被气笑了，他不用当班长，他可以直接当将军。

曹天佑说，他都可以当将军，那孙浩宇为什么不能当班长。

赵致远被绕了进去，他气急败坏地说，反正当班长是和打篮球没关系的。

曹天佑说，看来要当上班长再打篮球。

赵致远彻底生气了，他睁大眼问，你有完没完？

曹天佑说，排长，你别生气，路途漫漫，我只是说说话解解闷，没别的意思。

赵致远瞪了他一眼，说，懒得理你。又回到自己座位上开始闭目养神。

孙浩宇说，不知道我们去的地方有没有篮球打？

六

曹天佑把一包压缩干粮消灭了，把剩下的碎渣渣倒在矿泉水瓶里，一口气喝干了。

孙浩宇本来挺讨厌曹天佑的，可通过打开水，还有刚才珍惜食物的模样，一下子反而觉得这个家伙其实挺可爱的。

可爱的曹天佑很快就睡着了，睡着就开始打呼噜。

那呼噜随着车轮一颠一颠，节奏感十足。

这富有节奏的呼噜成了催眠的良药，车里的官兵都昏昏欲睡。

在高原，昏昏欲睡也是高原反应的表现。

孙浩宇从不在运动中睡觉。

这倒给了他静静欣赏风景的机会。

路的两侧，是前几天还未消融的雪。那些长得不高的柳树，顽强地生出了绿色的芽苞。

马上就是春天了。

孙浩宇本来是要回家探亲的。他的二期士官马上期满，得回家找工作。

可命令来了，哪个战士愿意错过这种机会。

虽然到现在为止，孙浩宇还不知道要干什么。

但是，他还是和其他战友一样，第一时间递交了申请，要求执行跨地区边境防控任务。

晚上写的申请，第二天凌晨就宣布出发命令。

实际上，他们的申请没有哪个领导看过，也就是刘鹏涛定的名单。

他估计，他的申请还在关智宸的办公室。

这种事情，刘鹏涛是不会和关智宸商量的。

关智宸人不错，可软绵绵的做不了主。

想到这里，孙浩宇有点欣慰，这说明他是刘鹏涛定的。

刘鹏涛定他肯定是有原因的，但不是因为他会打篮球。

和他一起参军入伍的要不考了军校，要不学了技术，在机动队的，都当了班长，只有他还是副班长。

虽然出发前前指下了命令，他是一中队一排一班班长，但他还不能领班长的职务津贴。

这是非常令孙浩宇感到耻辱的一件事。

不过话说回来，能来执行任务，已经很不错了。好多递交了申请的战友，还不是没有来吗？

七

曹天佑醒过来的时候,部队到了山阳县城,已是晚上十点。

这里海拔4200米。孙浩宇没什么感觉,曹天佑有点不大对劲。他的脸色看上去很不好。吃方便面的时候,孙浩宇先把自己的递给了曹天佑。

曹天佑说,还是你先吃吧,我是后勤班的,是给你们提供保障的。

孙浩宇说,少来这一套,吃了再说。

看着曹天佑就着方便面吃了十根火腿肠,孙浩宇也有了食欲。可一把方便面喂进嘴里,他才觉得不是那么一回事。水的温度不够,方便面还是硬的。吃了两口,他就不想吃了。他正要把方便面倒掉,曹天佑说,我吃。没几口,他就吃了个精光。

孙浩宇发现曹天佑活过来了,气色好多了。

他根本就不是高原反应,是肚子里的能量不够。

吃完饭,前指副指挥长袁修杰集合部队,问,有没有人感觉不舒服?

队列里回答,没有。

队列外有人说,司马辰逸休克了。

队列外的人当然是有级别的人,司马辰逸是前指分管后勤的副部长。

医疗组组长华绍辉亲自出马,很快就把司马辰逸抢救过来。他说,司马副部长太劳累了,休息一下就好了。

曹天佑站在队列里,穿着短袖衬衣,打着哈欠小声说,司马副部长可千万不能倒下,他可是我们的吃喝拉撒总管。

袁修杰站在队列前,声音很大,问,那个胖子,你在说什么?

曹天佑看看四周,发现没有比他胖的人,就回答,没说什么。

袁修杰说,你给我小心点,这是高原,闭上你的嘴比什么都好。

曹天佑不作声,心里想,闭上嘴怎么吃饭啊?

袁修杰说,你们都给我小心点,看好自己的身体,我们还有很长的路要赶。

曹天佑又在想，我做不到，我连自己的脚都看不到，那可是我身体的重要组成部分。

袁修杰好像专门针对他一样，又说，尤其是身体胖的人，晚上睡觉要千万警觉，不要睡过去就醒不过来。

虽然是关心人的，但这话太难听。曹天佑心想，睡过去就睡过去，又不是睡现在，现在都好好的，说明过去早醒过来了。

好在袁修杰不知道他心里想什么，否则曹天佑可就不好过了。

晚上睡觉，曹天佑还在打他的呼噜，打得风生水起，惊涛拍岸，惊出孙浩宇一身冷汗。

孙浩宇一夜未眠。他是主动要求和曹天佑睡一个房间的。

八

这一晚，没合眼的还有医疗组长华绍辉和医生貂雯楠、护士甄小宓。

他们不放心。

这些人虽然是百里挑一，身体素质过硬，可绝大多数是第一次上这么高的高原。

永昌也叫高原，一和这里比，就是小巫见大巫。

今天是来高原的第一晚，医疗组的人都很紧张。他们每个房间都看了好几遍。

貂雯楠人高马大，精力充沛，人也热情。

孙浩宇已告诉她他会看着曹天佑的，可貂雯楠还是来了三回。看着曹天佑张着大嘴，鼾声如雷，貂雯楠说，老兵，你还是休息一下吧。

孙浩宇说，我睡不着。我看医生你倒是该休息休息了。

貂雯楠笑笑说，这是我的职责。转身走了。

孙浩宇真希望她多说几句话，他一个人听着曹天佑的鼾声和窗外呼呼的风声,真是无聊。

孙浩宇算了一下,自己有20多个小时没合眼了,居然如此清醒。

曹天佑一觉醒来,已是早上七点多。

他看了一眼孙浩宇,问,你早醒了?

孙浩宇说,我没睡。

曹天佑一脸感激,说,都是我害的,我其实没事的,身体好得很。

孙浩宇笑了,说,不是你害的,是我睡不着。

曹天佑说,有心事?

孙浩宇说,没。就是没睡意。

曹天佑认真地说,那可不行,不睡觉扛不住,今晚我守着你。

孙浩宇说,别。今晚还不知干什么呢?

曹天佑说,也倒是。我们深夜从支队出发,凌晨上了飞机,这马不停蹄,一直在赶路。

孙浩宇说,只说去执行重要任务,不让问,不让告诉家里人。你看我们的车牌全都蒙上了,看来确实是重要任务。

曹天佑说,难怪呢!

孙浩宇问,难怪什么?

曹天佑想了想说,我说了你得保密。

孙浩宇说,好。

曹天佑说,支队定名单时没我,是我叔叔打了招呼的。我这么胖,怎么能被选上呢?

孙浩宇问,你叔叔是谁?

曹天佑说,总队曹副参谋长。他说这种重大行动一定要去,说不定可以立个一等功转干呢。

听了这话,孙浩宇心里也热了一下。

这时,起床的哨声响了。

九

袁修杰声音很大,华组长,人都没事吧。

华绍辉慢慢吞吞走到袁修杰跟前说,所有人都没事,倒是把甄小宓累着了。

甄小宓身体单薄,人见人怜,一路都在照顾别人,不是量血压就是发高原药,一刻也没闲着。

袁修杰说,你们当医生的也要注意点啊。

华绍辉说,注是注意了,可她几乎没休息。

袁修杰说,你一定要保证她好好的,否则你回去算了。

华绍辉说,那是肯定的,她还要保证你们领导好好的。

袁修杰说,那她就在车上休息吧。

华绍辉慢慢吞吞转过身,边走边想,车上要能休息好,要医院干吗? 我要是回去,你能找谁去?

他找到刘鹏涛说,你得让大家加上衣服。这不是永昌,穿个短袖怎么行啊?

刘鹏涛又吹了一下哨子,扯开嗓子喊,都给我换成迷彩服,加上衣服。

貂雯楠问刘鹏涛,你叫那么大声,头晕不晕?

刘鹏涛说,没事啊,还可以再大点声。高原不过如此嘛。

貂雯楠说,果然是机动大队的大队长,来高原上也这么威风啊!

刘鹏涛说,没办法,要带出如狼似虎的兵。

关智宸就在一旁,事不关己似的望着远处的雪山。

孙浩宇心想,同样是机动大队的领导,差距太大了。

出了山阳县城三个小时,部队分两个车队往两个方向走。

一个方向是长板坡,和N国接壤;另一个方向是五丈原,也和N国接壤。

刘鹏涛的部队跟着袁修杰往长板坡,另外一拨人马前往五丈原。两拨人马在戈壁上分开了。

两个女同志貂雯楠和甄小宓也和袁修杰一路,理由是长板坡条件好一些,女同志生活方便些。

曹天佑嘴里又在嘟哝,不就是每天量个血压嘛,还要找这些可笑的理由。

这次他只是说给自己听。

这话当然不能说给袁修杰听。

袁修杰和他叔叔同为总队副参谋长,他叔叔排名靠前,袁修杰还是他叔叔带过的兵。

袁修杰早就认识他了,每次出差,都要去看他。

昨晚袁修杰是故意的。他一直喊曹天佑小胖,一下子改成那个胖子,当然也是有原因的:先拉开距离,关键时候好说话。

曹天佑当然明白这个道理,出发前曹副参谋长早交代好了。

他心里有点替五丈原的弟兄们不平,两个女医生都到了长板坡,他们连异性的声音都听不着,有点太不人道了。

十

这种行军无疑是紧张的,曹天佑甚至感觉到有点刺激。他在工作站什么时候参加过这种行动啊。难怪他走的时候有那么多人毫不掩饰他们羡慕的目光,甚至还有点嫉妒加恨,包括站长。当一次兵不参加一两次重大行动,军旅生涯那是相当的平淡。现在是和平时期,这种机会少之又少。曹天佑想着想着就说了出来,没想到我一个煮饭的也能在高原上驰骋。

赵致远说,你就得意吧,有你苦吃呢。

孙浩宇也插进来说,二排长,我看海拔也就这么一回事,就是一个数字而已。我一夜没睡,现在感觉棒极了。

曹天佑接着说,高原也就一名词罢了。什么叫高原反应,纯属吓唬人的。

车上的战士们都说,我们怎么就没反应呢?

友邻部队的驾驶员听不下去了,说,没反应是现在还不算高。马上就高了。

曹天佑说,我们就盼着高呢。

驾驶员说,要上七星关山口了,5300米。

孙浩宇说,一个名词加一个数字。

驾驶员不想理这帮人了,专心开车。

另一辆车上,甄小宓吸着氧气睡着了,她实在是太累了。貂雯楠搂着她。甄小宓娇小的身子在她高大的身躯面前,就像是她的孩子一样。

貂雯楠也很累,也想眯一会儿。但马上就要往高处走了,她得撑着。

刘鹏涛对她说,貂医生,你还是休息一会儿吧。

貂雯楠说,我还得照顾你的人呢。

刘鹏涛说,你看这帮小子,像是注射了激素,不会有事。

貂雯楠说,刘大队长,在飞机上我就不想说你了,你有本事让吐出来的人憋回去,这是对他们的摧残啊。

刘鹏涛说,貂医生言重了,那叫锻炼,充其量叫预热。

貂雯楠说,我不和你争,你就吹吧。

刘鹏涛说,出发前我已命令过了,不准有高原反应,他们还敢不服从命令?

貂雯楠说,你在一个医生面前说你的天方夜谭的命令,可笑之至。那我们来干什么?

刘鹏涛笑了,说,你们来是给我们壮胆的。

貂雯楠说,你们的胆子是不是很小,需要我们壮?

刘鹏涛本来是想说说话吹吹牛解解闷的,结果把自己给套住了。

车上的官兵们偷着乐,但刘鹏涛还是觉察到了。

他说,你们是为我乐还是为貂医生乐?什么立场!

张立轩一路也没说几句,这回开说了,大队长,医生都是伶牙俐齿的,要不病人对他们那么崇拜呢?

貂雯楠说,这么说,张副大队长非常崇拜我了?

张立轩说,那是那是。

貂雯楠说,那你替我抱着甄护士吧,我抱不动了。

张立轩的脸一下子红了,我抱她她会醒的。

貂雯楠说,我不让她醒她就不醒,你听刘大队长的,她听我的。

官兵们都听出这话的味道来了。

张立轩只能缴械投降了。

十一

海拔越来越高,袁修杰在对讲机里说,各车报告情况。

十辆车都说正常。

刘鹏涛本想抓住这次机会显摆一下,再和貂雯楠斗几个回合。

貂雯楠把眼睛闭上了。

十辆车盘旋而上,七星关山口就在眼前。

孙浩宇很想尝尝高原反应的滋味,可就是一点反应也没有。

他问曹天佑,你有反应吗?

曹天佑说,哪有啊,这不反应也不是一回事啊。

赵致远说,一路上净是你俩在胡扯,想反应啊?

两个人异口同声,想。

赵致远说,好办,下车,跟着车跑。

曹天佑说,二排长,那不是反应,是脑袋进水了。

赵致远说,我看你俩已经进水了,水很深。

孙浩宇说,这不是没有反应过吗?有点体验还是好的。

赵致远发火了,还有完没完?给个坡就想往上爬,有本事爬珠穆朗玛峰去。

曹天佑说,二排长,你看你,有反应了吧?都开始说胡话了。

赵致远的兵龄没有曹天佑和孙浩宇的长,所以他俩肆无忌惮,当然,不能说是欺负。

长时间坐车实在是太无聊了。

赵致远索性不理这俩人了。

孙浩宇悄悄说,我们俩是不是有点过了。

曹天佑说,七星关山口过了。

袁修杰的声音又在对讲机里响了起来,各车报告情况。

正常。

看着貂雯楠闭着的眼睛睁开了,刘鹏涛又想说话了,貂医生,谢谢你们给我们壮胆,有你们在,什么这个山口,那个山口,充其量就是个垭口嘛。我们从下面到你们永昌,还不是要过好几个垭口。

貂雯楠不理他,倒是甄小宓醒了就问,山口过了?

刘鹏涛说,过了有一会儿了。

甄小宓说,可惜了,没照个照片。

貂雯楠笑着问,你没事了?

甄小宓说,我没事啊,睡一觉就好了。

刘鹏涛说,甄护士的小身子骨都没事,我们能有什么事?

貂雯楠说,你不就想说你们机动大队的兵身体好吗?

刘鹏涛说,大家作证,这可是貂医生说的。我可没说。

貂雯楠说,我说起什么作用,还没拉出来遛呢,谁知道是骡子是马。

一听这话,刘鹏涛兴奋了,站起来说,大伙都听见了,你们是骡子还是马?

马。

车厢里顿时热闹起来,不像是执行任务的,倒像是出来旅游的。

车窗外,那碧蓝碧蓝的湖水又纯又净,甄小宓用手机不停地照啊照。她还是那句话,可惜了,没照个照片。她说的照片是给她照个相。执行这么重要的任务哪有时间照相呢。

十二

下了坡就是平地了，平地真平，一眼望不到边得平。

曹天佑说，看样子，路有多长，就有多宽，这是我见过的地球上最宽的路了。

孙浩宇说，估计不会堵车。

赵致远实在听不下去了，说，大爷，这是荒漠。

曹天佑说，二排长，我们脑袋进水也知道这是荒漠。荒漠就不能成为路吗？你没看到车辙吗？

车辙密密麻麻，到处都是，荒漠的每一寸土地都被碾压过。

孙浩宇说，鲁迅说过，世上本没有路，走的人多了，便成了路。那么多车轱辘走过了，这就是路。

曹天佑说，要是永昌有这么宽的路就好了，我就不用学开车了。只踩油门，不握方向盘。

一个战士实在听不下去了，说，即使是路，路也不是你家的。不握方向盘那是无人驾驶。

曹天佑正愁没人和他说话呢，这下可来劲了。路不是我家的，路是国家的，我家是小家，国家是大家，大家也是我的家，路就是我家的，我就愿意在我家宽阔的路上不握方向盘开车。这逻辑，既不像高原反应，也不像脑袋进水。

那个战士也不说话了。

但这时有个巨大的声音响了起来，紧接着，对讲机里，袁修杰命令道，车队停止前行。

有一辆车爆胎了。

貂雯楠提醒刘鹏涛，官兵下车要注意别着凉。

刘鹏涛想了想，用对讲机喊，外面风大，下车方便的人要防止感冒，不方便的人不要下车。

除了貂雯楠和甄小宓，所有的人都下车方便了。方便像时间一样，只要挤,总会有的。

机动大队早已养成集体方便的习惯。

外面空气少了点,但是新鲜啊。

有的人还要抽支烟,坐车时间太长了,一口都不能浪费。

方便完了,也没有人愿意上车,在宽得不能再宽的路上说说笑笑。

甄小宓说,雯楠姐,我想下去照个相。

于是所有的人都下车了。

政工组的黄小忠干事拿着他的尼康D3相机,在不停地照雪山,偶尔也给前指的领导照几张。

貂雯楠喊,黄大干事,也给我们照几张。

黄小忠小跑过来,说,给美女照相,是我的强项。雪山、荒漠、美女、军装,这四种元素出现在同一张照片里,想不获奖都难。

甄小宓说,黄干事,照片的所有权是我们的,我们才不想获什么奖。

黄小忠说,你穿上军装,照片的所有权就是部队的了,要是获奖也是部队的,只不过摄影是黄小忠。

貂雯楠说,那你照吧。

她只拍了一张,再也不拍了。

黄小忠不停地让甄小宓摆POSE。甄小宓完全按照黄小忠的构想摆出各种姿势,旁边的战士们看呆了。

袁修杰在前面看不下去了,大喊,黄小忠,你有完没完,小心我把你那个破相机砸了。

黄小忠连忙跑了回去。

轮胎换好了。

甄小宓意犹未尽,很失望的样子。

貂雯楠说,可以了,快把人家的CF卡都用完了。

刘鹏涛说,甄护士,你看这高原都因你而美丽起来。

甄小宓说,刘大队长,你别挖苦我,高原本身就是美的,你要懂得发现和欣赏。

刘鹏涛说，我要找黄干事要几张，搞成我的电脑桌面，天天发现和欣赏你的美。

战士们哄地一下子笑了起来，甄小宓的脸红得像高原红。

有的战士瞎起哄，在人群中叫，我们也要，也要发现。

甄小宓的好心情被彻底破坏了，脸很快变成了紫色，一个人气得上车了。

这下战士们更加肆无忌惮了，兴奋得要命，都在高声说着如何发现和欣赏美。

貂雯楠瞪了刘鹏涛一眼，也上车陪甄小宓去了。

袁修杰在前面看着队伍那么热闹，不知发生了什么事，大喊，刘鹏涛，搞什么鸟，赶快让你的人上车。他这一喊不要紧，把大风喊来了。

十三

曹天佑说，乖乖，袁副参谋长还有这等本事，真不得了。

孙浩宇说，刘大队长算牛的了，跟他比，还差很多，这才叫呼风唤雨。

曹天佑说，他现在把风呼来干什么啊？

孙浩宇说，让大家体验一下高原的风和永昌的风有什么不同。

那大风真大，那么大的荒漠容不下。风卷着沙石、尘埃，翻滚升腾，把几堆浮云都挤得无处躲藏，云最后也被挟持了。大家坐在车里，看着风，谁都没见过这么大的风，好像这风比甄小宓都好看。

赵致远说，这比沙尘暴还沙尘暴。

曹天佑说，二排长，我看有点世界末日的架势。

这风不光大，它还能钻，见缝就钻。理论上讲，大家坐的车的密封性还可以，可就是封不住这风，没多久，大家的衣服上就是一层灰。

有人拍了几下，车里尘土飞扬。

刘鹏涛站起来骂，拍个鸟，连衣服都懒得洗的人，还拍灰尘。车上不就坐了两个美女吗？有本事使劲拍你的脸，拍成一个猪头吓我一跳。

听了这话，甄小宓忍不住笑了起来，随即咳嗽了起来。

刘鹏涛说，甄美女，你得注意点，风在你嘴里倒是好过了，你可受不了。

甄小宓没有理他，赶快戴了一个口罩。

刘鹏涛坐了下来，自言自语道，这地方才是男人待的地方，一个太监在这个地方待一个月，我也能重新把他变回男人。

貂雯楠问，刘大队长，能不能把我两个也变成男人？

刘鹏涛说，不能，把你俩变成男人，我的弟兄们不答应。

貂雯楠说，你能不能不要老是男人男人的，听着刺耳。

刘鹏涛又站了起来，说，貂医生，老实说，我没有小瞧你们的意思，能上高原来，我已很佩服你们了。你们虽然是医生，但这一路肯定是我们的重点保护对象，这地方真不该让你来，看着你们受罪我们心疼。

作为医生和护士，关心的是官兵们的身体健康，可两天了，大家都生龙活虎，没有任何不适和反应。所以两个姑娘听了这话，觉得刘鹏涛说得是实在话，也很感动。

甄小宓想哭，她忍住了。

风稀里哗啦地刮着，车里静了下来。

袁修杰也不知道是他喊来的风，风把道路都挡住了，他坐的是二号车，一号车是友邻部队的车，车里人向他报告，找不着路了，请求原地停车。

袁修杰在对讲机中叫，原地停车，风停了再走。

曹天佑从对讲机中听到声音说，能呼来就不能呼去啊？

孙浩宇说，请神容易送神难。风神不尽兴。

风看样子像小了，实际上一点没小。战士们在车里有的吹牛，有的打瞌睡，有的就着尘土，吃起了干粮。

袁修杰心急如焚，如果等得时间长了，还有一座更高的玛拉山要翻，至少需要4个小时，那时天完全黑了，车队将更加缓慢，危险也会增大。

曹天佑不急，打起了鼾。

孙浩宇很困了,也在曹天佑的鼾声中睡着了。

十四

风在翻滚的时候,又有云拉开了阵势,这次是乌云。乌云把风越压越低,风施展身手的场地越来越小,于是风就小了下来。荒漠渐渐黑了下来,因为乌云越来越厚。

袁修杰知道今天的行军要遇到麻烦了,他在对讲机中焦急地喊道,各车注意,全速前进,驾驶员务必高度警惕。

风只是小了,但没停。

虽然要求全速前进,但车队前行的速度很慢。曹天佑睡得很舒服,鼾声更大了。

袁修杰干着急没办法,只要往前走,总比停下来好。

对讲机响起一个让袁修杰头皮发麻的声音,报告二号,我是一号,我们迷路了。这比紧急集合号还管用,所有睡觉的人全醒了,包括曹天佑。

袁修杰恨不得把对讲机握个稀巴烂,他的嘴紧贴着对讲机,要发火,却又强忍了下来,命令,所有车辆停止前进,原地待命。

曹天佑说,路太窄了堵,路太宽了也不好走。

孙浩宇说,我看这地上到处都一模一样,连个参照物也找不着。

曹天佑说,驾驶员肯定也是这么想的,光凭感觉是行不通的。

孙浩宇说,还好刚才睡着了,没感觉。

袁修杰跳下车,跑到一号车上,问,怎么办?

一号车的驾驶员满头大汗,说,对不起,袁副指挥长,风一刮起来就找不着路了。

袁修杰说,你不是经常走这条路吗?

驾驶员说,是的。以前一上这个荒漠,我看着远处的山往前开,今天看不到山。

袁修杰快疯了,问,就没别的办法了吗?

驾驶员使劲了想说,我没有了。

袁修杰狠狠地瞪了他一眼,用对讲机喊道,所有驾驶员在一号车集合。很快,另外9个驾驶员就跑过来了。

袁修杰说,情况你们都听到了,有没有哪位能找到路。

过了好一阵,才有一个驾驶员说,我试试。

袁修杰说,不是试,要确定。

驾驶员说,我确定不了。

袁修杰咬牙切齿地说,现在什么时候了,能试吗?

驾驶员不说话。

关智宸也上了车,说,副指挥长,让他试试,我来指挥。

袁修杰盯着关智宸说,这不是儿戏,你要承担责任的。

关智宸说,我知道。

袁修杰用对讲机喊,刘鹏涛,到我车上来。

十五

对讲机传出了关智宸的声音,所有车辆注意,车距30米到50米,速度50公里每小时,保持队形。

孙浩宇在想,教导员是不是想出风头?

所有的人都很紧张,再走错了,就只能在荒漠里转圈圈了。荒漠这么大,要转到什么时候啊!

袁修杰坐在座位上,沉着脸,一言不发。

刘鹏涛很轻松,打着瞌睡,车一颠,他就睁开眼看一下,然后又眯上了。

一个半小时后,对讲机传出了一个声音,是原来的一号车驾驶员,报告袁副指挥长,他们找着路了。

袁修杰没理他,问刘鹏涛,关智宸和你搭档多长时间了?

刘鹏涛说，两年了。

袁修杰说，你没撵他走?

刘鹏涛说，撵不走。

袁修杰说，听说你撵走了好几个。

刘鹏涛说，袁副指挥长，这个真撵不走。

曹天佑也在问孙浩宇，你们这个教导员是干什么出身的?

孙浩宇说，不知道，他就是一个老好人。

曹天佑说，老好人就是好啊。

回到正确的路上了，大家的心情就放松了，车里的话又多起来了。

没有谁注意到，乌云已经布满整个天空。

袁修杰突然想起来，到五丈原的弟兄们会遇到什么情况?

他掏出手机，没有信号。让通信人员拿出卫星电话，也说找不着信号，看来那边的情况也好不到哪里，他想告诉他们迷了路千万不能猜路在哪里，不是脚下所有的路都能通到罗马。

袁修杰这才想起看外边，车窗上沾了一朵雪花。

这雪花不是他唤来的。

每一辆车上都在叫，下雪了，下雪了。

孙浩宇记住了，那是2008年3月底的雪。

对讲机里，关智宸喊，所有车辆加速到每小时80公里，车距50米到80米。

他肯定也看到雪了。

袁修杰看了刘鹏涛一眼，刘鹏涛还在闭目养神。

风一下子不见了，雪说来就来了。

对讲机忙开了，9号车报告，车辆故障，无法前进。

袁修杰说，请尽快检查原因。

关智宸说，所有车辆原地待命。

袁修杰和关智宸都跑到了9号车旁，几个驾驶员正在检查。

十分钟后，还是没什么结果。

关智宸说，袁副指挥长，弃车吧。

雪花在飘，袁修杰盯了关智宸足有一分钟，说，弃车。

关智宸用对讲机喊，清除故障车辆的部队标识，弃9号车，人员分配到其他车辆。

曹天佑坐的车上来了一个比他还壮的家伙，横向和他比稍逊一筹，高度比他高多了。

孙浩宇说，这是我们排长马小超。

曹天佑小声说，我们的车也快要受损了。

马小超一坐下来，曹天佑感觉车一下子下沉了不少。

马小超看了曹天佑一眼，说，兄弟，我认识你，你已经被袁副指挥长敲打过两回了。

曹天佑笑了笑，说，不敲打不成器。他掏出一包压缩干粮，说，马排长，补充一下能量。

马小超一点也不客气，接过来两口就吃了。

曹天佑还看到，包装的透明纸剩下小半张，说明大半张消失了。当然不是无缘无故地消失，肯定消失在马小超的肚子里了。

曹天佑赶快又递了一包。

还是两口，这一次包装纸一点都没剩。

曹天佑心想，这可是压缩干粮啊。

他望着孙浩宇，孙浩宇也不知该怎么办。

曹天佑一狠心，把最后一包也递了过去。

马小超推开了，说，兄弟，大方过头了，我吃完了，你吃什么？

曹天佑说，马排长，看着你吃真过瘾。

马小超说，这倒是实在话，我在饭店吃饭时，大部分客人都不吃了，都在看着我吃。

曹天佑笑了，说，那必须的。

孙浩宇说，排长，你就吃了吧。

马小超两口就把曹天佑的最后一包压缩干粮吃了。

曹天佑一点儿也不心疼,谁吃不是吃,能吃到这个境界,他就该吃。

十六

雪越来越大,越来越大。

袁修杰从没见过这么大的雪,好多战士都没见过这么大的雪。

路真的找对了,快吃晚饭时,车队到了小玛拉山山底。

关智宸说,所有车辆注意,要登山了,车距改为100米,车速自行调整。

袁修杰回答,关教导员,现在已走上正路,指挥权交给我。

关智宸说,是。

袁修杰又看了刘鹏涛一眼,刘鹏涛还是无动于衷。

袁修杰打了刘鹏涛一拳,说,是不是把你从那两个女医生身边拎走有意见啊?

刘鹏涛说,报告首长,一点没有,正好可以休息一下。

袁修杰说,你的意思是在那辆车上休息不成?

刘鹏涛说,是的。你也知道,机动大队的人很少和女人打交道,正好练习一下。

袁修杰说,刘鹏涛你很会利用机会啊。这次任务执行完你肯定会和女人打交道了,不过不要练习到女人不愿意和你打交道的程度。

刘鹏涛说,怎么可能,这一方面,我们机动大队的人悟性太差。

袁修杰说,不和你贫了,要上山了,告诉你的兄弟打起十二分的精神来。

刘鹏涛用对讲机喊,所有人听好了,给我把汗毛竖起来,把窗户全部打开。

袁修杰问,打开窗户干什么?

刘鹏涛说,随时准备跳车。我们演习过,小菜一碟,十五秒钟全部退到安全地带。

对讲机里传来貂雯楠的声音,刘大队长,告诉你的人,小心感冒。

刘鹏涛对袁修杰说,首长,你看,有效果吧?

袁修杰说,这叫效果? 这是人家的职责所在。

刘鹏涛在对讲机里说,谢谢貂医生,你已帮我说了,我替兄弟们谢谢你啊。

大片大片的雪花从窗户里灌进来,战士们都把大衣盖在身上。

貂雯楠站起来说,你们这样很容易感冒的。

张立轩说,貂医生,穿在身上影响行动速度。

貂雯楠问,你们真准备跳车呀?

张立轩说,有准备总是好的。

貂雯楠一屁股坐了下来,说,我们怎么办?

张立轩说,这个你放心,我们跳下去,你们就不用跳了。

话音未落,对讲机又传来令袁修杰不愿听的声音,报告袁指挥长,7号车故障。

袁修杰喊,1、2、3号车一组,4、5、6号车一组,继续前进;7、8、10号车一组,在7号车位置待命。

2号车和7号车已有一段距离了,车不可能返回来,袁修杰只好下车,刘鹏涛说,首长,我陪你去。

袁修杰说,不用。

走到7号车旁,袁修杰已落了一身雪。

他问三个驾驶员,能修吗?

7号车驾驶员说,油路问题,很难修。

袁修杰看着巴掌大的雪片说,弃车。

8号车和10号车上了3个人,其他人都跟着袁修杰步行。他们的速度比车要快一些。

没走多久,他们就赶上了6号车,袁修杰说,上3个。

战士们说,首长,您上吧。

袁修杰说，不要啰唆。

等他们赶上2号车的时候，驾驶员说，小玛拉山过了。

刘鹏涛说，也没有多难啊。

驾驶员说，难的马上就要开始，大玛拉山坡度很陡，每个弯都是回头弯。上山100个弯，下山199个弯。

十七

天黑了下来，不是因为乌云黑，而是到了该黑的时候了。

乌云就在头顶，甄小宓根本不敢往窗外看，那云跟恐怖片里的没两样，甚至比恐怖片里的还要恐怖。她紧紧抱着貂雯楠，闭着眼睛。

貂雯楠没那么害怕，她一直看着车上的战士，刚才车子打滑，有几个战士已经丢掉了大衣，准备跳车，好在车子还是咬着牙摇摇晃晃往前走了。

她很想看看他们是如何跳车的。

她很快就看到了。

驾驶员喊，有人跳车了。貂雯楠伸出头去，看到前面的车辆正在拐弯，十几名战士飞身而下，短短几秒钟，他们就推着车过了弯。

貂雯楠推了推甄小宓，快看！

甄小宓伸出头去，看见的是战士们跟在车后面走着。

他们走路样子还和平时一样。

甄小宓问，看什么？

貂雯楠说，他们刚才跳车，又推车，动作真快。

甄小宓瞪大了眼睛说，真的啊？

张立轩说，哪用这么吃惊，等下我们也跳，有你看的，比他们还快。

袁修杰也看见了，对刘鹏涛说，跳得不错。

刘鹏涛来劲了，必须的。

袁修杰说，跳得再好我也不让你跳了。他用对讲机喊，所有车辆注意，除了医务人员,人分两组,一半人下车步行,每5个弯道轮换一次。

孙浩宇说,高明。

曹天佑小声说,是我叔叔带出来的兵。

孙浩宇说,你的意思是你叔叔很行。

曹天佑说,没这个意思,没两把刷子能带部队到这里来?

马小超说,兄弟,我们俩不能分在一个组,我们同在车上时,他们推着费劲。

曹天佑说,排长,按你的意思办。说完又问孙浩宇,有没吃的?

孙浩宇拿出压缩干粮递给了他,曹天佑也是两口就吃掉了。

吃完后问孙浩宇,我是不是也把薄膜吃掉了?

孙浩宇摇摇头,我没看见。

曹天佑说,看来是吃了。

袁修杰英明的命令使张立轩非常郁闷,他多想在刘鹏涛不在的时候,大喊一声,跳！然后带着兄弟们夺窗而出,推着车和车上的两个女医生轰轰隆隆地朝山顶去。

那是一件非常长面子的事,是一件非常愉快的事。

可袁修杰没给他面子。

再郁闷也得往上走啊。

越往上走,雪越是大得不像雪。车辆的动力根本无法让车前进,不光弯道要推,一路都得推。

孙浩宇推了5道弯,没有上车。

好多战士和他一样,推车的人越来越多,车上的人越来越少,最后只剩下驾驶员和貂雯楠、甄小宓了。

甄小宓说,我们坐在车上让人推,真不好意思。

貂雯楠说,我们帮不上忙,你就安心坐着吧。

甄小宓说,这帮人也真厉害,这么高的地方还推车,居然一点事都没有。

貂雯楠也想说这句话,却见一个黑影从车门跳进了车,喘着粗气说,貂医生,有人休克了。

休克的是孙浩宇。

他倒在雪地里,身上还冒着汗,身下的雪被他融化了一大片。

貂雯楠说,赶快把他抬到车里。

马小超把孙浩宇抱了起来,轻轻地放到座位上。

貂雯楠给孙浩宇盖了两件大衣,他头上的汗还在冒。

甄小宓一边给他擦汗,一边担心地问貂雯楠,有没有事?

貂雯楠说,没事。用力过度,短暂性缺氧,休息一下就好。

甄小宓说,天哪,命都不要了。

貂雯楠把氧气给孙浩宇吸上。

果然,没一会儿,孙浩宇就醒了过来,他拔掉氧气,一把掀掉身上的大衣,就要站起来。

貂雯楠厉声说,你不要命了?你现在身体很虚,下去就会感冒,不但帮不上忙,还会成为累赘。

甄小宓说,你先好好休息一下吧。

孙浩宇只好很不情愿地躺着。

又有人休克了,情况和孙浩宇一模一样。

好在很快就要到玛拉山口了。

袁修杰在对讲机里问,一共有几人休克?

貂雯楠回答,6人。

袁修杰又问,还有什么状况?

刘鹏涛回答,其他人没状况,好得很。

十八

其实也有不好的,比如曹天佑,他是在车外面走,基本没有推车。

他也不可能推车,跟在后面走,他已经觉得快不行了。

但他得咬牙坚持着,用孙浩宇的话说,他现在也是机动大队的一员了,这脸丢不起。

看着战友们一个个满头大汗,呼呼地把车推过了一道又一道弯,曹天佑心里想,这些人是不是都打了鸡血?今天可真见了世面。

现在甄小宓一点儿也不怕了,她把6名战士安顿好后,头伸出窗外,大片大片的雪砸在她的头上、脸上,她都没有任何感觉。一路上,她错过了许多好风景,这个风景她决不会再错过。

她确定,这是她长这么大见过的最好的风景:漆黑的夜里,乌云压顶,暴雪当头,在很高的高原,一群战士们推着8辆车直逼海拔5380米的玛拉山口,他们头上热气腾腾,双脚插进厚厚的雪里,他们弓着腰,像一张张拉满的弓;他们呼吸粗犷,口号低沉雄浑。甄小宓也想给他们加油,也有喊的冲动,可她一张嘴,嗓子一热,眼泪哗啦啦地流了下来。

她还是没有喊出来,但泪在不停地流出来。

她坐回到座位上,大把大把抹着泪。

貂雯楠也无法相信她眼前见到的景象。从医学角度讲,这是不可能的,可就是不可能的事实实在在摆在了她的面前。他们推着她坐的车,穿越雪幕,轰轰隆隆地向前、向上。

6名休克过的战士根本就坐不住,能坐得住就不是战士了。

他们探出头,和着战友的口号,挥动着拳头,直把雪片击得四分五裂。

貂雯楠不想制止他们了。

甄小宓顾不上他们了。

他们只需歇一歇,就又聚集了力量。

貂雯楠给甄小宓递了一张湿纸巾,说,哭什么。

甄小宓说,我也不想哭,但是止不住。

貂雯楠说,是不是觉得这些男人太男人了?

甄小宓说,嗯。

貂雯楠说,是啊,能和他们在一起,多好啊。

甄小宓说,嗯。

对讲机又响了,是袁修杰的声音,所有车辆注意,我们现在已过了最后一个弯道,找个避风的地方休整。

战士们一上车,浑身都湿淋淋的,像从温泉里跳出来一样,身上冒着热气,嘴里喘着粗气,嘿嘿地笑着有点傻里傻气。

尽管这样,他们的嘴里仍不闲着。这个说,这雪真叫雪啊!那个马上接着说,这弯才叫弯啊!

刘鹏涛也湿淋淋地上来了,问,你们6个怎么样啊?

6个人站起来,说了两个字,没事!

刘鹏涛一脸骄傲,说,我看也没什么事。

貂雯楠看了刘鹏涛一眼,觉得这句话也不怎么刺耳,她在心里已经默认了这种说法。

甄小宓正在给战士们倒热水。每辆车上的热水很有限,她分得很仔细、很均匀。

貂雯楠对刘鹏涛说,你们赶快换一下衣服吧。

刘鹏涛说,换不得,马上就要下山了,下山更难,我们低碳一点吧,忍忍就过去了。

貂雯楠还想说什么,但她忍住了。面前的这个家伙虽然很骄傲,但毕竟带部队经历了不少事,他这么做,是因为他有经验。

孙浩宇抱着大衣递给刘鹏涛,说,大队长,披上吧。

刘鹏涛说,屁,这是给你披的,我好好的披什么披。

孙浩宇很不得劲,只得又盖在身上。

刘鹏涛说,给肚子里塞点硬货,我们准备下山。

说完,跳下了车找袁修杰了。

十九

的确，下山更难。

前面两三辆车还勉强可以，后面的就开始打滑。

袁修杰让所有人把背包带拿出来，1、2号车空车下坡，车上坐一名押车干部；3、4号车由刘鹏涛带30名战士负责在车后牵拽；其余4辆车他自己带剩余的战士护送。

6名休克过的战士坚决不休息了，说是给处分都不休息了。

袁修杰说，果然是刘鹏涛带出来的兵，和他一个德行。

于是，孙浩宇和其他5名战士又站在队伍里了。

貂雯楠和甄小宓还坐在车上。

她们知道不会有任何问题的，问题是她们坐得不是那么心安理得。她们也真想加入他们的行列，但她们知道，那只能是碍手碍脚。

所以她俩只能看着他们牵拽着一辆辆车，拐过一道道弯。

他们好像有使不完的劲。

甄小宓真羡慕他们啊！

她说，他们的衣服肯定能拧出好多水来。

貂雯楠没有接她的话，就当她是自言自语。

貂雯楠看得出了神，她看着他们把双脚插进雪里，身体向后倾，像在拔河一样。

但这又和拔河不一样，因为最终是他们输，但输得要慢。

她就看着他们输了一次又一次。

她看着他们不厌其烦地输。

她也看得不厌其烦。

下山总比上山快。1、2号车报告说他们已到山底；刘鹏涛报告说他也快到了，有一处雪下有冰，他已做了标记，请袁修杰小心。

袁修杰一边拽着背包带，一边说，你们这个刘大队长还是可以办点事的。

张立轩说,首长,您看出来了,我们大队长能力不是一般的强。

袁修杰说,张立轩,我看你想当大队长都想疯了。

张立轩说,首长,我就是说句实话。

他又对战士们说,你们说,我说的是不是实话?

大家都说,是!

袁修杰说,是又怎么样? 能力不强能来这里?

大家都笑了起来。

张立轩说,首长,按您这个意思,我的能力也强。

袁修杰说,这要看刘鹏涛的意见了。

说完,他又补充,还要看关智宸怎么看你。

关智宸也被袁修杰留在后面,他没说什么话。

大家又笑了。

张立轩正想找句话说,却看见了刘鹏涛做的标记。

大家都看见了。

刘鹏涛在路中央堆了一个简单的雪人,给雪人披了一件军大衣。

关智宸明白刘鹏涛的意思。

袁修杰也明白刘鹏涛的意思。

张立轩说,这么好的大衣太可惜了。

袁修杰看着关智宸,问怎么办?

关智宸说,按您的意思办。

袁修杰大声说,上车把所有的大衣拿下来。

张立轩终于明白雪人披上大衣的意思了。

袁修杰说,从雪人开始,把大衣铺在车辙上,一直铺到见到另一个雪人为止。

大衣一件接一件铺了下去,像一个个士兵匍匐在雪地里。

甄小宓真想把身上的大衣也铺在雪地里。

她实在是太想这样做了。虽然不能和他们并肩拉车,但她的大衣能和他们的大衣匍匐在一起,那也是很有意义的一件事。

但她没做,她知道,没人会让她那么做。

在车上看着他们使劲,她也很辛苦。

马小超一直往下走,在对讲机里报告说,报告首长,没见到雪人,见到路边雪地有一坑,经查,疑为尿冲刷而成。

张立轩哧哧地笑着,有点幸灾乐祸的意思。

袁修杰咬着牙说,你个刘鹏涛,我不收拾你见鬼了。

关智宸用对讲机说,小超,就到那里了。

甄小宓也笑了,说,还像一帮小男孩。

貂雯楠说,能在这种环境下如此乐观,才是真男人啊!

等4辆车过了结冰路段,战士们把大衣都捡起来的时候,刘鹏涛的声音在对讲机里出现了,报告袁副指挥长,冰路一过,可让兄弟们把大衣穿在身上御寒了,您也可以上车休息了。

袁修杰命令道,穿上大衣,赶快上车。

二十

刘鹏涛已经换好干衣服在等着袁修杰了。

他在路边找了一间废弃的房子把火生好了,呛是呛了点,可热乎乎的,还用水壶烧了开水。

袁修杰连假装发火的念头都打消了。

刘鹏涛喊来一个战士,说,给两位医生送点开水,让她们暖暖胃。

下了山,海拔低了许多,甄小宓正在大口大口呼吸着新鲜空气。听到这句话,不知怎么,她的眼泪一下子又流了出来,而且开始抽泣起来。

貂雯楠搂着她的肩膀说,怎么了?这不好好的吗?

甄小宓不说话,还在哭。

刘鹏涛一边给袁修杰递开水,一边说,首长,离天亮还有两个多小时,我们在这休整一下,让驾驶员打个盹。

袁修杰说,行。这上山下山,真还有点累,休息一下吧。

战士们裹着被车碾压过的大衣就在车上睡着了,平时不打鼾的也打起了鼾声,有的打得还很嘹亮,但他们实在太累了,再嘹亮的鼾声也听不见了。

只有貂雯楠和甄小宓听得见,她们还同时听到了那么多人在打鼾。

甄小宓掏出手机,把那千奇百怪的鼾声录了下来。

曹天佑上山时没推车,下山时也出了力,他很饿。但他很快就睡着了。

他还做了梦,梦到吃火锅,虽然没有唱着歌,但吃得很香。

醒来的时候,他的嘴里还咬着大衣衣领。

他对孙浩宇说,难怪梦到吃了一盘又一盘的毛肚儿。

孙浩宇给了他一包压缩干粮,说,我也只剩这一包了。

于是,曹天佑就像小时候吃糖一样舔着吃,等他舔完的时候,长板坡到了。

友邻部队的领导早就带人在路口迎接了,他们预料到那场暴雪会使增援部队延迟到达时间,因为联系不上,也不敢贸然行事。

他们也是一夜未眠,随时都在等候着消息。

友邻部队还带来热腾腾的包子,说,先垫垫底,早点已准备好了。

部队不讲究,讲究的是行动迅速。

每位战士都分到两个包子,一边走一边吃。曹天佑四口就吃完了,没吃出个什么味道来。

孙浩宇说,香,真香。

曹天佑也说,香,真香。

大家都说,香,真香。

吃早点时,曹天佑一边吃一边想,这面条比他煮得差远了。他在走神的时候看到了马小超。

马小超那不叫吃,叫倒。

他舀一碗面条,随便放点盐巴,就往嘴里倒。曹天佑一碗还未吃完,马小超已开始第五碗了。

曹天佑觉得自己的饭量够大了,可在马小超面前,他吃的那点还不够人家塞牙缝,真是人外有人啊。

曹天佑以前觉得自己太能吃了,很丢人,现在觉得自己在马小超面前是个小肚量,很惭愧。

但马小超看不出胖,顶多叫壮。难怪昨晚那么有战斗力,能把车坐得下沉的人,也是把车推上山最卖力的人。

曹天佑凑到马小超面前说,排长,你不放点辣椒?

马小超往嘴里倒了一大口,送进肚子里,一边舀面条一边说,又不是吃大餐,哪有那么多讲究,先填满肚子再说。

这一说话,曹天佑竟然忘记马小超吃了多少碗了。

曹天佑为这事后悔了好一阵子。

他知道,那绝对是个纪录。

这个纪录是个让很多人不好意思吃饭的纪录。

二十一

长板坡就是一段长坡,绝对的坡,没有一块平地。

坡下面,就是悬崖绝壁,绝壁下,一条河蹦着跳着往前流。

坡上面,是高耸的山,和高耸的山隔河相对的,还是高耸的山,但那是 N 国的山。

河从长板坡流向境外,顺着河流的方向目视前方,那是开阔的天空和自由的云。

实际上,长板坡就在一个较为陡峭的夹皮沟里。

路很窄,窄得要命。可两边还是停满了车。那些大货车的半个后轮就在空中悬着。甄小宓真担心一缕微风就可把那些车吹得飘起来。

车队下来的时候,每一辆车都把后视镜扳了回来,即使这样,甄小宓仍然担心得不行,那两辆车之间的间隔,最多是一个拳头。

那拳头,也只能是她甄小宓那样的。

要是来这个地方学车,那才叫技术。

这个小坡上,居然高楼林立,它们有的互相挤着,有的把别的楼踩在脚下,那些钢筋混凝土也被挤得难以忍受,如果有一张嘴,它们肯定喊了。

曹天佑替它们喊了,乖乖,这也叫琅琊最大的口岸?

孙浩宇说,这个地方怎么可能有篮球场。

友邻部队的车把袁修杰带到一个叫香奈尔的舞厅前面,友邻部队的领导说,袁参谋长,这个地方实在没地方,你们就在下面住吧。

往下就要走台阶了,孙浩宇数了一下,一共182级台阶。

一幢白色的二层小楼孤零零地栽在超过75度的斜坡上,底下有四根柱子,像一个只剩一颗果子的糖葫芦,却插了四根竹签,这四根竹签的长度不一样。

友邻部队的领导介绍说,这是2003年抗击非典时建起来的隔离区,你也知道,这个地方的紫外线太强,没有非典病例,所以没用过。

袁修杰看看四周,杂草丛生,再抬头看看坡上,那些楼像随时会折下来一样。如果发生地震或是泥石流,根本没有任何出路。

友邻部队的领导像是看出了袁修杰的心思,说,这个地方不会地震,就怕泥石流,没办法,我们住的地势也很低,从军事地形学上讲,是最差的地形。

袁修杰说,那暂时在这里落脚吧。

往五丈原的部队来电了,说他们已安全抵达。他们的境遇和袁修杰的部队差不多,只是没迷路。

袁修杰长长出了一口气,在电话里说,第一个考验我们通过了,没事就好。

车上,貂雯楠正在一个一个地给官兵们检查,居然没有一个感冒的,最多多打了几个喷嚏而已。

一路上,貂医生见了多次不相信,也见证了多次不相信。

这下,她彻底相信了。

既然可以把快喷出来的东西憋回去,当然也可以下命令不许有高原反应。

理论上讲,这是没有道理的。

貂雯楠总归想通了,对于这些人,没有道理才是硬道理。

甄小宓正在分发姜汤,她的眼光无限温柔。

她分不清是哪些人推她上山的,但她知道,她无论坐在哪一辆车上,都会被推上山的。

这是她的荣耀啊!

昨天她也见识了很多不相信,还有一个不相信就发生在她自己身上,她在高原上居然没事。

也许是和刘鹏涛他们一起,受他们的影响。

甄小宓这样想着,脸上洋溢着青春的微笑,一缕阳光越过高耸的山峰,照在她的脸上,她连阳光的美都吸收了。

二十二

目前,安营扎寨是第一要事。

没床、没厕所、没厨房,就只有一座小小的二层楼房。

这难不倒袁修杰,难不倒司马辰逸,难不倒刘鹏涛和他的战士们。

司马辰逸的声音叫得很大,他是粮草总管,这是他的强项,大呼小叫也是他的强项,有时还会叫出回音来。

只要一吃饱,这帮人的精神就来了。在司马辰逸的叫声中,大家干得热火朝天。

二层小楼虽然没使用过,但放了很多废旧物资,都被大家变废为宝了。

不到两个小时,这里基本成了一个袖珍的营区,该造的都造了,该有的都有了。

小楼上除了前指会议室,其他各个小组都在自己宿舍。虽然挤得要命,但五脏俱全。

友邻部队的领导也在现场,对袁修杰说,果然有战斗力。

袁修杰脸上出现了很少见的谦虚表情,他说,一般一般,向老大哥部队学习。说完话,谦虚的表情马上变成严肃的表情,他打电话向上级报告,我们已到达指定地点,一切准备就绪……

曹天佑的厨房也准备就绪了,是单独用钢管搭起来的,也是悬空的。

曹天佑一进去,厨房就会晃动,这不影响他切菜做饭,他的胖手切起菜来,动作干净利落,他神情专注,统筹得当,有条不紊。

鲁伟诚虽然是后勤班长,但只能当他的副手。

袁修杰在门口看着,对大家说,这个胖子还是有一套的嘛。

一听这话,曹天佑切菜的速度更快了。

他很得意,心想,真刀真菜真功夫,真是练出来的。

孙浩宇和好多人站在房顶上,正在好奇地四处张望,这里海拔差不多3000多米,地势不算太矮,顺着河的流向向前望,是正西方,是N国。

看其他三个方向,需要把头仰起来,很别扭。

永昌平地也少,但不像这里少得如此夸张。孙浩宇想找一个篮球场,他的脖子不停地转,都快转酸了。

功夫不负有心人。他居然看到有人在他们斜上方打球。虽然大部分场地被挡住了,但肯定是在打篮球。孙浩宇跳下楼顶,找来望远镜,一看,确实是在打篮球。

孙浩宇叫了起来,乖乖,这个地方还有篮球场啊!

刘鹏涛正好也在楼上,他大声说,孙浩宇,你来执勤还有心思打球?太有创意了吧。

大家笑了起来,马小超说,大队长,闲着的时候总要找点事情干干啊。

刘鹏涛说,你怎么知道会闲着?不忙你个头破血流,也忙你个头昏脑涨。

有个战士学着广告说了一句,哎,忙点好啊!

楼顶所有的人都笑了。

刘鹏涛说，严肃点，要拿出增援部队的样子来。

马小超问，大队长，增援部队的样子是哪样的？

刘鹏涛想了一下说，就是要酷一点嘛。

他的身后传来一个声音，刘鹏涛，你说个鸟，来这里是让你要酷来了？你给我摆一下，我看你有多酷。

不知什么时候，袁修杰也摸了上来。

刘鹏涛说，首长，不是要，就是执勤，还是酷一点有范儿。

袁修杰说，刘鹏涛，你少来了，以前怎样就怎样，少给我要酷，少给我摆范儿，别逼我要酷啊。

说完，抬着望远镜四处眺望。

孙浩宇觉得他还是有点酷的。

袁修杰放下望远镜说，昨天我看了，刘鹏涛，你的弟兄们还是可以的，原以为在5000米以上的地方执勤，可以好好干一场。我们在海拔5000米的地方跑5公里，踢足球，打篮球，让男足看到消息后集体自杀，让男篮看到消息后集体自宫。

刘鹏涛说，他们才不会干呢。在球场上，那是一帮傻子；在生活中，那是一帮人精；在球场上，不是男人；在夜场中，都是野兽。

袁修杰用异样的眼光看着刘鹏涛，说，刘大队长，你懂得不少啊，太有才了。

刘鹏涛说，不才，我就喜欢看八卦新闻，那里面其实有真东西。

袁修杰说，能从八卦新闻中分析、判断、总结、提炼出真东西的人，那是高人啊。酷啊！大家说，是不是？

楼上热闹了，有人说是，有人喊酷。

孙浩宇没凑热闹，他还在用望远镜望着别人打球，心里痒得很。

这时，楼下响起了哨声：小值日打饭。

要吃午饭了。

袁修杰说,我看了,那个胖子不错噢。

刘鹏涛看了袁修杰一眼,说,不错。

二十三

不知是干粮的味道闻多了,还是曹天佑的厨艺确实不错,反正大家都说菜炒得真不错。

那个胖子曹天佑一炒成名,那不是炒作,是炒菜。

所以曹天佑很有成就感,他想,不就在高原煮个饭、炒个菜吗,小意思,太小意思了。

其实曹天佑以前不是这样的,根本不敢这样想,跟着机动大队两三天,他觉得自己已经变了。

很久以后马小超才告诉他,这就是一支队伍的魂,它可以在短时间内影响士兵的心理发生转变,关键是提升士气。他们机动大队的魂是:我是一棵草,但是我骄傲,我不骄傲谁骄傲!

骄傲是要有资本的。他们这两天的行动就是资本。

所以曹天佑也有底气了,他把刀剁在案板上,对鲁伟诚说,班长,我们去这里的菜市场调研一下。

鲁伟诚说,曹天佑同志,这到市场调研是我们能说了算的吗?

曹天佑仔细想了一下,确实有点骄傲过头了。

他都为刚才的话有点害羞了,好在鲁伟诚头也不抬,正在准备洗碗的水。

但他确实想骄傲一下,他想找一下骄傲的感觉。

他的肩膀被人拍了一下,他看到了巨大的马小超排长。他连忙对马小超说,排长,你可千万不能进来,进来这个厨房就散了。

马小超说,你没看到,我已经进来了。

曹天佑这才发现,马小超就站在厨房的木板上。

但现在,厨房反而不摇晃了。

曹天佑愣住了，鲁伟诚也停下手中的活。马小超说，你们看看饭和菜。

曹天佑和鲁伟诚出了厨房，傻眼了。

盘子里所有的菜都光了，盘子像洗过一样；锅里的米饭都光了，锅像洗过一样。用风卷残云这个词来形容，太不贴切了，太不给力了。

曹天佑还是想了一个词：大扫荡。

鲁伟诚想的是，秋风扫落叶。

俩人一比较，鲁伟诚实话实说，曹天佑的更接近现场的真实感。

曹天佑说，马排长，是不是我再煮点？

马小超说，不用。但是晚上有人来找你补肚子的时候，你可要好好整噢。

曹天佑说，那是那是，排长，你就放心吧，哪个兄弟饿了，我给他煮面。

马小超说，要是哪个兄弟因为吃不好睡不着觉，哪天你切菜的时候，我就一脚把这个厨房踢到崖下。

曹天佑说，排长，那不可能，我煮的面，你放心，保证吃得好睡得着。

马小超说，今晚给我煮点。

曹天佑说，是。

曹天佑想不通，问鲁伟诚，班长，你们机动大队天天都要加餐吗？

鲁伟诚说，加，我就奇了个怪了，比猪还能吃，除了马小超，一个个比猪瘦多了。

曹天佑说，是不是训练强度太大了。

鲁伟诚瞪大眼睛说，大？训练了一天，吃完晚饭还要跑5公里，5公里回来还要打篮球。一点儿不讲科学练兵，把这帮人都练成了吃饭的机器。

曹天佑说，班长，这样说不对吧？机器都不吃饭，他们吃是因为他们饿了。

鲁伟诚说，他们太能吃了，全总队每个机动大队都有节余的粮，只有我们没有，我们的刘大队长太能折腾了，他一折腾，大家的胃就被折腾大了。在大队时，我们炊事班每天不知要煮多少次面。

曹天佑说，应该的。从今天开始，我给他们煮。

二十四

貂雯楠和甄小宓的宿舍也就是卫生室,只不过隔开半个房间用来当药房。

她俩都是大家闺秀,关系比曹天佑的大多了。

袁修杰清楚得很,貂雯楠是总队长打的招呼,甄小宓是政委打的招呼。

有一点袁修杰不太理解,她们来这个地方干什么?

貂雯楠本不想来的,但来了她反而一点都不后悔。

甄小宓听到消息后专门找了政委,软磨硬缠,撒娇耍赖,就差寻死觅活了。她要的是浪漫和刺激。

果然很刺激。

她们俩一刻也没闲着,好多器械和药品要归类、整理。遇到重物,还要叫刘鹏涛的战士来帮忙。

对于战士们来说,那不是帮忙,那是奖赏。

刘鹏涛精力充沛,正继续指挥他的弟兄们干活,把上午没完善的地方完善一下,把需要修整的地方都过了一遍。

貂雯楠隔一会儿喊,刘大队长,帮个忙好吗?

甄小宓隔一会儿喊,刘大队长,帮个忙好吗?

刘鹏涛说,干脆我安排个人归你们指挥得了。

甄小宓说,里面太挤了,没地方。

所以刘鹏涛一会儿大手一指,你,去。

他一次换一个,那些被叫去的人兴高采烈,脸上闪着红光,像吃兴奋剂过量了一样。

刘鹏涛对张立轩说,五丈原那边连个女人的影子都见不着,干工作太乏味,哎,那边的弟兄们比我们苦多了。

张立轩说,我们机动大队不也没有女人吗?

刘鹏涛说,你懂个屁,不一样。我们这里离家有6000多公里,机动大队是我们的家,在家里和这里就是不一样。

张立轩说,你刚才说的是女人啊。

刘鹏涛说,跟你这头猪说话太累了,我还不如找一头猪和它说说。

张立轩低三下四地说,老大,你就当我是一头猪吧。

刘鹏涛咬牙切齿地说,女人夸张的尖叫和赞许的目光可以让男人的工作效率提高三至五倍。

张立轩若有所悟,说,噢。

刘鹏涛说,NBA为什么要啦啦队?

张立轩说,为了提高效率。

刘鹏涛快吐血了,但忍不住,还是接着说了,以前,我们CBA打得不怎么样,自从有了啦啦队后,打得一年比一年好。

张立轩说,那队员打球时也没时间看啦啦队啊。

刘鹏涛说,他们不看观众看,观众看了尖叫声就大了,尖叫声一大队员就兴奋了。

张立轩说,老大,这下我真的明白了。

刘鹏涛懒得理他,转身走了。

张立轩看着卫生室,卫生室的门上已挂出一个红十字,很醒目。张立轩感觉到鼻子里有什么东西流了出来,一抹,是血,他自言自语说,兴奋,太兴奋了。

这时,他听到头顶有人喊,张副大,躲开!

张立轩敏捷地跳到一边,一块玻璃钢砸在他刚才站的地方。

他捂着鼻子仰起头骂,我靠,小心一点啊,会要人命的。

袁修杰也喊,大家小心点,注意安全。

上面的战士说,张副大,对不起,没砸着吧?

袁修杰发现了张立轩手上的血,问,砸到哪里了?

张立轩还在捂着鼻子,说,没砸到,只是兴奋而已。

刘鹏涛听到后哈哈大笑,说,这下他真明白了。

袁修杰一头雾水,说,搞什么名堂。

刘鹏涛说,没搞名堂,我们在搞饭堂。首长,你看,马上就搭好了,既可当饭堂,还可当会议厅,也可当我们平常的活动场所。

司马辰逸说,刘鹏涛,这可是我的创意。

刘鹏涛说,司马部长,你可只说过盖饭堂。

司马辰逸正要发话,看到张立轩捂着鼻子,他问,受伤了?赶快去卫生室啊。

刘鹏涛说,兴奋得流鼻血了,反应也快多了。

司马辰逸说,那也要看啊。

刘鹏涛说,司马部长,别惯坏他们,流个鼻血哪需要看。

司马辰逸说,这不是在永昌啊,我分管后勤,听我的,你赶快去卫生室。

张立轩看着刘鹏涛。

刘鹏涛说,去吧,不要兴奋过度。

张立轩笑了起来,一不小心,鼻子里面的血流进了嘴里。

咸是咸了点,味道蛮不错的。

二十五

看营区像个样子了,袁修杰正想让大家休息一下,上级来了命令:永昌增援部队开始执勤。

袁修杰把部队集合起来说,来就是干活的,我们开工吧!

刘鹏涛扫了一下他的队伍,目光停在马小超身上。

看得出来,马小超真是累了,他体能消耗太大了。

刘鹏涛还是说,马排长,你带人执第一次勤。

马小超身子一挺,说,是!

一直在宿舍里的关智宸走了出来,他拿了一张纸给马小超,说,小超,这是执勤情况分析和注意事项,你和大家交代一下。

马小超说,是!

关智宸说,带上雨衣。这里是热带季风和寒流的交汇处,随时都有可能下雨。

孙浩宇想,怎么可能下雨呢？云都在国外很远的地方。

马小超喊他,发什么愣,赶快带你的雨衣!

貂雯楠推开卫生室的门,对袁修杰说,袁副,我也想说几句。

袁修杰说,行啊,说说。

貂雯楠说,从出发到现在,大家很累了,尤其是经历了昨天和今天,工作量太大,体力严重透支。我知道大家身体素质好,身体越好越不能大意,所以大家休息时一定要打开被子,不能因为整理内务就和衣而睡,这个时候一着凉就会感冒。

袁修杰也说,人家貂医生说得很好。你们这些牛哄哄的家伙要按貂医生的办,谁要是今天感冒了,就说明不服从命令,我马上把他送回去。

刘鹏涛大声说,明白没有？

大家说,明白了!

刘鹏涛说,明白了就给我把自己放平了好好休息。

赵致远打开被子,把自己摆进去,说,太舒服了,这睡觉可是人间最好的事啊。可躺在长板坡老觉得自己是斜的。

五班长周楷泽说,我抻得够展够平吧？老觉得自己要掉下去似的。

大家都感觉斜,正要展开话题的时候,张立轩鼻子里塞着一大团棉花进来了,说,是心里斜吧,把心摆正了,都闭上鸟嘴睡觉。

周楷泽说,心是摆不正的,都是偏左。一翻身,大家就睡着了。

那河水一跳接着一跳,弄得动静挺大,可还是被他们的鼾声压了下去。

马小超在执勤,站着都想睡觉。他把盾牌提到脚上方的10厘米处,一打瞌睡,盾牌就砸在他的脚上,他疼得吸一口冷气,瞌睡就没了。

孙浩宇一直在想着一件事,所以就不困,他在等雨。

但他没等到。

返回的路上,孙浩宇问,教导员不是说会下雨吗?

马小超说,下什么下,天气预报也有错误的时候。

孙浩宇问,那以后我们还带不带雨衣?

马小超说,孙浩宇,我告诉你,你当不上班长不是因为你会打篮球,而是因为你怀疑领导的决定,这是部队,命令错了你也得执行。

孙浩宇不说话了,他在想马小超的话。

马小超以前没和他说这句话,他俩是球友,马小超又是他的直接领导,关系一直不错。

孙浩宇想,要是排长说的话没错,那就真要怪自己了。

二十六

曹天佑没和鲁伟诚到菜市场调研,司马辰逸已经调研回来了。

他很失望地告诉两个炊事员,没有鲜猪肉,只有冻猪肉。

作为炊事员当然知道,这冻肉和鲜肉的区别很大,冻肉很没有油水,哪怕它是一块肥肉,一冻之后油水就很少了。

炊事员当然还知道,油水就是能量。

能量是保证战士们的体力之源。

所以司马辰逸急了,问他俩,有没有什么办法?

鲁伟诚说,部长,你都没办法,我们能有什么办法?

曹天佑说,养猪。

司马辰逸没说话,鲁伟诚就来气了,说,在这个地方养猪?

曹天佑没理他。

鲁伟诚又说,即使能养,到哪里找猪崽?

司马辰逸开口说话了,小曹啊,猪还没有养大,我们就回去了,留给谁吃?

曹天佑说,部长,养猪不一定吃啊。

司马辰逸说，不吃养它干吗？吃它就是要给我们补身子骨啊。

曹天佑说，只要我们养了猪，不管最后吃不吃，都能补啊。

司马辰逸说，这不是画饼充饥吗？

曹天佑说，不完全是。猪是活的，是看得见摸得着的，是实实在在的，是不需要想象的；而饼是画的，是需要想象的。大家看看实实在在的猪，摸摸实实在在的猪，就会精神起来。

司马辰逸说，古有画饼充饥，今有看猪提神。我活这么大岁数，算是开眼界了。那要我们后勤保障组干什么？

曹天佑说，肚子里是需要填充必要的东西的，但不一定非要填充猪肉。

鲁伟诚越听越觉得离谱，越听越觉得痛苦，他实在忍不下去了，就说，曹天佑，别以为你厨艺好就胡说八道，你还能忽悠得了部长？

司马辰逸说，哎，小鲁啊，他说得也不无道理。你仔细想想，这看猪提神确实比画饼充饥要高一个境界。

曹天佑说，部长高明。

司马辰逸说，在这种艰苦的环境下，是要采用一些非常规的办法。

鲁伟诚快崩溃了，心想，要是你俩不是猪，那我必定是猪了。

曹天佑说，部长，我们得抓紧时间找猪崽。

司马辰逸说，这事我来办。到时你要保证既要养好猪，又要做好饭。

曹天佑说，没问题。打兔子带撸草是我的拿手戏。

鲁伟诚故意把脸憋得通红，说，部长，我憋不住了。

司马辰逸说，你看你，憋不住上厕所啊。

鲁伟诚逃了出去，准备对着外国的山大喊几声，但想到有气也不能冲国外发啊，何况声音还是会返回到长板坡的，就去爬台阶去了。

他爬了整整三十个来回。

刘鹏涛看到了，对袁修杰说，首长，看看机动大队的兵，炊事班长都这么犀利。

袁修杰看着鲁伟诚汗珠滚滚落下，还在咬牙坚持，忍不住点点头，说，来这里刚刚第一天,就这么锻炼,这才叫酷。

鲁伟诚没听到这句话,要是听到的话,肯定还要爬三十个来回。

二十七

执勤任务不是很重,但责任重大。一丝一毫都不能麻痹大意。

刘鹏涛不想让大家闲着,也不能让大家闲着,除了执勤人员,其他人员都要训练。

孙浩宇很想训练,因为训练场地就是他那天从望远镜里看到的篮球场。

严格说来,这不能叫篮球场。只略微比半个标准篮球场大点,球场还有点坡度,没标三分线,因为要标的话,三分线就过了中线。

休息的时候,孙浩宇就站在篮筐下,做几个投篮动作,没有球,过过干瘾也可解馋啊。

马小超看着孙浩宇,心里也痒痒的。

他是排长,不可能站在篮下比画,但心里可以想想。

好多战士也跃跃欲试,机动大队哪有不会打篮球的?

他们都可怜巴巴地说,排长,打场篮球吧。

因为刘鹏涛没发话,谁也不敢说要组织打篮球,谁也不敢对刘鹏涛提这个要求。

马小超可以。在机动大队,刘鹏涛没训过的人少之又少,马小超算是其中之一。

马小超说,这个篮球场怎么打?

有的战士说,打个半场也可以。

马小超说,再说吧,过段时间再说吧。

于是大家又开始训练了。

训练是机械而沉闷的,即便如此,机动大队的战士还是把喊杀声震到了国外,然后又传了回来,不卖力就不是机动大队的战士。

曹天佑有时会站在房顶上用望远镜望一望,有时只能听到声音,他是打心眼里羡慕他们。

貂雯楠和甄小宓基本上无所事事,最多给袁修杰和司马辰逸量量血压,大多时候,袁修杰连血压都懒得量。

她们期盼着他们能走进卫生室,哪怕只是找她们要点药也好。

但是没有。

二十多天过去了,没有人找她们要药,更没有人找她们看病。

保障官兵身体健康是她们的职责,但没有病人何来的医生啊,她们像是多余的一样。

最忙的要数司马辰逸了,在长板坡,后勤保障的确是一件头疼的事,巧妇难为无米之炊,任你本事再大,浑身解数都使出来,都不可能把山上的石头变成肉和菜。

每天的饭菜就那几个品种,任曹天佑厨艺再好,也玩不出什么花样了。

因此司马辰逸比曹天佑都渴望弄到几个猪崽,他相信,看猪提神绝不是神话。

二十八

神话发生在部队拉练的那一天。

那一天,乔问筠从天而降。

乔梦琪是美女,乔问筠是美女中的美女,美女中的极品。

虽然风尘仆仆,可她的美还是那样的美。

灰尘挡不住。

旅途的劳累挡不住。

这个美女就站在营区门口。

虽然有182级台阶的距离,曹天佑还是一眼认出她就是乘务长乔问筠。

曹天佑惊呆了,好在他拿着的刀没往下剁,否则剁了自己的肉他都不知道,都没感觉。

乘务长乔问筠来了。

美女乔问筠下来了。

曹天佑的刀悬在半空,身体像被使了定身法一样。

乔问筠看着他发呆的样子,喊了一声,胖哥哥,刘鹏涛在哪儿?

曹天佑一个哆嗦,刀落了下来,那块砍了半天没砍断的冻猪板筋分作两段。

他也不砍肉了,眼睛盯着乔问筠,嘴里喊:大队长,大队长,你看,谁来了?

刘鹏涛就在营区,直线距离距曹天佑不超过5米,他从窗户探出头来,看到了乔问筠。

刘鹏涛的眼睛瞪得比牛眼还大,差点晕过去。

你怎么来了?

你让我来的。

这个美女说来就来了。

真的来了。

这个美女只给他打过一次电话。

电话里,她说她要来看他。

电话里,他说你来吧。

他以为她在开玩笑,所以就跟着开了个玩笑。

玩笑开过之后,他倒真希望这个美女突然出现在他面前。

现在,这个美女真的出现在他面前了。

太突然了。

"突然"这个词用在此时,有点劲道不够。

劲道太不够了。

可除了这个词,目前还没有更好的词。

心理素质极好的刘鹏涛的脑袋一下子蒙了。

机动大队大队长刘鹏涛的心跳一下子从63变成了126。

这是从来没有过的。

这有失一个机动大队长的水准。

好在其他人都去拉练去了，只有曹天佑一个人在后勤班值班。

刘鹏涛值的是行政班。

曹天佑看看乔问筠，再看看刘鹏涛。他什么也没搞不明白，最后看看案板上的肉，胖手一挥，又把刀举了起来。

刘鹏涛还是没有什么有效的反应。但他看见了刀光一闪。

他居然从窗户跳了出来，一个箭步冲过来。夺下了曹天佑的刀。本能反应。这是他的强项。

曹天佑手无一物，傻傻地站在那里，讪讪地问，大队长，你要干什么？

在这个时候，刘鹏涛才意识到自己的失态，才从懵懂中清醒过来。

乔问筠站在那里，脚下的箱子里躺着三只可爱的小猪。

她和这三只小猪静静地看着刘鹏涛的表演。

刘鹏涛觉得自己的表演很拙劣，甚至有点丢人现眼。

乔问筠却不这么以为。

可能那三只小猪也不这么以为。

至少，刚才，刘鹏涛夺刀的动作在乔问筠和三只小猪的眼里，简直是帅呆了。其他都不重要了。

在乔问筠眼里，这就是她常常想象的一幕。就是这样的，一点儿都不差。

曹天佑的刀虽然被夺了，可他的心里明白了。

他得打破这个僵局，让刘鹏涛大队长有个体面的台阶下。让美女和帅哥的重逢不能尴尬。

于是曹天佑把肥厚的身子一下子砸在地板上，大喊，歹徒已被制服，人质被解救，危险解除，演习到此结束。

刘鹏涛踢了他一脚，不领他这个情，起来吧，我也有孬的时候，让乔姑娘看见也不是坏事。他接着大步走到乔问筠面前，大声说，乔姑娘，对不起，太失态了。你的到来太让我吃惊了。

乔问筠说，没关系，没吓着你吧？

刘鹏涛说，这倒没有。你看见了，我都有点乱套了，是不是让你很失望？

乔问筠说，我一点都没失望，正好相反，我觉得这一趟来得太值了。

曹天佑像看戏一样，越看越精彩，越看越明白。

这个场面他是真看明白了。

可他不明白的是，乔问筠怎么会和刘鹏涛搅在一起了呢？

不就是坐了一回飞机吗？他们在飞机上也只是例行公事，说了不咸不淡的几句话。

话有时是多余的。人这一生中，说的话至少有80%是废话。

曹天佑没有看见过乔问筠望着刘鹏涛的眼神，曹天佑也没有看见过刘鹏涛望着乔问筠的眼神，曹天佑更没看见过乔问筠和刘鹏涛对视的眼神。

那对视很短，短得要命。

就因为太短了，所以才要命。

曹天佑没看见这要命的对视。

在琅琊，在长板坡的营区，两个经过短得要命的对视联系在一起的人面对面站在一起，虽然没有不知所措，但总得有什么来过渡一下。

要过渡只有曹天佑了，曹天佑必须搭个桥。

搭也得搭，不搭也得搭。

曹天佑觉得要把握住这次机会。

曹天佑当然能把握住这次机会。

因为他是曹天佑，曹天佑善于察言观色，也善于卖乖。

乘务长同志，你一定饿了吧？我给你煮一碗面，这可是我家传的手艺。

刘鹏涛也忙着说，一路累坏了吧？先把东西放下，我给你打盆水洗洗。

乔问筠说，不给你们添麻烦了。我倒真是饿了，吃了东西，我就去宾馆了，房间我已定好。我就是想来看看你。

听到这话，刘鹏涛的脸红了，站在那里，不知该说什么好。

倒是曹天佑反应过来，那怎么行，怎么也得我们来安排一下才对。

刘鹏涛跟着说,对,对,我们安排。

乔问筠笑着说,真不给你们添麻烦了。

刘鹏涛不好意思了,不麻烦,怎么能叫麻烦呢?

二十九

美女乔问筠把曹天佑煮的一大碗面吃了个一干二净,曹天佑赶紧从兜里掏出一把卫生纸来递了过去,乔问筠笑着说,我这里有。

她用飞机上的湿巾擦了擦嘴,说,好了。

她擦嘴的姿势太美了。

曹天佑一直站在她身后,刘鹏涛站在曹天佑身后。

这种待遇曹天佑第一次遇到。

曹天佑心里很得意,表面上很谦虚,说,乘务长,怪我,面煮得太少了,我马上再煮一碗。

此时的刘鹏涛像是曹天佑的跟班,他附和着说,再吃点。

乔问筠站起来说,你们以为我是猪啊?这面太好吃了。

曹天佑心里美滋滋的,有话没敢说出来,坐了十几个小时的车,不饿才怪。

美丽的乔问筠说,刘鹏涛,你不是说这里很难吃到猪肉吗?你看,猪我给你带来了。

就那一个电话,刘鹏涛说战士们训练很苦,营养跟不上,没鲜肉吃,吃的是三年前的冻猪肉。

这个美女当真了。

刘鹏涛说的也的确是真的。

那三只小猪可爱极了。

好长时间没见过猪,一下子见了猪,刘鹏涛觉得特别亲切。

尤其是曹天佑,在琅琊见了永昌的猪,他不只是亲切,简直就是看见了兄弟。

当然,性别无关紧要。

这可是宝贝啊。

刘鹏涛对曹天佑说,还不谢谢乔姑娘。

曹天佑说,乘务长,我代这三只小猪谢谢你。

刘鹏涛说,你应该代战士们谢谢乔姑娘送来了猪。

曹天佑说,是的,我连这三只小猪都不如,话都说不好。

曹天佑想了想又说,这话怕该你说吧?

刘鹏涛有点窘迫,说,让你谢你就谢!

乔问筠笑了,笑声差点把雪山上的雪震下来。

刘鹏涛和曹天佑也笑了,笑得小心翼翼。

乔问筠说,我得去休息了。

刘鹏涛不好意思了,说,我俩都值班,送不了你。

乔问筠说,送什么送? 我都能从永昌来这里找着你,还用你送?

刘鹏涛更不好意思了,说,乔姑娘,我们值班,确实走不开。

乔问筠又笑了,刘鹏涛,我可没要求你送。

刘鹏涛说,是,是。

这回轮到曹天佑笑了,他不敢放开笑,只能在心里笑,天啊,这个大队长遇到克星了。

刘鹏涛没发火,他只是说了一个字,滚。

曹天佑很听话,一下子就滚不见了。

三只小猪无辜地望着刘鹏涛和乔问筠,哼哼叽叽的。

刘鹏涛又喊,曹天佑,把猪拿走。

曹天佑一下子又出现了,把三只小猪带走了。

只剩下他们两个人,刘鹏涛费了半天劲想找句话说,可一个字都找不出来。

还是乔问筠先开口了,刘鹏涛,不为难你了,我真的要休息。

刘鹏涛如释重负,你休息好,我值完班就去看你。

三十

那三只小猪成了曹天佑的亲人。

他看着它们,抚摸着它们,嘴里说,我的个老天呀,你们一来,我就不会无聊了,我要把你们养得像我一样胖。

他想了一下,说,不对,应该像马小超一样壮才行啊,这可是高原。

拉练的人一回来,他马上向炊事班长鲁伟诚报告,赶快搭猪舍。

长板坡寸土寸金,但难不倒这些爱猪的战士们。

猪舍很快就搭了起来。

就在悬崖边上,战士们牺牲了一小块晒衣场。

曹天佑很满意。

曹天佑觉得三只小猪也很满意。

上可望皑皑雪山,下可听潺潺流水,亿万富豪的别墅也不过如此。

三只小猪的家就应该是这样的。

多么美丽的家啊!

当天,曹天佑就让三个小家伙好好吃了一顿。

当晚,曹天佑就做了一个美梦,三只小猪像天使一样唱起了歌:我的家在悬崖上,雪山在上流水响,我的家在天上……

司马辰逸很高兴,有猪了,多么好的一件事啊!

袁修杰也很高兴,对炊事班说,你们要把猪养好,这可是从永昌来的猪,老乡啊。

曹天佑听了这句话乐坏了,这话说得好。

刘鹏涛在当日上报情况后勤工作中加了一条:今天,永昌增援部队开始养猪。

琅琊边防总队的局域网上很快发了一条信息:永昌增援部队克服重重困

难发展农副业生产,在长板坡开始养猪。这是长板坡首次养猪。

上级领导批示:向永昌增援部队学习,发扬自力更生艰苦奋斗的精神,搞好后勤保障工作。

袁修杰和司马辰逸兴奋得一塌糊涂。

鲁伟诚只能跟着高兴。

曹天佑没想到,不就是养猪吗? 我要养得比我肥,比马小超壮。

鲁伟诚说,那就对了,比你肥就杀,杀了吃肉。

鲁伟诚就差流口水了。

曹天佑说,它们还小,班长,你别吓唬它们。

鲁伟诚说,它们还能听懂我说的话不成?

曹天佑说,你刚才嘴馋的样子很不好看,它们听不懂你的话,但看到你的样子就知道你在说什么。

鲁伟诚说,别吹牛了,我又不是没养过猪。

曹天佑说,没吹,猪比你聪明多了。

鲁伟诚说,你这话什么意思?

曹天佑说,没意思,我就说个实话。科学家是做过实验的,猪比人聪明。

鲁伟诚看曹天佑很认真,就说,我不吓唬,你安慰它们一下,毕竟是刚从老家来的。

曹天佑说,它们是我们的老乡。

鲁伟诚说,老乡见老乡啊。

这时有人接话,一刀见阎王,吃了就是香。

说话的是排长马小超,那个人高马大,精力过剩,饭量惊人的马小超。

曹天佑说,排长,你也太馋了吧。

马小超说,是的。

曹天佑说,这三个小家伙可是来自千里之外的永昌,你见到它们就馋,也太无情了吧?

马小超说,只要你把它们养好,我决不无情,保证一刀毙命。

说完，马小超扬长而去。

曹天佑不说话，呆呆地看着三个小家伙。

它们睡着了，太累了，也可能有点醉氧。

那一晚，曹天佑没睡，他怕它们有什么问题，像母亲守着她的孩子一样。

曹天佑感到自己很幸福。

好在三个小家伙一点问题都没有，曹天佑太欣慰了。

三十一

大家高兴完了，才想起问这三只小猪是从哪里来的。

袁修杰当然问的是刘鹏涛。

平时说话干脆的刘鹏涛嘴上像上了胶水，居然有点口齿不清，是飞机上的那个乘务长送的。

袁修杰问，哪一个乘务长？怎么送的？

刘鹏涛头上冒汗了，说话更不对劲了，反反复复，含含糊糊，就是上次坐飞机的那个乘务长，她就是那个乘务长，永昌飞机的乘务长，就是她送来的，坐车送来的，从永昌来的。

真为难刘大队长了，把一件好事情说得如此糟糕。

话说得确实有点混乱，但袁修杰听明白了，他能抓住这些话的主要内容，他处理事情能从千丝万缕的复杂情况中直奔主题而去。

袁修杰说，好你个刘鹏涛，不错啊，坐一回飞机就可以让乘务长千里迢迢给你送猪来。你的本事越来越大了。

刘鹏涛的汗越来越多，声音也越来越小，她就给我打了一个电话，说要来，没想到真的来了。

袁修杰说，你紧张什么？这么长面子的事被你三言两语就说完了，这可不是你刘鹏涛啊。等有机会了，你得好好讲讲你的一见钟情故事。给你的弟兄们，不要有保留，让他们也学学。他们学好了，你可是大功一件啊。

刘鹏涛听着听着,觉得这话不像是在批评他,怯怯地问,副指挥长,您不批评我?

袁修杰瞪大眼睛说,我吃错药了? 批评你?

刘鹏涛说,地方群众未经您批准就擅自进入营区。

袁修杰说,你刘鹏涛连这事都处理不好,还当什么大队长?

司马辰逸看着营区问,刘大队长,你把人藏哪儿了?

刘鹏涛说,没藏,她自己住宾馆了。

袁修杰这下火了,刘鹏涛,你这是干的什么鸟事?

刘鹏涛解释说,我值班,不能出去。何况她进来时已定好房间,她说她很累了,吃了一碗面条就休息了。

袁修杰看着刘鹏涛说,明天早晨早早去把人家请过来。

刘鹏涛身子一挺,是!

三十二

刘鹏涛兴奋得要命,一夜未眠。

乔问筠一觉醒来,已是上午九点,她照了照镜子,觉得气色很好。

飞机经常坐,但这么长时间坐车,乔问筠还是第一回。

她想,看来有些力量的确是神奇的。刘鹏涛也该来了吧。

她一推门,果然看见了刘鹏涛。

刘鹏涛站在门口一个多小时了。

乔问筠问,怎么不敲门?

刘鹏涛说,你得多休息会儿。

乔问筠感觉到很温暖,说,我休息得很好。

刘鹏涛关切地问,没什么反应吧?

乔问筠说,没。

刘鹏涛说,我们领导派我来请你过去。

乔问筠说，为什么不是你呢？

刘鹏涛说，我当然也请。

乔问筠住的宾馆离营区不到五分钟。

袁修杰、司马辰逸、关智宸、张立轩早已等在营区门口，袁修杰上前握着乔问筠的手说，问筠同志，太谢谢你了，你给我们送的礼太重了。

乔问筠说，应该的，应该关心我们的子弟兵。

袁修杰说，你还要继续关心，要重点关心刘鹏涛。

乔问筠看着刘鹏涛说，刘大队长太难关心了，一个电话都舍不得给我打。

袁修杰说，刘鹏涛，你太不男人了，一个爷们儿不能主动些？我命令你一周至少给问筠同志打一个电话，完不成任务，我撤了你的大队长。

刘鹏涛说，是！

司马辰逸也凑过来握乔问筠的手，说，美女，你对我们后勤工作太支持了，我太感动了。等回到永昌，我请你吃饭。

袁修杰说，你请什么请，刘鹏涛代你请就行了。

司马辰逸说，那不行，我要亲自请才能表达心意。

袁修杰说，问筠同志，我们司马部长小气得很，最多请你吃一碗小锅米线。

乔问筠说，那我请司马部长吧。

司马辰逸说，我倒真想念永昌的米线了。

袁修杰说，你看，问筠同志，这没几句话就变成了你请客。跟你说句实话，我长这么大还没有占过司马部长一点儿便宜。

司马辰逸说，向袁副指挥长报告，我也没占过谁的便宜。问筠同志，你买猪和车票是多少钱，一会儿我让会计送给你。

乔问筠说，司马部长，这是我送给部队的，不谈钱。

司马辰逸说，这可不行，你送猪来我们已很感激了，不能让你贴钱啊！

袁修杰也说，对对对。

乔问筠说，二位领导，你们别寒碜我了，别这么俗气好不好？纯爷们儿可不能为难小女子。

袁修杰看看司马辰逸,说,间筠同志这么大气,司马部长,我们就占了这个便宜吧。让刘鹏涛慢慢吃亏还吧。

刘鹏涛说,是!

乔问筠听了,开心地笑了起来,觉得刘鹏涛实在是太可爱了。

三十二

曹天佑几乎用尽平生所学,把早上的面条做得蚀骨销魂。

小值日一边打早点,一边瞅准机会吃几大口面条。

宿舍里的战士们都闻到了香味。

一坐上桌子,就有至少三十个人咬了舌头。

有咬得厉害的,能感觉到嘴里的血在汩汩地流。

但没人把血吐掉,一是浪费吃面条的时间,二是血也很有营养,哪怕是自己的血。

袁修杰吃着面条,越吃越带劲,他站起来问,今天的面条谁煮的?

曹天佑马上答道,报告指挥长,是我。

袁修杰说,是副指挥长。

曹天佑心里说,你怎么喊司马副部长为司马部长?可嘴里却说,是,指挥长。

饭堂里一下子笑爆棚了。

乔问筠更是笑得前仰后合。

袁修杰也笑了,说,以前的面怎么做的?那么难吃。今天的面条才叫面条。

曹天佑说,今天的面条是为猪做的。

这下饭堂真爆了,有几个战士笑得从凳子上摔下来了。

曹天佑忙说,不对,不对,是为乔乘务长的猪做的。

饭堂乱套了，有人笑得晕过去了。

乔问筠笑得岔气了。

鲁伟诚强忍住笑，站起来说，曹天佑是想说，是因为乔问筠乘务长送来了三只小猪，他非常感谢，这面倾注了他的感情，所以才这么好吃。

曹天佑说，对，对，怪我嘴笨，没说好。

袁修杰其实也笑得受不了了，也知道曹天佑想要表达的意思。

等饭堂的笑声停下来，他又问，难道你们平时不能倾注着感情煮面吗？

鲁伟诚不知该怎么回答。

曹天佑说，平时感情也有，但没有今天的多。

袁修杰说，搞了半天，我们吃碗好面，也要沾问筠同志的光，沾猪的光。问筠同志，看来你要多在几天啊。

乔问筠说，谢谢啦。我不想给你们添麻烦了，明天就走。

刘鹏涛看了一眼乔问筠，眼里很失望。

司马辰逸说，让刘大队长陪你玩几天。

乔问筠说，我真得走，只请了五天假。

袁修杰说，那太遗憾了。这样吧，让刘鹏涛明天带车把你安全送到琅琊机场，顺便吃点亏。

刘鹏涛高兴坏了，站起来说，是！

这一天，刘鹏涛也没和乔问筠单独说几句话，袁修杰一直陪着，带乔问筠简单逛了一下长板坡。

虽然一夜未眠，刘鹏涛精神得很。

他这一天的任务就是给乔问筠当服务员。短短的一天，乔问筠很享受这美丽时光。这一趟是辛苦了点，但她觉得很值。

第二天吃过早点，乔问筠要走了。曹天佑过来说，乘务长，你放心吧，我会把它们养得像我一样肥。

乔问筠笑了，说，胖哥哥，你的面条是世界上最好吃的面条，我会记着你的味道。

曹天佑看了刘鹏涛一眼,说,是面条的味道。

乔问筠又笑了,笑得真好看。

曹天佑后来和孙浩宇说,乔问筠太美了,笑起来时,倾国倾城倾世界,更倾长板坡。

三十三

这么香的面条只有一个人没吃,孙浩宇。他不吃是有原因的。

他已经有几天没吃面条了。

这个原因是一个秘密,他都没和曹天佑、马小超讲。

他怕讲了他们受不了,一个是厨师,一个那么能吃。

孙浩宇都不敢看他们吃。一想到吃面条,孙浩宇就饱得想把肚子里面的东西倒出来。

马小超是面条的受害者,舌头被他咬了一大个口子,很疼。

他几乎是在眼泪快流出来的情况下吃完四大碗面条的。

他还吃了自己舌头好多血。

曹天佑说,反正是自己的东西,吃就吃了。

马小超说,我说,你煮面条也用不着费那么大的劲儿,害得好多人都自残。平时我们吃得也挺香的啊。

曹天佑说,也没费多大劲儿,真是用心做了。间筠乘务长说好吃,我就心满意足了。

孙浩宇说,有很多人说你今天的面条可以和星爷的黯然销魂饭有一比。

曹天佑说,我叔叔想让我提干,其实我只想当个厨师,开个饭店。

马小超说,那也不错,我们可以经常改善一下伙食。

曹天佑问孙浩宇,你为什么不吃我煮的面条?

孙浩宇说,你发现了?

曹天佑说,那三只小猪都发现了。

孙浩宇说，非得说吗？

马小超说，不说我阉了你。

孙浩宇说，我不忍心说。

曹天佑说，你要不说，这三只小猪都不欢迎你。

孙浩宇说，至于吗？我是为你们两个好。

马小超说，那你也要为大家好。

曹天佑说，大家好才是真的好。

孙浩宇说，我说了，但你们真不能告诉其他人。

曹天佑和马小超说，说吧。

孙浩宇硬着头皮说了。

长板坡本地的供应能力实在有限，外面的东西又很难运进来，这里又驻着几支部队，后勤保障面临很多困难。

但司马辰逸副部长还是有办法的。

有一天，他对宣传组的黄小忠干事说，他找着面条了，要让黄小忠干事照个相，在局域网上发个信息。

那天是孙浩宇陪着去的。

长板坡虽然很小，但那天去的那个地方孙浩宇真没去过。

路不好走，有的地方搭着木板桥，有的地方还需要三个人扶着过去，龇牙咧嘴的野狗还比较多。

黄小忠干事怕狗，死活不去了，就返了回去。

孙浩宇虽然拿着齐眉棍，但一路也是心惊肉跳，冷汗直冒。

司马辰逸一点儿也不怕，还在前面带路，嘴里还哼着小调。

好不容易到了那个地方，孙浩宇一看，也就是一个很小很小的窝棚。

司马辰逸喊，老板，老板。

一个人从窝棚钻出来，招了招手，示意他们进去。

孙浩宇跟着司马辰逸钻了进去。

眼前一幕他一辈子也忘不了：

晾在架子上的面条都是黑的,纯黑,看不到其他颜色。

黑是因为上面爬满了苍蝇,就像蜂窝一样,密密麻麻,层层叠叠,前赴后继。

还有轮不到爬的,就在空中乱飞,嗡嗡嗡叫着抗议。

老板一挥手,苍蝇飞了起来。

孙浩宇看到了,那确实是面条。

很快,苍蝇又爬在面条上面,挤得个热火朝天,头破血流。

司马辰逸说,孙浩宇,怎么样? 长板坡只有这一家做面条的,被我包了。赶快照几张照片。

孙浩宇说,黄小忠干事给我相机时没教我怎么照,他的相机这么高档,我不敢乱动。

司马辰逸说,没事,让他教你一下下次来照。

孙浩宇一听这话,那胃里好像爬满了苍蝇。

听完了,马小超问,就这你就不吃了?

孙浩宇说,吃不下去。

曹天佑说,看把你娇嫩的。苍蝇都能吃,我们为什么不能吃?

马小超也说,那就连苍蝇一起吃啊,正愁没油水呢。

虽然被两个人抢白了一顿,孙浩宇还是没有吃过一顿面条。

三十四

一路上,刘鹏涛的话也不是很多,就像一个小学生在被乔问筠老师提问。

驾驶员吕弘文都替他着急,急得吕弘文头上都冒汗了。

头上一有汗,他脚下就开始发狠地用劲踩油门。

荒漠上,越野车像子弹一样往前飞,车后卷起的尘土足有几公里,像一条贴着地面往前蹿的狂龙。

刘鹏涛和乔问筠没有感觉到车子飞了起来,他们在后座上享受着甜蜜时光。

"小学生"刘鹏涛有点腼腆,"老师"乔问筠一点儿都不急,她就喜欢这种感觉,她要的就是这种感觉。

她问刘鹏涛,你们什么时候回永昌?

刘鹏涛说,不知道。

那么苦,能吃得消吗?

还行。

你为什么不给我打电话?

不敢打。

为什么?

不知道。

你想我吗?

刘鹏涛停了一下说,想。

乔问筠笑了起来。

刘鹏涛认真地说,现在海拔很高,你少笑点。

乔问筠说,那你多说点。

刘鹏涛说,我不知该说什么。

乔问筠说,说说你们部队的故事。

刘鹏涛说,好多事情不能说,别的事没意思。

乔问筠说,就说说没意思的事。

刘鹏涛说,我不知道怎么说。

乔问筠说,你想怎么说就怎么说。

刘鹏涛就说了他们初来时遇到暴雪的事。

平时和永昌战友通电话时,他说得非常精彩,战友们都以为他在吹牛。可面对乔问筠,他一点儿都放不开,讲一件事,往往还没有开始呢,就已经草草结束了。

即使刘鹏涛讲得乏味无比,可乔问筠还是听得饶有兴致。

吕弘文说,要不我讲吧?

乔问筠说,不麻烦了,我就想听他讲。

吕弘文说,刘大队长在队列面前可以一口气骂我们三个小时,没有一句重复的话。

刘鹏涛说,我什么时候骂过你们三个小时?你这不是在间筠面前造我的谣吗?

吕弘文说,那是我记错了,是两个半小时。

乔问筠又开心地笑了,刘鹏涛居然不说间筠姑娘了,而是直接说间筠。

她说,看来我跟你们是有区别的。

吕弘文说,区别太大了,是雄狮和绵羊的区别。

吕弘文又说,雄狮变成绵羊原来如此容易啊。我什么时候也能变成绵羊呢?

乔问筠问,那你的意思是你是雄狮了?

吕弘文说,刘大队长手下哪个不是雄狮?可大队长现在成了绵羊了。乘务长同志,我没看你手上拿着皮鞭啊?

吕弘文从后视镜看到刘鹏涛现在的眼神,一个曾经牛哄哄的机动大队长的杀气荡然无存,取而代之的是温顺和听话。

乔问筠手里确实没拿皮鞭,若要拿着,刘大队长怕会真的求乔问筠抽上几鞭。

看来这个世界上最厉害的还是女人,因为像刘鹏涛这样天不怕地不怕的人也是女人生出来的,现要又被另一个女人征服了。

刘鹏涛的矜持和温顺是有原因的。作为机动大队最大的大龄青年,他有他的苦衷。

他至少和五十个姑娘谈过恋爱,但时间都不长,因为他太矜持了,太男人了,太爷们儿了,热情似火的姑娘面对他,找到的是拒之千里的感觉。

这种感觉不是好感觉。

如果刘鹏涛的心被捅五十刀,他能承受。但他没有给姑娘们拔刀的机会。

有人劝他，男人是女人的后代，不可能没有一点女人味，太男人也没错，但也要照顾女人的面子。

这个社会为什么要重男轻女，因为男人都是女人生出来的。

男人要找回面子。

经历的事情太多，总会有反思的，哪怕是刘鹏涛。

其实刘鹏涛也没有反思多少，对女人必须尊重，因为她们和母亲是一样的性别。

吕弘文不知道刘鹏涛会想这么多，也不知道刘鹏涛这么想也不全是为了他自己。

也有比乔问筠美的姑娘，但送猪的还是第一个，千里迢迢送猪的更是第一个。

机动大队是刘鹏涛的部队，刘鹏涛要求男人必须是男人。好多兄弟受了他的影响和蛊惑，错过了像乔问筠一样的美女。

所以刘鹏涛非常珍惜这一次，也必须珍惜，他得做出榜样。

那么多兄弟都在看着他呢，忍就忍着点吧。

何况他是打心里喜欢乔问筠，尊重乔问筠。

当一只温顺的小绵羊也不是多丢人的事，像吕弘文这样受他影响很深的家伙对他的改变是觉得不可思议，但心里还是羡慕的。

其实挨几鞭子也没什么，抽重点儿也没什么。

爱需要清醒。

他刘鹏涛需要清醒。

三十五

吕弘文不知道，是刘鹏涛先征服的乔问筠。

那一天，乘务长乔问筠在飞机上看到身穿迷彩服的战士人头攒动，乱作一团,这些人大多数没坐过飞机,又都背着一个大背囊,把过道堵得水泄不通,乘务员想帮忙也帮不上。

这个时候,刘鹏涛出现了。

他声音响亮,所有人员坐在就近座位上,背囊放在过道上。

他又说,班长出来把所有背囊放入行李架,放不下的协助乘务员放在空座位上固定好。

就两句话,不到五分钟,这一百大几号人不光把自己摆放得整整齐齐,把背囊也摆放得整整齐齐,热闹的机舱内变得很安静,过道干干净净。

马小超从后面跑到第一排说,报告大队长,所有人员到齐。

刘鹏涛说,告诉机长,可以起飞了。

乔问筠就站在刘鹏涛座位旁,一听这话,笑了起来,她说,这位首长,我是本次航班的乘务长乔问筠,负责为你们做好服务工作,有什么事情可以找我,但是我们飞机起飞需要等待塔台指令。

刘鹏涛说,乘务长同志,现在是凌晨,天上没其他飞机,何况我们这还是包机,去执行任务。听我们的指令就行了。

坐在窗户位置的袁修杰小声说,刘鹏涛,你太丢我的人了。人家有人家的规矩。看来你坐的飞机次数太少了。

刘鹏涛说,副指挥长,不瞒你说,长这么大就坐过两回。

袁修杰说,你就没出过差?

刘鹏涛说,差出了不少,任务也执行了好多次,这坐飞机执行任务还是第一回。总算开了一回洋荤。

这时,广播里喊,请各位官兵系好安全带,飞机马上就要起飞了。

说完,又用英语重复了一遍。

刘鹏涛对正在系安全带的乔问筠说,没这必要吧?我们没有外籍士兵。

乔问筠扑哧一声笑了,说,这是职业要求。

袁修杰说,要上高原了,让这个播音的同志尽量节省能量。

这时,飞机冲出跑道,直冲云霄。

短暂的失重,好多人哄的一声叫了起来,然后又有人跟着起哄,噢——

刘鹏涛解开安全带,站了起来,叫我个鸟,山猪吃不得细糠。看人家姑娘们都不叫。

几个乘务员笑了起来。

乔问筠赶快提醒刘鹏涛,首长,请坐下系好安全带。

刘鹏涛一边系安全带,一边骂骂咧咧,这帮小子,没见过世面。

更没见过世面的事来了。

在飞机上吃完早点,好多人晕机,纷纷报告要吐。

乔问筠用话筒说,你们座位前面的袋子里有清洁袋,请吐到清洁袋里。

刘鹏涛又站了起来,乔问筠看他又要说话,示意他可以用话筒。

刘鹏涛没有理会,开始发飙,一个都不准吐,给我憋回去。谁吐出来谁给我原机返回,连飞机都坐不了,还能去执行任务?

有几个战士刚撕开清洁袋,一听这话,赶快放回去了。把快到喉咙的那些东西硬是全部憋回去了。

还有少数肚子里的东西已经到了嘴里的战士,一狠心,一咬牙,又重新咽到了肚子里。

乔问筠看着他们那个难受劲儿,说,首长,他们这样憋不了多久,一会儿情况更糟。

刘鹏涛说,我的兄弟我还不了解?吐出来就不是机动大队的兵。

乔问筠说,机动大队的兵也是人啊。

看到乔问筠这么认真,刘鹏涛笑了,说,他们现在可以不是人。

乔问筠不是很高兴,问,首长,那是什么?

刘鹏涛说,牛。

乔问筠一下子没反应过来,盯着刘鹏涛,心里想,你就牛吧。

乔梦琪拉了拉乔问筠,小声说,乘务长,牛会反刍。

乔问筠一下子明白这个"牛"的意思了,她看了机舱内的战士们,有几个已经憋回去好几次了,真是和牛反刍没什么两样,但牛没这么难受。

她走了两个来回,看到有人都快喷出来了,但马上用手捂住嘴,硬生生地又堵了回去。

没一个人吐出来。

一个都没。

坐在过道另一边的关智宸对乔梦琪说,姑娘们,给他们送点水,漱漱口。

乔梦琪和另外两个乘务员很想帮帮这些晕机的战士们,可刘鹏涛一说,她们都不知道该干什么了,现在关智宸一提醒,三个姑娘像得到了特赦令一样,如梦初醒,赶快端着水过去了。

乔梦琪还想乘机作点弊,示意他们吐在杯子里。她就会丢在后面的垃圾袋里,可没有人理会她的眼神。

乔梦琪无功而返,对关智宸说,没人要水。

乔问筠问,那水呢?

乔梦琪说,不晕的喝了。

乔问筠看着战士们那难受劲儿,心里就够难受了,一听这话,她难受地想哭。

机动大队还不许晕机的战士吐? 这也太不近人情了。

想着想着,她觉得眼泪快掉下来了,赶快躲进操作间。

躲在操作间还是难受,乔问筠抹了一下眼角,又出来了,她冲着袁修杰说,首长,你为什么不管一管? 这部队晕机都不许吐了?

袁修杰看着乔问筠挺冲的,笑了,说,谢谢乘务长同志对战士们的关心。有些部队是可以吐的。机动大队大队长不让他的战士们吐也是可以的。

乔问筠一脸不高兴,问,机动大队大队长就有不许别人吐的特权?

袁修杰说,这不是权力,这是能力。

乔问筠讨了没趣,气得咬牙切齿,说,他们就那么听话吗? 他们能和身体反应抗衡吗?

袁修杰说,必须的。

很明显,袁修杰站在刘鹏涛这边。

乔问筠心里想了几个贬义词:一丘之貉、沆瀣一气、同流合污,不再说话了。

她一屁股坐在座位上,用保险带把自己狠狠地紧了紧,看着战士们那个难受的样子,自己也开始反胃了。

乔梦琪和另外两个乘务员不知做什么好,也都坐在了座位上。

袁修杰无动于衷。

刘鹏涛无动于衷。

坐在前排的领导都无动于衷。

飞机降落了。

没有一个人吐。

一个都没有。

乔梦琪看看乔问筠,又看看其他两个乘务员,脸上是太不可思议的表情。

乔问筠也是一样的表情。

等飞机一停稳,刘鹏涛又站了起来,大声说,一人一个背囊,按顺序下机,机下集合,要慢慢走,轻轻说话,最好别说话。

战士们下机的动作一点儿也不慢,那些晕机的战士都活过来了,看上去什么事都没有发生,他们有的冲乔问筠笑笑,有的低着头从她面前走过。

乔问筠突然明白了,他们是部队呀,他们必须忍受常人无法忍受的。

她也见过硬气的男人,但这种男人还是头一回见。

她不知道他们要干什么去,但她觉得必须为他们做点什么。

她和乘务员把飞机上能用的东西都打了包,包括一大包垃圾袋,对刘鹏涛说,这些东西也许你们用得着。

刘鹏涛很感激,喊了几个战士抬下飞机,他紧紧握着乔问筠的手说,谢谢,太谢谢了。

乔问筠看着刘鹏涛,问,这些都是你的部下?

刘鹏涛说,除了领导。

乔问筠问,你的电话号码是多少?

刘鹏涛愣了一下,又想了一下,说了一串数字。

乔问筠说，记住了。

刘鹏涛说完了号码，他的手还没有放开。

关智宸也想表示一下感谢，可根本插不进来，只能站在一旁看着他们的手紧紧地握着。

乔梦琪也站在旁边，她的眼里全是羡慕。

她发现乔问筠的眼里有种特殊的东西。

三十六

那种特殊的东西肯定不是眼眵。

几天后，乔问筠就在那种特殊东西的指引下，鬼使神差地给刘鹏涛打了一个电话。

乔问筠说，我去看你。

刘鹏涛说，你来吧。

乔问筠坚信刘鹏涛和她一样期待这次见面。

当听说刘鹏涛那边没有鲜猪肉吃时，这个姑娘想都没想，就在永昌买了三只小猪崽，利用职务之便，顺利带到了琅琊，然后辗转带到了长板坡。

她没想到这三只小猪给长板坡的官兵们带去了惊喜，这种惊喜甚至盖过了她的风头。

她没和这三只小猪计较，因为她不会和猪计较，何况这一趟收获很大。

可能一不小心，她就会收获一生的幸福。

所以在机场分别的时候，她一脸的幸福，反倒是刘鹏涛有点依依不舍。

乔问筠说，我等着你回来。

刘鹏涛一副愁眉不展的样子，说，不知什么时候才能回去啊！你都把猪送来了，等我们吃到猪肉的时候，那是哪年哪月啊！

乔问筠看着心疼，听着心更疼，安慰他说，送猪并不代表非要吃啊，那只是我带给你的礼物。

刘鹏涛说，这倒是奇特的礼物。

乔问筠说，你别不高兴，回来时我到机场接你。

刘鹏涛说，这离家这么远，离部队这么远，你要走了，真还舍不得。

乔问筠听了这句话也伤感起来，一下子扑到了刘鹏涛的怀里。

这可要了刘鹏涛的命，他处理过好多次突发事件，但这种突发事件还是第一回遇到。

他连两只手都不知该往哪儿放，就那样斜斜地夯拉着。吕弘文站在旁边，替他干着急。

乔问筠听到了刘鹏涛有力的心跳。

刘鹏涛闻到了乔问筠身上淡淡的清香。

吕弘文直摇头。

乔问筠终归上了飞机。

从机场出来的路上，刘鹏涛的情绪不是很高。

吕弘文故意逗他，说，大队长，这真不是你了。

刘鹏涛说，不是就不是吧。

吕弘文心想，看来的确不是了。

刘鹏涛懒得和吕弘文说话，吕弘文也不是不知趣的人，把车开得飞快，有时刘鹏涛被颠得跳了起来，也不说一句话。要是在永昌，吕弘文早被骂得头破血流了。

一到城里，刘鹏涛首先想到的是买猪饲料。可能是脑袋没转过弯来，这地方猪都没有，还能买到猪饲料？

转了半天，还是吕弘文想到这个问题。

然后吕弘文就嘿嘿地笑了。

刘鹏涛知道他笑什么，懒得理他，说，给你们这些猪头买点硬货吧。

吕弘文说，这才像我们的大队长。

刘鹏涛几乎花了一个月的工资，买了各式各样的吃的，都是大家爱吃的。

吕弘文对售货员说，开个发票。

刘鹏涛说，别开了，我请客。

吕弘文问，大队长，要不要逛逛大城市再回去？

他一脸期待。

刘鹏涛说，别逛了，那么多弟兄们还在等着我们呢。

他又和吕弘文到菜市场买了一头劈成两半的还算稍微新鲜的猪，这回开了发票。

往长板坡返的时候，吕弘文说，大队长，到了荒漠还得你指路。

刘鹏涛不比关智宸差多少。路他只走过一回，还遇到狂风暴雪迷了路，但他记住了。

刘鹏涛说，我不是教你怎样记路了？

吕弘文说，教了就会，那清华北大就任我挑了，还在这儿开车？

刘鹏涛说，你还有理了？连路都记不住，还当司机？

吕弘文说，这荒漠里的路就像奥数一样，难记啊，我要是走两遍就能记住，至少也当个副大队长。

刘鹏涛说，那让张立轩开车得了。

吕弘文说，那你光收指路费就够过一辈子了。

说完，哈哈大笑起来，脚下一用劲，车子又飞了起来。

刘鹏涛什么都不管，车里全是乔问筠淡淡的清香。

三十七

连去带回才走了三天，部队就有事了，虽不是什么大事，但在外执勤，事情就是事情。

他们走的那天，一次训练，主动担当配手的孙浩宇被战友用齐眉棍打开了眉骨，缝了五针。

甄小宓终于有事做了。

貂雯楠好久没动过手了，这样的小手术居然让她手忙脚乱。

孙浩宇说不用打麻醉药,事实证明这是一个错误的决定。

他疼得嘴都快咧到后脑勺了,就差叫出来了。

貂雯楠说,你们机动大队的兵也会疼?

孙浩宇说,不是疼,是为了配合你。

貂雯楠忙得出了一身汗。

孙浩宇疼得出了一身汗。

帮忙的甄小宓虽没出汗,但有点乱。

刀不磨不快,手术不练不行。

事后,貂雯楠说,小宓,在这里业务都荒废了。我们得想办法练练啊。

当然,光额头缝五针真不是什么事情。

事情是孙浩宇的额头发炎了,他本人也发烧了。

发烧是有原因的。

孙浩宇缝了针,包了纱布,就跟着马小超执勤去了。

孙浩宇忘了一件事,带雨衣。

头顶的天空看不见一片云,国外的天空也只飘着几小块儿不能算云的碎云。

可只一会儿,那些细细碎碎的云就聚了起来,越聚越多,越聚越多。

那些聚起来的云居然从国外越过领空,浩浩荡荡过来了。

孙浩宇的头顶也被占领,那是云,不是飞机,孙浩宇没有办法。

是飞机孙浩宇就会想办法了。

那云比飞机快多了,比飞机大多了,比飞机场大多了。

那云不断翻滚,就翻滚出了雨。

其他人都穿上了雨衣,马小超问孙浩宇,你的雨衣呢?

孙浩宇说,出了卫生室,我就来执勤了,没带。

马小超说,穿我的吧。

孙浩宇说,我穿了你穿什么? 不穿。

马小超忙着执勤,忘了孙浩宇刚缝了针。

孙浩宇在雨中差不多站了一个半小时。

他的眉头在隐隐作痛，他的心里却在想着关智宸的话，看来教导员说的话不假。

于是孙浩宇就发烧了，他的伤口也发炎了。

刘鹏涛回到营区的时候，孙浩宇还在输液。

刘鹏涛问，没事吧？

孙浩宇说，没事。

刘鹏涛把手里的大袋子递给甄小宓，说，这是给两位医生的。

甄小宓高兴死了，说，谢谢尊敬的刘大队长。

刘鹏涛说，不用谢，但东西不能给输液的人吃。说完就走了。

甄小宓看着貂雯楠。

貂雯楠看着标着红十字的门帘摆来摆去，最后不摆了。

甄小宓又看看孙浩宇。

孙浩宇看着针水一滴一滴地滴。

貂雯楠说，不能什么都听他的。输液的人就不能吃东西了？输液的人才需要吃东西。

甄小宓翻出两个卤猪蹄，递给孙浩宇，说，吃吧，你适合吃这个。

孙浩宇说，不吃。

貂雯楠说，吃吧，这东西现在是我们的了。

孙浩宇说，不吃。

甄小宓说，孙班长，你还来劲了。你跟他生气也没必要在我们这要性子啊。

孙浩宇说，我不是要性子。军人以服从命令为天职。

貂雯楠说，我看刘鹏涛就是一个封建家长。

孙浩宇说，这是部队。

甄雯楠说，我爸也常说军人以服从命令为天职，但也不能说句话就是命令啊。

孙浩宇说，我认为这是命令。

貂雯楠盯着孙浩宇说，小宓，按命令执行吧。

甄小宓把那两个猪蹄丢进袋子里，嘴里嘟哝着，机械的命令。

孙浩宇笑了起来，还很开心的样子。

貂雯楠瞪了他一眼。

三十八

刘鹏涛把马小超喊到了他面前，声音很大，你作为一个排长，就不能把雨衣给你的部下穿吗？

马小超不说话。

刘鹏涛的个子超过一米八了，可在马小超面前，还是小了一圈。

好多战士正在吃刘鹏涛给他们带的好东西，一听到这个声音，全都停了下来。

刘鹏涛说，马小超，你给我站军姿四小时后，写一份检查。

马小超说，是！

关智宸看着马小超，只是微微一笑。

营区地方很小，战士们来来往往，从马小超身边走过的时候，看都不看他一眼。

马小超目视前方，也不看谁一眼。

甄小宓隔一会儿就撩起门帘看一下马小超。

马小超一动不动站了四个小时。

貂雯楠说，小宓，我看马小超不累，你倒挺累的。

甄小宓说，雯楠姐，他真的一下都没动过啊。

貂雯楠说，不看都知道。

孙浩宇又笑了。

甄小宓说，孙班长，我就奇了怪了，你们单位也就是一个营级单位，可一提"机动大队"四个字，你们就开始骄傲起来了。我爸大小也是一个师长，可没像你们这样骄傲过啊。

孙浩宇认真地说，甄护士，第一，风格不一样，我们机动大队是高调当兵，高调做事；第二，年龄不一样，你爸已过了骄傲的年龄，说不定年轻时他比我们还骄傲呢。

甄小苾听了，觉得是这么个道理。又问，那他为什么不给我讲讲以前值得骄傲的故事呢？

年龄大了，有人喜欢默默回忆，在心里骄傲；有人喜欢侃侃而谈，和大家分享。你爸应该是前者。

甄小苾想了一下，说，我爸还真是这样的。孙班长，你懂得这么多，怎么不考个军校当军官啊？

孙浩宇说，考了，没考上。

甄小苾不相信，说，怎么会呢？

孙浩宇说，一言难尽啊，可能我没当军官的命。

甄小苾说，孙班长，你就说说吧。

貂雯楠也在看着孙浩宇。

孙浩宇说，我在参加总队军事大比武的时候跳木马，结果用力过猛，脚在踏板上一踏，人飞了出去，低下头一看，找不着木马了。

甄小苾问，是不是和国家体操队那种一样的木马？

孙浩宇说，差不多，我们玩难度玩不过人家十分之一，但踏板和木马之间的距离要比他们的还远。

甄小苾说，那么远还能飞出去？

孙浩宇说，但就是飞出去了，结果我一头扎进沙坑里。

甄小苾一下子笑了起来，忘了最初的话题。

貂雯楠忍不住问，这和你考不上军校有什么关系？

孙浩宇说，我的颈椎和右手受伤了。但还有最后一项5公里，他们要换预备队员，我坚决不同意，因为我要给别的队员扛枪。跑完后我就进了医院。

甄小宓说，你不是参加考试了吗？

孙浩宇说，参加了。但脖子上套着颈托，右手拿笔都拿不好，题目都做不完。

甄小宓说，太遗憾了。

孙浩宇说，那倒没多遗憾，遗憾的是我今年要退伍了。

貂雯楠说，退伍也有出路啊。

孙浩宇说，我喜欢部队，舍不得我们的机动大队。

甄小宓说，也倒是，别说你，我都喜欢上了。别看你们的刘大队长牛哄哄的，但你们都挺可爱的。

孙浩宇说，他牛是因为他有一群牛哄哄的兵。

甄小宓说，你看，又开始骄傲了。

貂雯楠说，积习难改啊。

孙浩宇说，貂医生，你嘴下留点情好不好？那不是积习，是传统。

甄小宓说，传统要不是优良的传统，那就是积习。

孙浩宇说，好男不跟女斗。液也输完了，我可以吃东西了。

甄小宓说，不是刘大队长不给你吃吗？

孙浩宇说，他是说不能给输液的人吃。

甄小宓给孙浩宇拔了针头，又把猪蹄递给他。

孙浩宇说，不能抢你们的口粮，我的那份他们还留着呢。

三十九

刘鹏涛买回来的东西，马小超一口也没吃，他没心情。

他不是生刘鹏涛的气，是生自己的气。

出门在外，没把自己的兄弟照顾好，太对不起兄弟了。

他刚把他那一包东西丢在孙浩宇床上，孙浩宇回来了。

马小超说，输好了？

孙浩宇说,好了。

马小超说,走,到外面坐坐。

孙浩宇说,我有个好地方。

马小超狐疑地看着他。

孙浩宇抓起床上的两包东西,带着马小超走到了曹天佑的猪圈旁。

曹天佑坐在猪圈里,正在陪着三只小猪说话。

马小超还没看过曹天佑的猪圈,这猪圈根本就不是一个猪圈。

这猪圈比家都干净,比宿舍都干净。

马小超发誓,这是他见到的世界上最干净的猪圈。

那三只小猪才叫干净啊,身上没沾一点灰尘,连猪脚都是干干净净的,脚指甲都是干干净净的。

那三只小猪看到了孙浩宇和马小超,哼了一声。

曹天佑一回头,看到马小超,马上站了起来说,排长,我给你煮面去。

马小超说,现在不想吃面。

孙浩宇说,小曹,搞点有劲的来。

曹天佑拿来两个马扎、一个水壶和三个口缸。

马小超抓起水壶,往口缸里倒,浓烈的酒香从猪圈飘出。

三只小猪也闻到了,直哼哼。

曹天佑说,你们叫什么,这东西不能给你们吃。

然后三只小猪就不哼了。

马小超端起口缸,一口喝干。

孙浩宇赶快打开两个袋子,从里面把吃的拿出来。马小超那个袋子里,全是鸡屁股。

马小超就好这一口。

曹天佑把三个口缸重新倒满。

马小超问,你俩经常在这里喝?

孙浩宇说,也不是,有时只是吹牛。

马小超抬起口缸说，来，喝。

三个人喝了一大口。

孙浩宇说，排长，你吃点。

马小超看了他一眼，往嘴里倒了几个鸡屁股，连骨头也嚼着吃了。

孙浩宇说，排长，我敬你一杯。我害得你受罚。

马小超说，是我的错，该罚。

曹天佑责怪孙浩宇说，你也不解释一下，马排长给你穿雨衣了，是你自己不穿。

马小超说，解释没用，错就错了。

孙浩宇说，是我错了，没把教导员的话当回事。

马小超说，事情过了，别婆婆妈妈了，来，干。

干。

听到三个口缸碰在一起的声音，三只小猪哼了一声做为回应。

四十

第二天，孙浩宇没去输液，貂雯楠却找他谈话了。

貂雯楠看上去很生气，她说，孙班长，你的伤口还在发炎，就去喝酒了？

孙浩宇用吃惊的目光看着貂医生，没说话。

貂雯楠说，那个猪圈离卫生室也就二十几米，闻都闻到了。是我告诉刘鹏涛，还是你好好配合治疗？

孙浩宇说，貂医生，千万别告诉大队长，我保证好好配合治疗。

貂雯楠说，那就再输三天液。

孙浩宇一脸苦相，说，貂医生，现在不发烧了，这点小伤还输什么液？

貂雯楠说，你自己做决定。

孙浩宇说，我又没惹你，你这是何必呢？

貂雯楠说，我要为你的健康负责。

甄小宓一边用棉球擦孙浩宇的手背,一边说,你们太有情调了,在猪圈里喝酒。在机动大队也是这样的?

孙浩宇说,这不是没地方嘛。

甄小宓说,猪的味道是不是很下酒?

孙浩宇说,甄护士,我敢说,曹天佑的猪圈比你们这儿干净。

甄小宓不高兴了,手上一使劲,一针戳进孙浩宇的血管里。

孙浩宇的嘴里哟了一声。

貂雯楠说,机动大队的战士输个液都扯嘴巴,也太那个了吧。

孙浩宇无言以对。

甄小宓说,孙班长,你说曹天佑的猪圈比我们的卫生室都干净,也太伤人了吧?

孙浩宇说,甄护士,我说的是实话。要不是实话,你扎我十针。

貂雯楠说,是不是我们这儿连猪圈都不如?

孙浩宇脸又苦了起来,说,貂医生,你别上纲上线好不好。你们有空去看看,我说的真是实话。

貂雯楠说,就算是实话,猪圈也是猪圈。

孙浩宇说,那是那是,我也没说那是皇宫。

甄小宓一听这话,忍不住笑了起来,说,还皇宫,真敢说。

孙浩宇说,虽然不是皇宫,但那三只小猪却是皇上一般的待遇。

甄小宓没接他的话,说,你说你们刘大队长有什么好,让一个美丽乘务长神魂颠倒,居然跑到这个地方送猪来了,不可思议。

孙浩宇说,那是你还没发现他的好。

貂雯楠说,你们这些人不是自恋,就是互相吹捧,这个世界上优秀的男人那么多,你们的视野也太狭隘了吧。

孙浩宇说,不是狭隘,是自信。

甄小宓说,你们自信得让人无法接受。

孙浩宇说,所以我们机动大队基本上是单身,别人不欣赏,我们自己欣赏。

甄小宓说，也不要说得这么可怜兮兮的，这不是空姐都开始欣赏了。

孙浩宇说，这是个好兆头，所以还得继续自信。

貂雯楠不愿参与这种没有任何意义的斗嘴，虽然这种争论在闲极无聊的日子里能起到排遣烦恼和缓解压力的作用，也可以活动一下嘴巴的肌肉，有利于面部皮肤更加光滑。

嘴斗多了，也会累。

有时是身心俱疲的累。

她更想知道的是三只小猪怎么能享受到皇帝一般的待遇。

所以她问孙浩宇，曹天佑没问题吧？

孙浩宇知道貂雯楠问这句话的意思，说，他好得很，谁有事他都不会有事。

甄小宓也明白这句话的意思，就问，孙班长，你说句实话，你们机动大队的官兵要不要搞一下心理辅导什么的？

孙浩宇笑着说，不用。我们到野外执勤，在山沟里的帐篷里都待过一年呢，这才几天啊。我们可以自我调节。

说完他又补充道，要不然，就不会让我们来这里执勤了。

四十一

貂雯楠去看曹天佑和他的猪的时候，曹天佑正在给它们洗澡。

曹天佑洗得很仔细，还给它们打了香皂。

曹天佑的手在忙着，嘴里也不闲着。

他完全没有注意到貂雯楠站在猪圈旁。

貂雯楠站了半天，才听明白曹天佑在唱一首比较流行的《猪之歌》：

猪！你的鼻子有两个孔，感冒时的你还挂着鼻涕牛牛；猪！你有着黑漆漆的眼望呀望呀望也看不到边；猪！你的耳朵是那么大，呼扇呼扇也听不到我在骂你傻;猪！你的尾巴是卷又卷,原来跑跑跳跳还离不开它。哦……猪头猪脑猪身猪尾巴,从来不挑食的乖娃娃,每天睡到日晒三竿后,从不刷牙,从不打架。猪！你的肚子是那么鼓,一看就知道受不了生活的苦,猪！你的皮肤是那么白,上辈子一定投在了富贵人家,哦……传说你的祖先有八钉耙,算命先生说他命中犯桃花,见到漂亮姑娘就嘻嘻哈哈,不会脸红不会害怕。猪头猪脑猪身猪尾巴,从来不挑食的乖娃娃,每天睡到日晒三竿后,从不刷牙,从不打架。哦……传说你的祖先有八钉耙,算命先生说他命中犯桃花,见到漂亮姑娘就嘻嘻哈哈,不会脸红不会害怕,你很想她……

在貂雯楠的印象中,这是一个小姑娘唱的歌,可出自大老爷们宽广低沉的喉咙里,也别有一番风味。

关键是曹天佑唱得很投入,很专心,是发自内心的唱。

貂雯楠听着听着,感动起来。

她就在那儿一动不动地站着,听着曹天佑唱歌,看着曹天佑给猪洗澡。直到曹天佑完成了他手上的活,站了起来。

貂雯楠就在曹天佑的面前,曹天佑有点猝不及防,脱口而出,貂医生,你要干什么？

貂雯楠笑了,说,我什么也不干,就想看看你的猪和你的猪圈。

曹天佑说,差点把我吓坏了。

貂雯楠,你的胆子有那么小吗？

曹天佑嘿嘿地笑了,这等于貂雯楠表扬他了。他说,这种突然袭击还是让我无所适从。

貂雯楠说,我也不想袭击你,你把注意力全部放在猪的身上了。

曹天佑说,也倒是,你看,他们可爱吧。

貂雯楠说,的确可爱,和你一样可爱。

曹天佑说,貂医生,你一定还有什么事吧？

貂雯楠说,真的没事。我只是想证实一件事。

曹天佑问,什么事？

貂雯楠说,你的猪圈是不是比我们的卫生室干净。

曹天佑说,那怎么可能呢？医生那都是有洁癖的。

貂雯楠说,看来孙浩宇说的是实话,真的干净。

曹天佑说,那也不能和你们的闺房比。这家伙怎么能这样比呢？

貂雯楠说,怎么比不重要,重要的是真的很干净。

曹天佑说,谢谢貂医生夸奖。

貂雯楠问,你以前养过猪吗？

曹天佑说,当然了。

貂雯楠问,也是这么伺候的？

曹天佑说,差不多。只是在这里时间更多一些。

貂雯楠说,恕我直言,你不觉得把时间花在猪上是一种浪费吗？

曹天佑说,也恕我直言,从未觉得。它们也是生命,而且为了我们它们会献出生命,把它们干干净净地养大,那不是浪费时间,是我的工作。

貂雯楠呆住了,没想到嘻嘻哈哈的曹天佑说出一番让她刮目相看的话。她真的感动了,是啊,这是对生命的尊重,对工作的尊重。

貂雯楠很想说点什么,甚至想和曹天佑好好谈谈,但她只说了五个字:你说得真好。

四十二

曹天佑不得不承认,机动大队和他所在的工作站是有区别的。

最明显的区别是战斗力,吃饭的战斗力。

三顿饭,顿顿都是秋风扫落叶,有时汤都不剩。

于是他就加米,加了也是一样的结果;于是他就再加,再加还是一样的结果。

他承认,他们执勤很辛苦,训练很辛苦。

但饭不带这么吃的,怎么能煮多少吃多少呢？

他不能再加了,再加他们还会吃光。

所以曹天佑逐渐有了思想负担,人不能怠慢,猪也不能怠慢,可这没剩饭怎么喂猪呢?

总不能让猪侵占官兵的口粮。

曹天佑急得嘴上都起泡了。

起泡但不起作用。

所以曹天佑就找刘鹏涛谈话了。

听曹天佑说了他的难处,刘鹏涛哈哈大笑。

曹天佑莫名其妙,觉得刘鹏涛的笑有点夸张。

刘鹏涛说,难怪有几个战士说他们长胖了,原来是你搞的鬼啊。

曹天佑说,我没搞什么鬼。

刘鹏涛说,你一天一天地加米,我又不准他们浪费,能不胖吗?

曹天佑明白了,问道,大队长,那是不是还回到原来的标准?

刘鹏涛说,不要定标准,你看着办。你也可以去调研一下嘛。

曹天佑说,我一直以为你们机动大队比我们工作站的能吃,这两天把我愁坏了。

刘鹏涛说,能吃是能吃,但总有个量吧。

曹天佑说,我觉得一排长没量可量。

刘鹏涛说,他是例外,他干的活是几个人的活,当然要吃几个人饭了。

曹天佑长长出了一口气,说,这下我的猪有饭吃了。

刘鹏涛又哈哈笑了起来。

曹天佑也笑了,笑得很放松。

所以晚上马小超让他煮面的时候,他讨好地问道,排长,要不要整点来劲的?

马小超说,不整白不整。

孙浩宇不请自来。

几口下肚,曹天佑说,你们也不和我说一声,害得我天天加米,还要偷偷给猪煮饭。一舀米我的心都在抖。

孙浩宇说，难怪呢，我从吃两碗饭变成了四碗，撑得要命，只好拼命训练来消化。

马小超说，两碗和四碗有什么区别，爬一次楼梯就什么也没有了。

孙浩宇说，排长，那是你。我们的饭量可增加了一倍啊。

曹天佑感叹道，这三只小猪要有排长一半的饭量就好了。

马小超说，这么小的猪有我一半的饭量不撑死才怪。

曹天佑哑口无言了。

孙浩宇说，小曹，你别急，心急吃不上好猪肉。

曹天佑喝了一口酒，问道，你们机动大队养猪吗？

孙浩宇说，以前也养，但遇到和你一样的问题，我们就打草给猪吃，结果猪养的比鸡都瘦，就不养了。

曹天佑说，哎，在你们机动大队，猪一辈子都吃不上一顿饱饭，真是悲哀啊！

马小超说，看来这三头猪遇到你是找着好主人了。

曹天佑说，它们不容易啊，大老远来到这里，亏待了它们说不过去。

三个人一边喝着，一边说着话，一边抚摸着小猪。

小猪很是享受，打起了呼噜。

曹天佑醉眼迷离，说，排长，给它们起个名字吧，要是你们把它们吃了，也好记住它们。

马小超说，你的意思是你不吃。

曹天佑说，我喂的猪我从来不吃。

马小超说，那你还那么喜欢养猪？

曹天佑说，看着它们渐渐长大长肥，有一种成就感；可一到杀它们的时候，我又有一种罪恶感。

孙浩宇说，所以你说养猪不一定非要杀。

曹天佑说，杀不杀都难逃一劫。

孙浩宇说，所以你想让它们青史留名啊？

曹天佑说，你想想，你们吃了它们的肉，它们的肉又变成你们的肉，长在了你们的身上，成了你们身体的一部分，难道你们不该记住它们吗？

马小超说，天佑说得还是有点道理的，那就起一个吧，至少我们三个可以记住它们的。

曹天佑说，还是排长有良心、重情义。

孙浩宇没理他的话，说，这起名也是讲究学问的。

曹天佑说，所以要排长起嘛。

马小超说，好记就行了。大名就别起了，起了也不知道该姓什么，就起个小名吧。我只听说这名字越贱越好养。

曹天佑说，也不要太贱了，不要叫什么二狗蛋之类的，太俗了有辱排长的名声。

孙浩宇说，要不要叫个本山六十五的，这样免得重名。

曹天佑说，还是起中国名字吧，这又不是日本猪。

马小超说，别啰唆了，说说它们的特点吧。

曹天佑说，我这边的这个走路轻手轻脚的，好像老是担心把它脚下的悬崖踩塌似的。

马小超说，那就叫"小轻"吧。

孙浩宇说，好。

曹天佑说，孙浩宇那边的那个有点小里小气的，像个害羞的小姑娘一样。

马小超说，就叫"小气"吧。

孙浩宇说，好。

曹天佑说，排长那边的那个太淘了，像个不听话的小男孩。

马小超说，就叫"小淘气"吧。

孙浩宇说，好。

曹天佑说，小轻、小气、小淘气，有点意思啊。

孙浩宇说，什么叫有意思。这种名字你告诉大家一遍就记住了，你的目的达到了吧?

曹天佑说,关键是不复杂,叫着也顺口。

孙浩宇说,复杂了你不懂,这是最小儿科的了。

曹天佑说,马排长真不得了,五大三粗,居然搞一个猛男绣花,粗中有细啊。

孙浩宇说,说起猛男绣花,你一定不知道,排长还给我补过好几回衣服呢。我们大队训练太猛了,太费衣服了,好多战士都向排长请教当裁缝呢。

曹天佑眼睛瞪得铜铃大,说,排长,这次任务完了后,你一定要把我带到机动大队去。我对你的敬仰之情,犹如这绵绵雪山之水,不绝而来自天上。

孙浩宇说,敬仰要有行动,来一个真家伙。

曹天佑说,我也正有此意。

曹天佑拿来一个猪肉罐头,正要打开,被马小超制止了。

马小超说,这里供给这么困难,能吃上你的面条已经很知足了。罐头留着给大家吃。

曹天佑拿着罐头站在那里,不知如何是好。说,排长,我们也是省着吃的,这不是今天你给三个小家伙起了名字了吗,想要庆贺一下。

孙浩宇说,排长,就这一个,好不好? 给你补充一下能量。

马小超说,别贫了,废话连篇。

曹天佑一边开罐头一边说,是啊,我们有点跑题。来,为小轻、小气、小淘气干一杯。

干!

四十三

执勤工作逐渐步入正轨。

机动大队的官兵对这种野外执勤轻车熟路,每个人都知道自己什么时候该干什么,什么事情该怎么干。

袁修杰很轻松,每天就是在上报情况上签签字,有时他连什么情况都懒得看,让值班干部简要地说一下,就大笔一挥,写了自己的名字。

但他清楚,一支部队要经常有事做,刺激一下官兵的神经,就像发动机要经常加点机油一样,那么这支部队就可以正常运转下去。

在长板坡,他已经搞了两三次拉练了,让大家出去转转,散散心也不错,要不那么多人憋在屁大的一个地方也不是个办法,放个屁大家都闻到了。

说是拉练,其实还不到5公里,直线距离更短。无论如何,都不能让执勤点离开他的视线,若有紧急事情,部队必须在10分钟之内赶到。

袁修杰决定这次拉练要搞一次野炊。搞野炊要有好厨师才行。

在那么屁大的一个地方,曹天佑是大伙公认的好厨师。

曹天佑终于也可以参加拉练了,他很高兴。

可他又放心不下三只小猪,一大早起来,连小猪的午饭都准备好了。

曹天佑对留守的五班长周楷泽是再三嘱咐,猪饭要热到什么程度才能喂;小淘气如何霸道,要单独给它准备一个盆子;它们吃完了,给它们喝点温开水,最好把猪圈洗一下,否则它们不舒服。

周楷泽头大了,说,曹天佑,你太唐僧了,你干脆念紧箍咒好了。

曹天佑说,周班长,中午你把它们照顾好,晚上我请你吃罐头。

周楷泽说,说话算话?

曹天佑说,君子一言,四猪难追。

周楷泽说,屁,曹天佑,第一你不是君子,第二你这里只有三只猪。

曹天佑说,周班长,我怎么就不是君子了?

周楷泽说,你是厨师。

曹天佑说,厨师就不能是君子了?

周楷泽说,你就不是君子。

看周楷泽声色俱厉,好像他今天是故意找茬一样。

曹天佑问,周班长,我哪里对不住你了?你哪天晚上让我煮面条我没给你煮?

周楷泽说，正是看在你给我面条的分上，我才说你不是君子。

曹天佑更纳闷了。

他说，周班长，有什么话你直说吧，我这人是猪脑子。

周楷泽说，别仗着你叔叔是副参谋长，你就拿我们的供给当人情。

曹天佑说，我没。

周楷泽说，你成天和孙浩宇在你的猪圈里喝酒，吃了我们多少罐头？

曹天佑说，周班长，我做事是有原则的。到目前为止，只给马排长吃了一个，而且是我们三个人吃的。

周楷泽说，你不要用马排长来压我，你们三个经常在你的猪圈喝酒，这事大家都知道。

这下把曹天佑激怒了。

曹天佑说，周班长，你也别仗着你是机动大队的班长就给我乱放屁。我尊重机动大队的每一个人，包括你。马排长到现在为止只吃了一个罐头，孙浩宇连半个都没吃着。你可以让鲁伟诚拿来每天的消耗登记看。

周楷泽说，你说话给我好听点。

曹天佑说，你不尊重我，我也不尊重你。更重要的一点是，你不能侮辱我。

周楷泽说，我没侮辱你，你们毕竟吃了一个罐头。

曹天佑说，周楷泽，你不要蹬鼻子上脸。快两个月了，我们吃一个罐头怎么了？

周楷泽说，要是在战争年代，这个罐头能救几个人的命？

曹天佑说，周楷泽，你不要钻牛角尖。罐头的事你可以向上级乃至中央报告，但是，我告诉你，你以后再也不能吃我煮的面条了。

周楷泽也火了，说，别人就不能煮面条了吗？

曹天佑说，家有家规，国有国法。厨房也有规定，我拿着钥匙。

周楷泽一下子语塞了，他憋了半天，说，你们吃一个罐头也是违反规定的。

曹天佑说，我两天不吃饭算不算补上？

周楷泽连个台阶都找不着下了，忙说，别，我是跟你开个玩笑，也是给你提个醒。

曹天佑听了这话，感觉受到了更大的侮辱。说，我有什么需要你提醒？

这种架势，这种口气，这种锋芒，让周楷泽猝不及防，这可是机动大队的专利啊。

他不知道，曹天佑现在就是机动大队的一员。

但是，周楷泽是机动大队的班长，他的尊严也不容侵犯。他说，在部队，就要遵守规定，你两千年不吃也不能补上。

曹天佑还是嫩了点，毕竟他还不是机动大队的正式战士。

他不说话了，他怕说多了会有更多的漏洞。

他只说了一句话，看好这三只小猪。

四十四

实际上，和周楷泽挣了几句后，曹天佑的心里一直不踏实。

虽然可以出来转一下，看看长板坡的风景。

可现在心情全没了，他担心周楷泽把对他的不满发泄到猪的身上。

曹天佑问孙浩宇，周班长会不会虐待我的猪？

孙浩宇说，不会。

曹天佑说，给我个理由。

孙浩宇说，他不是那种小肚鸡肠的人。我们机动大队没有这种人。

曹天佑说，那就好，我可以放放心心给你们埋锅做饭了。

孙浩宇说，别以小人之心思考君子的度量。

一听孙浩宇又扯到"君子"这两个字，而且还说得别别扭扭。曹天佑头大了，没接他的话，赶快撅起屁股开始挖灶了。

有了炊事员的野炊就是不一样，尤其是曹天佑的厨艺比较了得，大伙吃得满嘴冒泡。

袁修杰很后悔,说,刘鹏涛,你知道曹大厨要来,也不准备点硬货?

刘鹏涛一副被冤枉的样子,说,首长,我怕带了挨您批,这不带也挨批,这部下真难当啊。

袁修杰说,我看你的部下才难当。成天挨训,压抑啊!

刘鹏涛说,来到这里,我已改了很多。只有被您训的分,我的部下都替我不平,整晚睡不着觉。

袁修杰说,我是想让你的部下心理平衡点,他们睡不着觉就是心里好过了。不好过时睡得好,心里一有变化起伏,当然睡不着了。

刘鹏涛遭到这番打击,不敢造次了,他知道,若是再耍嘴皮子,要体无完肤了。

所以刘鹏涛用嘴干另外的事,吃饭。

曹天佑打了一碗汤,递给袁修杰,又摘下自己的水壶,拧开盖子,递给了刘鹏涛。

刘鹏涛有点莫名其妙,但他的鼻子很快嗅到一股来劲的气味,目光中充满对曹天佑的感激。他装作仰头要喝的样子,又马上停了下来。

刘鹏涛把水壶凑近袁修杰,说,首长,喝点?

袁修杰说,没看见我在喝汤吗? 话一说完,他的鼻子也有了反应。

他一把抓过水壶,狠狠地灌了一大口,然后咂了咂嘴,说,享受啊。

刘鹏涛说,首长,怎么样? 你说要硬的,咱就来硬的。

袁修杰说,看来你的部下当中还是有高手啊,谁带的?

其实袁修杰早就瞥见曹天佑摘水壶了。

刘鹏涛故意陪他装下去,说,除了曹大厨还能有谁。

袁修杰说,这个厨师整得成,会来事。

刘鹏涛接着说,尤其是会来领导的事,造诣很深,我们机动大队就没这样的人才。

袁修杰把水壶塞给刘鹏涛说,别贫了,给大伙分点,有这东西才不枉这么好的饭菜。

虽然有人喝了一口，有人一口也轮不到，但酒是粮食的精华，空气中弥漫的酒香使大家兴奋起来，于是，大伙把行军锅里的东西都吃了个精光。

曹天佑很高兴，很有成就感。一个成功的厨师就是无论做什么饭，都会有人吃完。

曹天佑觉得自己就是一个成功的厨师，因此，回家开饭店的远大志向就越来越坚定了。

孙浩宇拿着一个望远镜对曹天佑说，过来，看看你的猪圈，是长板坡一景啊。

曹天佑举起望远镜，清楚地看到他的猪圈搭在悬崖边上，像一个袖珍的碉堡。他还看见周楷泽正在打猪食，好像嘴里还念叨着什么。

曹天佑心里很温暖，就像以前读书时从县城回村，看到自己家的灯光一样，那种感觉难以忘怀。

虽然他现在很放心，周楷泽会好好照看他的猪，但他的心里还是牵挂着他的小猪。

他现在就想回去，回到他的小猪身边。

四十五

在马小超的再三请示下，刘鹏涛同意了他们打篮球。

孙浩宇兴奋、激动，那可是他的最爱啊。

他从背囊最底层翻出了他的篮球鞋，那是一双真正的耐克。

其实，爱打篮球的人都带着他们的家什，干什么就要像什么。

关智宸也参加了，并且司职裁判。

他们邀请两位女士也参与一下，集体活动嘛，人越多越热闹。甄小宓满心欢喜，貂雯楠却没来。

一有女观众，那篮球打起来就别有风味了。

　　女人的惊呼和加油就是超级兴奋剂，不光场上的球员兴奋，场下的观众也兴奋，他们的叫声比平常高出许多，频率也快了许多，甚至有时叫声有点怪异，这都可以理解，他们都希望甄小宓能够关注他们一眼。

　　没别的，就是希望甄小宓能够关注他们一眼。

　　那么，甄小宓一来，球员也不是主角了，谁赢谁输都不重要了。甄小宓鼓掌，大伙就鼓掌；甄小宓叫好，大伙就叫好；甄小宓不叫，大伙还在叫。场上场下都很热闹。

　　球赛结束了，大伙还沉浸在兴奋之中，脸上的表情依然没有恢复到正常状态。

　　马小超浑身湿淋淋的，对孙浩宇说，刘大队长是对的，这场球一打，大家就天天盼着打篮球了。

　　孙浩宇默认了，心里想，这哪是打球，简直就是过狂欢节。

　　马小超又说，五丈原的兄弟们打球肯定没我们热闹，那是纯粹的运动。

　　孙浩宇算是听明白了。

　　甄小宓就像自己上了场把对手打赢一样，回到宿舍，还持续着兴奋。

　　貂雯楠说，要不要打点镇静剂？

　　甄小宓说，雯楠姐，你别取笑我了，好长时间没和大伙一起玩儿了，去一次可真痛快啊。

　　貂雯楠笑着说，那以后你可都要去啊。

　　甄小宓说，雯楠姐，我建议你也去一下，吼几嗓子，很有好处哎。

　　貂雯楠说，有那么灵吗？

　　甄小宓说，你去一次就知道了，那是自我宣泄、自我解放的好机会，比心理医生好一万倍。

　　貂雯楠看着甄小宓红光满面、神气活现的样子，有点半信半疑。

　　甄小宓说，雯楠姐，你那个病人打得最好了，动作太潇洒了。

　　貂雯楠说，我的什么病人？

　　甄小宓说，你还能有几个病人，就一个啊，孙浩宇。

貂雯楠说,没看出来。

甄小宓说,那下次一定得看看。

孙浩宇正在专心致志地擦他的耐克球鞋,像擦枪一样认真。

张立轩来到身后,他都没觉察到。

张立轩说,不就打个球吗,我们以前光着脚还不是满场飞。

孙浩宇说,那您怎么不上场?

张立轩说,轮得到我吗?你们一个个都快憋疯了。

孙浩宇说,那您下次上,我把鞋借给您。

张立轩说,会不会有下次都难说,我们执勤都快100天了,原来说只有两个月。我看快回去了。你可不能乱说啊。

孙浩宇说,我知道。

孙浩宇是张立轩接来的兵,张立轩平时也没有特别亲近的人,因此有什么都愿和孙浩宇说。

孙浩宇说,一开始我们不知道去哪里,来了又不知道干什么,执勤又不知道执到什么时候。三个多月了,我都习惯这样的节奏了。

张立轩说,我知道你留恋部队,可我又帮不了你。

孙浩宇说,副大队长,其实也没什么,我就是想和大家多待一段时间。

张立轩说,不管怎样,你是我接来的兵,从未给我丢过脸,在部队一天,就要当好兵。

孙浩宇说,我知道。

四十六

吃早点前,部队全部集合了。

袁修杰第一次扎了腰带,戴了大檐帽,刘鹏涛向他报告完后,他大步走到队列中央,说,我宣布一个命令。

全体官兵立正。

命令只有一个内容，就是增援部队留在长板坡继续执勤。

袁修杰估计队列里会有骚动，可是没有。

他诧异了几秒钟，说，刘大队长，你讲几句。

刘鹏涛跑到队列前，声若洪钟，说，上级让我们继续留下来，一定是有道理的。能让我们留下来，我们要感到荣幸，这说明我们是有作为的，是有作用的。所以我不希望听到任何我不想听的话，大家能不能做到？

能。

这个字像一个炸雷。

把国外国内的山都炸得震了一震。

话很简单，可是句句到位。

袁修杰本来也想说几句的，但他什么也没说。

刘鹏涛只几句话就把问题解决了，他何必再啰唆呢。

袁修杰不像有些领导，非要最后做点指示以示重要，其实是以示自己很重要，袁修杰要的是效果。

刘鹏涛给了他最好的效果。

谁要在这个时候做重要指示，就破坏了现场的气氛，甚至会泄了大伙的气，那是非常没有眼力和水平的。

所以袁修杰觉得自己还是有一定水平的。

当然，他觉得刘鹏涛还是有点水平的。

吃早点时，袁修杰对刘鹏涛说，你提醒一下大家，不要瞎议论。

刘鹏涛说，首长，不用提醒，我的部队我知道。

袁修杰一边吃早点，一边警觉地观察着官兵的反应。

他平常吃饭挺快的，今天饭堂只剩他一个人了，仍没发现任何反常的迹象。

所以他把面条吃完，还不走，他觉得部队带成这样，有点太夸张。他也带过部队，但绝不可能这么夸张。

袁修杰也是带机动部队出身的,全总队很有名气的。但今天看来,他觉得刘鹏涛的水平更高。

这样的部队才叫部队,才有战斗力。

他一个人坐在饭堂里,面前摆着一个空碗。

战士们打扫完卫生,该干什么干什么去了。

曹天佑怯怯地走过来,问,参谋长,您没吃饱?

私下的时候,曹天佑就叫袁修杰参谋长。

袁修杰说,饱了,不过你再给我煮一碗也行。

曹天佑很快又端上一碗热气腾腾的面条。袁修杰说,来点硬货。

曹天佑看着袁修杰,有点迟疑。

袁修杰说,来点硬货。

曹天佑说,是。小跑着赶快把酒拿来。

袁修杰说,坐下。

曹天佑乖乖地坐下了。

袁修杰把酒倒了满满一碗,一仰头,喝了下去。

曹天佑手足无措。

袁修杰两眼直直地望着曹天佑。

昨天晚上,命令就来了,刘鹏涛到执勤点去了,袁修杰叫来了关智宸,问,官兵会有什么反应?

关智宸说,不会有反应。

袁修杰不相信。因为奥运圣火顺利登顶珠穆朗玛峰三天了,官兵们肯定会听到些什么。他们增援的主要任务就是确保圣火登顶。

5月8日那天,圣火在珠峰点燃。官兵们欢呼过后,也没提一句关于撤离的话。

封锁所有人的信息是不可能的。只有两种可能,这些人确实训练有素,要么,大队领导已经提前做过了交代。

早上宣布命令,而且是那么重要的命令,这些家伙真的没有任何反应,像是什么事都没有,只是他在队列前说了几句例行的无关痛痒的话而已。

袁修杰昨晚已经想到,官兵当中肯定有什么困难,也许有的还会有什么想法,这都很正常,他甚至想好了应对的准备。

全是瞎想。

这些家伙像没事一样。

轮到他想不通了。

出来三个多月了,除了总队机关的家里知道自己亲人去了哪里,其他官兵都不允许说,只能说出来执行任务。

但他袁修杰得替他们想啊,困难肯定是有的,想法也是有的,当母亲的三个月都不知道自己的孩子在哪里,会不会着急?

但这些家伙就是像没事一样。

这叫什么部队啊?

这才叫部队啊。

袁修杰对曹天佑说,给我满上,你也来一碗。

曹天佑照做了。

袁修杰说,干。又把一碗酒倒进了肚子里。

曹天佑不敢不干。

袁修杰说,这个机动大队怎么样?

曹天佑说,好。

袁修杰说,他们干活怎么样?

曹天佑说,好。

袁修杰说,他们怎么样?

曹天佑说,好。

袁修杰说,好就再喝一碗。

曹天佑又陪袁修杰干了一碗。

袁修杰说,不喝了,再喝多了。小胖子,你也不错。好。

曹天佑说,参谋长,您多了没?

袁修杰说,你问你叔。

曹天佑说,我不敢。

袁修杰说,那就干你的活。

曹天佑站起来说,是。

四十七

反应还是有的,那就是甄小宓。

不让她撤回了,她很高兴。

她对貂雯楠说,雯楠姐,太好了,我就是不想回医院。

貂雯楠说,在医院有什么不好。

甄小宓说,在医院我每天什么事都不干。

貂雯楠说,在这里你干什么?

甄小宓说,在这里虽然也没事,可吃饭时有人抢着给我打饭,还有人每天有事没事找我说话,和我开玩笑。在医院我连个说话的人都找不到。

貂雯楠说,难怪呢,你留在这儿好了。

甄小宓认真地说,要是他们不走,我还真不想走呢。

貂雯楠说,我们只是来执勤啊。

甄小宓说,我知道。能和他们多待一天,我就愿意多待一天。

貂雯楠望着甄小宓,说,小宓,我明白你爸让你来这里的原因了。

甄小宓说,我也明白了。

貂雯楠说,可我不明白我来这里的原因。

甄小宓说,很快你就会明白的。

貂雯楠说,三个月你就能说出如此富有哲理的话,回去后可得经常提醒姐姐。

甄小宓说,雯楠姐,你想回去吗?

貂雯楠说,我也不知道。今天早上你也看见了,那些人都无动于衷啊。

甄小宓说，雯楠姐，我爸一直让我嫁一个军人，我妈不同意，现在我决定了，嫁军人。

貂雯楠说，姐不跟你开玩笑，我也觉得他们不错，你要是觉得他们哪个好，这可是个机会。

甄小宓说，我觉得他们都好。

貂雯楠笑了，说，这就对了。

袁修杰不请自来，开门见山地说，两位医生有没有情况？

貂雯楠说，我们是您的部下，您没有情况，我们就没有情况。

袁修杰更干脆，说，我没有。

甄小宓说，我们也没有。

袁修杰说，你们是不是受他们影响了？

甄小宓说，影响肯定是有的。但和他们比起来，我们能有什么情况呢？

袁修杰说，甄大小姐，不简单啊。三日不见，刮目相看，我倒觉得我们天天见也得瞪大眼睛看。

貂雯楠说，参座，我说一句话，您别生气。

袁修杰，你说。

貂雯楠说，他们是不是有点强撑得过头了，一致得过头了？是不是慑于刘鹏涛的什么威才没有一点情况？

袁修杰哈哈大笑，不是的，小貂同志。这是这支部队的风格，他们以此为傲，不容怀疑。

貂雯楠说，我不是怀疑，就是不太明白才请教您的。

袁修杰说，不要用"请教"这两个字。你们冰雪聪明，今天的事情你们肯定心里有数。好了，该干什么干什么吧。

貂雯楠和甄小宓齐声说，是！

甄小宓说，雯楠姐，是不是以后的日子我们也这样过？

貂雯楠说，你还想咋过？你刚才不是说这里的日子挺好的吗。

甄小宓说，好是好，可还是感觉到缺少点什么。

貂雯楠说,还能是什么? 爱情。

甄小宓不置可否,说,要是我的爱情在这里开始,那也不虚此行了。

貂雯楠说,天下无难事,只怕有心人。你要多留意点,要优中选优。

甄小宓说,缘分天注定,让我来这里,老天肯定是有目的的。

貂雯楠看着甄小宓沉迷的样子,也开始想自己的心事了。

晚上,甄小宓睡得很香,貂雯楠却怎么也睡不着。

她在想,自己究竟为什么来琅琊? 虽然不是自己主动要求的,但总队长让她来,肯定是有意图的。甄小宓说她很快就会明白的,可她是真的不明白。

想着想着,起床号就响了。

甄小宓一睁开眼就说了一句话,美好的一天又开始了。

貂雯楠一边穿衣服一边想,但愿吧。

四十八

该完成的任务完成了,上级没让撤回,要求继续配合兄弟部队执勤。

司马辰逸慌了,那得赶快补充后勤物资啊。

虽然他是做足了准备,但计划赶不上变化。

他都想,部队撤回的命令一下,就可以烤乳猪吃,三只半大不小的猪,那可是一道好菜啊。

现在,烤乳猪是绝对不能吃了,关键时刻说不定全靠这三只猪呢。

最要命的是,长板坡的雨季要来了。

如此脆弱的公路,肯定经不起雨水的折腾。

在接到命令的那个晚上,司马辰逸也是一夜未眠,他向上级打了很长的一个报告,要伙食、要供应、要物资、要补助、要地盘。

地盘不要不行,现在住的这个地方根本不行,不利于机动,危险性很大。

司马辰逸在报告中说,若上级在十天之内不能解决以上问题,按照长板坡天气惯例,十天后,雨季来临,所有问题都将成为增援部队的困难。

上级就是上级,三天后,司马辰逸在报告中请求上级解决的问题除了地盘之外全部落实,没打任何折扣,所有物资等及时运抵长板坡。

司马辰逸高兴死了。向袁修杰报告说,袁指挥长,你看,一夜没睡,还是有效果的,全部到位。

袁修杰说,太好了。

但他心里想的是,上级这么快就解决了他们的问题,这说明部队还要待一段时间的,具体待到什么时候就很难说了。

袁修杰说,司马部长,马上再拟一个请示,请求上级为我们配发床。

这一百多天,官兵有的睡木板,大多数睡行军床,都想着坚持一下就过去了,现在谁也不能确定何时归建,写个请示也可得到一点儿信息。

袁修杰没想到,上级很快就批复了:同意。

这样就证实了袁修杰的判断:短时间内是撤不回去的。

那么,现在最重要的事情是解决这些没有困难的官兵的困难。

不说出来,不等于没困难。

袁修杰电话向上级请示:要求官兵同家人通电话,并且告知自己身处何地。

上级领导在电话里就同意了,并且说马上会派一个联合工作组到长板坡慰问增援部队官兵。

上级如此重视,让袁修杰很感动。他马上召开了一个支委会。

内容如下:1. 所有支委分工负责给每一名官兵家里打电话,了解官兵家中情况;2. 马上安装一部公用电话,规定时间供官兵免费打电话;3. 家中特别困难的官兵可请示基指回家探亲;4. 加强思想政治教育,大力开展文体活动。

会议一结束,支委们就打电话了,最后汇总的情况是二中队长杨小修妻子怀孕七个月,无人照顾,仍在上班;一中队二排七班战士张小辽母亲病危。其他官兵家中没有任何困难。

几名支委都知道,没有任何困难是不可能的。

可官兵们深明大义的父母和亲人都说一切都好,请部队首长放心,请孩子安心工作。他们的口径惊人的一致。

袁修杰知道,这个情况不是刘鹏涛可以做工作和威慑力的范围。

人家说没困难,谁也不能硬说人家有困难。

先解决有困难的再说。袁修杰马上向基指领导报告:请杨小修所在支队协调,杨小修妻子停止上班,在家休息,支队安排一名医护人员24小时陪护;张小辽尽快回家探亲。

基指领导非常支持,说,后方工作我们来做,张小辽立刻回家。

袁修杰让出纳拿了5000元钱,叫来了司马辰逸、刘鹏涛、关智宸、张立轩、赵致远和张小辽。

袁修杰说,张小辽同志,批准你回家探亲,现在就动身。

他把钱强行塞到张小辽手里,说,这些钱是部队的一点心意,是所有战友的一点心意。

张小辽眼里满是泪水,嘴动了动想要说什么。

刘鹏涛说,什么也不要说,出发吧。

司马辰逸说,我送他到琅琊机场,顺便采购点东西。

袁修杰说,好。向指挥长把我们的情况详细汇报一下。

张小辽一走,杨小修来了。

他很激动,说,各位领导,我和妻子非常感谢部队的关心。但是,我妻子说她能够照顾自己,不能给部队添麻烦。因此……

刘鹏涛打断他的话说,屁,你要搞清楚,这不是麻烦,你老婆也不是享受特殊待遇。

袁修杰说,刘鹏涛,把你说话的方式改变一下。

他又对杨小修说,你们刘大队长说得对,这是我们应该做的,也是必须做的。

杨小修说,比我困难的还有,他们没有说。

袁修杰说,我知道,我们会逐步了解。你说说,谁比你困难。

杨小修不说话了。

关智宸说,你说了是在帮助你的战友。

杨小修看着赵致远说,赵致远。

赵致远脸一下子红了,说,你别瞎说,我没困难。

刘鹏涛说,赵致远,你回避。

杨小修说,我也不想出卖你,但不说不行。

袁修杰笑着说,这不是出卖,这是对他的关心。

因为拆迁,赵致远父母被房地产商骗了出来,然后拆迁公司将他家的房子推倒,父亲找人论理,又被打伤,母亲一气之下,卧病在床。

刘鹏涛一听,火冒三丈,咬牙切齿地说,干掉这帮家伙。

袁修杰把赵致远叫了进来,说,你家里的事必须处理。我们安排总队机关一名干部和你一同回家处理,要冷静。

赵致远说,我不能回去,我很冷静。

袁修杰说,那你怎么办?

赵致远说,我已写了一封信给当地民政部门,请他们帮助处理。

袁修杰说,那他们何年何月才能收到信啊?你既然决定不回去,那就交给我来处理,你放心,这也是部队的事。

袁修杰又对刘鹏涛等在场干部说,困难硬撑着不行,所以我们要认真摸排所有官兵,有些困难确实可以克服的,就坚持一下;有些家里不能解决的,部队出面尽快解决。官兵们守在这里,要让他们心里踏实。

四十九

司马辰逸送张小辽到琅琊机场,结果当天的机票已售完。

司马辰逸说,那就买明天的,我给你订个房间,你就在机场住一晚,好好休息一下,不要太着急。

张小辽心里虽然很急,也只能这样了。

机票买好后,司马辰逸要去办事了,他掏出3000元钱来,说,这是我作为战友的一点心意,你千万别拒绝。你要是拒绝,就是看不起我,就是不把我当战友。

张小辽眼泪巴巴地再三推迟,司马辰逸还是把钱塞进了他的口袋。

晚上,张小辽一个人躺在宾馆,给父亲打了个电话,父亲说母亲已无法接电话了。

张小辽哭了。

第二天一大早,张小辽来到候机大厅售票处,把机票退了。1810元的机票,收了190元的退票费,他心疼死了。

他给父亲打了15000元钱后,打电话给司马辰逸说他不回家了,他要回长板坡。

司马辰逸让驾驶员吕弘文到机场把张小辽接到了城里,并且嘱咐吕弘文带张小辽逛逛。

张小辽没逛,找了一家肯德基店,买了二十个全家筒带回了长板坡。

当天,营区到处都弥漫着肯德基的味道。

刘鹏涛提着一只鸡腿,来到了张小辽的宿舍。

张小辽大口大口啃着鸡腿,大滴大滴的泪水落下来。

马小超说,曹天佑,给他整点酒喝。

张小辽说,排长,我不会喝酒。

刘鹏涛说,往嘴里倒会吧?

张小辽接过曹天佑递过来的一口缸酒,一仰头,倒了进去,然后身子一歪,倒了。

刘鹏涛说,把张小辽买肯德基的钱报销了。

张小辽卷着舌头说,坚决不报。

袁修杰和关智宸也来了,关智宸说,给他输点液吧。

袁修杰说,痛苦是治疗痛苦的药。你们该吃的吃,该喝的喝。他没事。

甄小宓把针头扎进了张小辽的血管,张小辽没有任何反应,眼角大颗大颗的泪滴不时滚落下来。

甄小宓的眼睛也湿润了，她把2000元钱悄悄塞到张小辽的口袋里。

第二天早上，张小辽醒来，把被子折好，满是歉意地对貂雯楠和甄小宓说，不好意思，给你们添麻烦了。

然后很不意思地快步走出了医务室。

甄小宓说，他这么难过，还让他喝什么酒。

貂雯楠说，喝醉了他应该会好过点。身体上的痛苦会消减他心里的痛苦。

甄小宓说，雯楠姐，他为什么不回去呢？

貂雯楠说，我认为他的选择是对的，在这里，战友们会想办法减轻他的痛苦。

甄小宓说，可是母亲不重要吗？

貂雯楠说，很重要，也许对他来说，是最重要的。可是他有什么办法？他只有回到这个集体中，好好干，才是她母亲最大的心愿。

甄小宓说，也许你说得对。

貂雯楠说，困难和痛苦对这些人来说，就是考验。他们经历过好多事情，所以他们有能力应付。

甄小宓说，要是我，肯定要回家。

貂雯楠笑了，说，这种选择也是对的。

甄小宓说，那哪种选择更好？

貂雯楠说，没有更好，只有选择。

在这支部队里，困难最小的就数貂雯楠和甄小宓了，她们家庭条件优越，家人身体健康，基本没什么可操心的。但她们现在和机动大队的官兵在一起，她们也是他们的一分子，她们也牵挂着他们的困难。

办法总比困难多。

袁修杰在带领大家解决困难的时候，听到他终生难忘的一句名言，这句名言是曹天佑说的。

曹天佑说，"困难"不就是两个字吗？

简直就是一语道破天机。就冲着这句名言,袁修杰说,我不相信,有什么困难不可以解决的。

的确如此,汇总上来的官兵的困难被袁修杰一一化解。

袁修杰也有一句名言:困难算个鸟,总会飞走的。

何况,刘鹏涛的部队没有那么脆弱。不是脆弱,是坚钢。

因此,很快,袁修杰又回到了不看文件就签字的日子。

五十

联合工作组真来了。

来了就得汇报和接待。

当然,主要是接待。

这是司马辰逸的强项。

联合工作组的主要任务也就是调研部队需要解决的问题和官兵的困难。

困难用一个字来说,没。用两个字来说,没有。

需要解决的问题都是司马辰逸提出来的,很多。

在联合工作组听汇报的时候,司马辰逸提了若干个问题,每个问题都很重要,都需要马上解决。

工作组的同志碰头后,一位领导说,领导让我们来就是解决问题的,我们会把你们的问题如实向领导报告的。

司马辰逸此时说了一句骇人听闻的话,问题解决不了我请求你们别走。

看他脸上的表情有点开玩笑的样子,袁修杰清楚,司马辰逸不是在开玩笑。

为部队的事,为官兵的事,司马辰逸不怕得罪任何人,即使有的领导当众和他翻脸,他仍会锲而不舍厚着脸皮找领导,直到把事情办成。

这完全有点逼宫的意味。

好在工作组的领导涵养都很好,很有水平。

但司马辰逸更有水平,他说,问题要一个一个解决,哪个问题解决不好就说明上级领导派来的工作组是走过场的,那么,我们就会请求另外派工作组来。

这就是逼宫。

说完,他嘿嘿地笑了笑,以假装这是玩笑。

但谁都听得出来,这不是玩笑。

所以只有他一个人"嘿"了几声,干巴巴的像是咽炎发了。

上级派来的工作组领导都明白了。

他们就是来解决问题的,因此,他们都容忍了司马辰逸这样和上级说话的口气,虽然他也曾假装这是开玩笑。

这玩笑开得真不咋的。

领导表态说,问题解决不了我们也不会走,否则无法向首长交代,无法向官兵们交代。

一听这话,司马辰逸心里踏实了。因为他遇到过那种走过场的工作组,什么都答应,什么都不办。

他有点不好意思了,也觉得刚才的话有点过分了。

真正办事的领导是不会和他计较的,这个工作组只来真的,不玩虚的。

司马辰逸陪着工作组看部队的时候,一路小跑;坐下来谈事的时候,不停地续水,不停地倒茶。

工作组领导也觉得司马辰逸是个办实事的人。

既然都是办实事的,那事情就好办多了,他们把司马辰逸提出的问题逐一落实完,才花了三天时间。

司马辰逸充满感激之情,说了一句,这才是工作组啊。

工作组领导说,司马部长,像你这样实话实说的人我们还是头一回遇到,这是官兵的福分啊。

司马辰逸有点害羞了,说,我太直了,请领导多包涵。

领导哈哈大笑,办事就是要直嘛,你看,我们不是合作得挺好的嘛。

司马辰逸连连点头说,是,是!

工作组领导都笑了。

司马辰逸找袁修杰说,工作组领导很辛苦,我们这里又没什么好东西可招待的,是不是杀只猪表示一下?

袁修杰说,司马部长,你决定就行了。

五十一

听说要杀猪,曹天佑一屁股坐在了地上。

他说,那么小的猪都不放过吗?

鲁伟诚说,司马部长说了,工作组领导为我们办了很多事,总要表达一下我们的谢意。

曹天佑说,为什么非要用猪感谢呢?

鲁伟诚说,除了猪,我们还有什么?

曹天佑不说话了,爬起来跑到猪舍。

看着三个可爱的小家伙摇头摆尾的样子,他心如刀绞。

听说杀猪,马小超也过来了。

此时的曹天佑,正哭得眼泪一把一把的。

马小超有点生气了,说,曹天佑,你还是个男人吗?

曹天佑说,我是。

男人还会因为一头猪哭?

在别人眼里是猪,在我眼里它们就是我的孩子。你的孩子要被杀了,你不哭吗?

我不哭。

那你干什么?

我去保护我的孩子。

我保护不了,我只能哭。

一听这话,马小超心里也难受,刚才他还想有新鲜猪肉吃了,可不吃鲜猪肉这不也熬了不少日子吗?和曹天佑、孙浩宇秘密活动时间长了,那三头猪也熟悉他了,还经常会跟他打招呼,他在那个干净的猪舍喝过不少酒啊,等晚上一下子少了一头猪和他打招呼,那也不太习惯。

曹天佑还在那里流眼泪呢。这个胖子对他不错啊。

他决定想办法制止杀猪。

鲁伟诚已喊了几个战士,七手八脚把小淘气抬出了猪舍。

三只小猪当中,小淘气最胖了。

曹天佑无微不至地照顾它,关心它,现在一下子受到了非人的待遇,小淘气又委屈又害怕,扯开嗓子一个劲儿地叫,小轻和小气也被感染了,在猪舍里不安地转来转去,哼哼哼地叫着,不时抬头望着曹天佑。

曹天佑望着马小超。

马小超对鲁伟诚喊,把猪抬回来。

鲁伟诚说,排长,干吗?

马小超说,先抬回来再说。

鲁伟诚猜出马小超要制止杀猪了,说,司马部长问起来怎么办?

马小超说,我会有交代的。

马小超先假装接了个电话,又大声嚷嚷,曹天佑,你这个鸟人只会哭,猪得了感冒也不说。这段时间猪流感这么厉害,貂医生有没有来看过?

曹天佑是什么人,一下子就听明白了。他说,看了几次,还没完全好。

马小超生气了,你搞什么搞,杀生病的猪让上级领导吃啊?吃出问题谁负责?

马小超声音很大,这个双簧是演给司马辰逸听的,营区就那么大一点,谁都能听得见。

果然,司马辰逸跑了出来。

曹天佑故意加重哭腔说,高温消毒应该没事。

马小超说,没你个头,这个地球上那么多病猪为什么不消消毒吃掉呢?

你吃啊?

司马辰逸问,马排长,怎么了?

马小超说,猪得了猪流感,正在治疗,曹天佑也不说,给领导吃了不太好。

司马辰逸半信半疑,说,要是得了病那肯定不能吃。

这个时候,曹天佑让孙浩宇跑到了医务室。

孙浩宇对貂雯楠说,貂医生,赶快救命。

貂雯楠很小心地问,是救你吗?

孙浩宇说,不是我,是猪。

貂雯楠说,我又不是兽医。

孙浩宇说,可只有你和华组长是医生啊,华组长又在五丈原。

看着孙浩宇着急的样子,貂雯楠心软了。说,那我拿上药箱去看看,我可不能保证能救得了。

孙浩宇说,不用。你只要说这三只猪得了感冒就行了。

貂雯楠说,我没去看怎么知道它们得了感冒。

孙浩宇说,你只需要用嘴说它们得了感冒就救了它们。

貂雯楠说,你的意思是让我骗人?

孙浩宇说,是。猪是曹天佑的命根子,他照顾它们比你照顾我还无微不至。这不要杀小淘气吗,现在他还在哭着呢。

虽然这样的比较很不怎么样,可孙浩宇脱口而出,还是让貂雯楠心里一热,她说,就感冒这一次啊。

孙浩宇高兴坏了,没想到冷若冰霜的貂医生真被他说动了。

他说,太谢谢貂医生了。然后飞奔而去,冲向猪舍。

曹天佑正在安慰小淘气。他轻轻地抚摸着它,嘴里说着,小淘气,别怕啊,别怕,没事了,没事了。

小淘气惊魂未定,瑟瑟发抖,满眼都是惶恐。

曹天佑看到孙浩宇喘着气,但神采飞扬,他知道貂雯楠答应了。

貂雯楠也来了,司马辰逸问她,猪感冒了吗?

貂雯楠说，感冒几天了。您也知道，我是给人看病的，给猪看不是我的专长，药量拿不准。

司马辰逸说，也倒是，它们又不会说话。不过你要好好看，养它们不容易啊。

貂雯楠说，我尽力。

司马辰逸对曹天佑说，又不杀你，哭什么？

曹天佑说，我是急哭的，怕领导吃了生病的猪。

司马辰逸说，好好配合貂医生。猪流感可不是闹着玩呢。

曹天佑说，是。

五十二

晚上，三个人又聚在一起，曹天佑说，怎么感谢貂雯楠呢？

马小超说，送几个罐头吧，别的你也没有。

曹天佑说，送罐头可要请示的呀。

马小超说，这还不简单，你就说给两位医生增加点营养。

曹天佑说，这个理由好。让孙浩宇送去吧，他看了几回病了，脸熟一点。

马小超说，你这个人也是的，送罐头又不是做手术。

孙浩宇说，我去就我去，不送白不送。

看着孙浩宇捧着五个罐头进来，甄小宓说，孙班长太客气了，是不是想贿赂我，下次扎针温柔点？

孙浩宇说，没有下次了，再有下次，你拿扎猪的针给我扎。

甄小宓说，你可别把话说死，日子长着呢。

孙浩宇说，甄医生，放心吧，我会照看好我自己的。

甄小宓说，那你还这么客气？

孙浩宇说，这是曹天佑送给貂医生的，我只不过是跑跑腿，当然，你也可以沾沾貂医生的光。我可说清楚，这是经过领导批准的。

甄小宓说，谁稀罕？油腻油腻的，是不是想让我们长胖啊？

孙浩宇说，你又不是不知道，在长板坡，肉比金贵。

貂雯楠说，罐头你拿回去吧，心意我领了。

孙浩宇说，我交不了差多没面子，我可是夸下海口的。

貂雯楠问，你夸了什么海口？

孙浩宇说，其实也不是，曹天佑说我曾经是你们的病人，脸熟。

甄小宓一下子乐了，说，这营区里哪个不熟？天天见好几回。

貂雯楠说，这样吧，先存放在曹天佑那儿，什么时候想吃我们再说。

孙浩宇说，也对，你们这里也没有开伙的家什。

甄小宓说，孙班长，恕不远送，欢迎再来。

孙浩宇说，好，有事请大叫我三声。

貂雯楠说，替我谢谢曹天佑。

孙浩宇抱着罐头又回来了，曹天佑说，人家不要对不对？

孙浩宇说，不是没要，是没有放的地方，暂时存放在你这儿。

曹天佑说，好，存放多久都可以。

马小超说，你还想存放多久？这是人家的客套话，懂不懂？

孙浩宇和曹天佑对视了一眼，不说话了。

谁也不会想到，司马辰逸摸了过来。

三个人连忙站起来立正。

司马辰逸说，坐下，不要见外。

曹天佑说，部长，我给您煮碗面？

司马辰逸说，不用，我就是想搞清楚猪到底生病了没有。

曹天佑看了看马小超，不说话。

司马辰逸明白了，说，工作组领导给我们解决了多少实际问题，当然，这是他们应该做的。像这样实在的工作组我还是第一回见到，我真的想表达一下谢意，我也不想杀那么小的猪，何况这三只猪在关键时刻还用得着。但是，总得表达一下我们的谢意和敬意吧。我们没有别的东西，只有猪。

马小超站起来说，部长，是我的主意，您批评我吧。

曹天佑也想站起来，但他不知站起来该说什么。

司马辰逸说，你们没打过仗，我也没打过仗，这是以很小的牺牲换取重大胜利的经典战例啊。我们为什么就不能贡献点什么呢？你们没往远处想，以后我们还会遇到很多困难，他们要是吃了这只猪，就会帮助我们解决很多困难啊，说句卑鄙的话，我就是要让领导们吃了小猪后心里不安。你们为什么不能以大局为重呢？我知道你们喜欢这三只猪，可猪毕竟是猪，它们有时可以帮我们的大忙。我说了，仅此一次，不要因小失大。

司马辰逸说完就走了。工作组领导明天走，他的事情还很多。

三个人坐在猪舍里，默默地喝酒，一句话也不说。

他们肯定没有猪蠢，司马辰逸说的话很有道理。

马小超说，猪没杀，是我们自私。司马部长说得对，我们没有大局观念。

曹天佑急了，杀只猪就有大局观念了吗？

马小超说，如果这是打仗，我们就是在扰乱战局。不对就是不对，张小辽为我们做出了榜样，你为什么还执迷不悟呢？

曹天佑不说话了。

孙浩宇说，那么大的领导不会计较这点小事吧？

马小超说，不是计较的问题，是策略的问题。

孙浩宇也不说话了。

三个人把酒喝完，散了。

五十三

曹天佑后悔了，这几天一直都在后悔。

他是非常爱他的猪，可养它们就是要发挥它们最大的用处，哪怕只养一天。

他一直都爱猪，爱的基础是它们发挥了作用，就是官兵们吃了长身体、长精神。

可是,在该发挥猪的最大效益的时候,他却做出了错误的决定。

猪和这些战友们比起来,猪还能算猪吗?

不算猪又算什么呢,是讨好上级的工具?

曹天佑明白了,不是讨好上级的工具,是打动上级的筹码。

上级领导给部队解决了那么多的困难,吃一只猪算什么? 把三只猪全吃了又算什么?

猪不就是用来吃的吗?

正如司马辰逸所说,他曹天佑太在乎一城一池的得失了,不能为大局做出牺牲。

可反过来再说,那猪也是有生命的。

吃一头猪就真能解决那么多问题吗?

曹天佑越想越矛盾,他决定了,养好他的猪,谁愿意杀谁杀。

不就是吃个猪肉吗?

工作组领导一走,曹天佑真想把悔青的肠子晾一晾。可大家都有事情干,谁会想着那三只猪呢。

甄小苾以前没想,现在想着了。

她说,曹天佑,要不要我给你的猪量一下血压? 这可是高原。

过一会儿,她又说,听说你的猪舍干净得很,要不要我给你消消毒? 那猪流感可真的厉害得很哪。

没事的时候,甄小苾又说,曹天佑,要不要我陪你的猪聊聊天,它们是不是闷得慌?

再过一会,甄小苾又说了,曹天佑,你把它们成天关在猪舍里,太不人道了吧,把它们拉到长板坡溜溜,呼吸一下新鲜空气。

甄小苾没事,话很多,她说,曹天佑,猪吃饱了没事干,你让它们给我们打扫打扫卫生。

曹天佑没生气,可猪不会打扫卫生,他也得罪不起甄护士。

曹天佑说，甄护士，你就不能饶了我？

甄小宓说，曹天佑，你说话太没有水平了，你能为猪出头，为什么不能出到底呢？

曹天佑快崩溃了。

他真想把这三只猪全杀了，可他又舍不得。

他也想和甄小宓较量一下口技，可又不能拿鸡蛋碰石头。

机动大队的官兵们看上去对他没意见，可和他说话的人越来越少了，吃他面条的人急剧下降。

曹天佑问马小超，我错了，我改正还不行吗？

马小超说，我也错了，我正在改正。现在我纠正你，猪就是用来杀了吃的，尤其是在我们这种情况下。

曹天佑忍无可忍，说，排长，你们把我吃了吧，我肉多。

马小超说，你的肉不香，腻。

孙浩宇说，你不要把猪当猪好了。

曹天佑说，那当什么？

孙浩宇说，当肉。你记着，猪就是肉。

曹天佑说，猪不是肉，猪就是猪。

孙浩宇，管它是肉还是猪，你只管把它们养肥。

曹天佑生气了，彻底生气了，说，它们是猪，我知道，可它们比起那些猪狗不如的人来说，它们值得我保护。

马小超说，曹天佑，你不要过分，更不要带着情绪说话。

曹天佑说。我没情绪，我只是恨我自己。

五十四

不吃曹天佑的面只是暂时的，没过几天，人又多起来了，他们体力消耗太大，熬不住，饿得晚上睡不着觉。

何况曹天佑又不是干了什么十恶不赦的坏事，他只想保护他养的猪，想的不是很长远而已。

机动大队的战士也是随大流起一下哄，起完哄事情也就过去了。

吃人家的面，不说话怎么行？

曹天佑还像以前一样，乐呵呵地给大家煮面。

大家还像以前一样，夸曹天佑煮面的手艺就是高。

甄小宓倒是给猪舍消毒过两次，不过，没让吃饱了的猪给她打扫卫生。

自始至终，貂雯楠都支持曹天佑，倒不是因为她参与了撒谎，也不是因为曹天佑送了五个罐头，貂雯楠是有原则的人，她觉得曹天佑保护猪没有错。一个战士也想不到更深层次的问题。

他们因为简单才可爱，因为真实才可爱，因为执着才可爱。

貂雯楠去猪舍的次数多了起来，有时和曹天佑说说话，有时候看着他们三个人喝酒。

貂雯楠觉得挺好的。

当各项工作走向了正轨的时候，刘鹏涛的爱情也进行得如火如荼。

按照袁修杰的命令，他每周和乔问筠通话，一通就是好长时间。不过，乔问筠连电话费都给他交了。

因此，每周就不是通一次话了，天天通的时候也有。

那信息更是频繁得不得了，官兵看到刘鹏涛不停地翻看信息，回信息，眼里多是嫉妒，当然，还有一小部分祝福。

刘鹏涛说，你们不要急，我有肉吃，决不让你们吃豆腐。

张立轩说，算了，我们吃豆腐也行，关键是哪来的豆腐？

刘鹏涛说，问筠正在给你们找呢。

张立轩说，老大，真的假的？

刘鹏涛说，当然是真的了。看你们打光棍我高兴是不是？

张立轩嘿嘿地笑了，说，你让问筠给我和小乔搭一下桥，那姑娘真漂亮。

刘鹏涛说，人家有对象了。

张立轩说,只要没结婚,我们就有公平竞争的机会,大家说是不是?

大伙都说,是。

刘鹏涛说,你的意思是PK一下?

张立轩说,PK就PK,长这么大除了你还没怕过谁呢。

一听这话,明显有拍马屁的痕迹,大伙哈哈哈地笑了起来。

张立轩不在乎,说,我是厚着脸皮给你们争取PK的权利,有这么好笑吗?

马小超说,你怕大队长,我们怕你,怎么PK?

张立轩说,怕就是弃权,我巴不得你们都弃权呢。

周楷泽说,既然你给我们争取了权利,我们决不放弃。

大伙说,对,决不放弃,PK到底。

刘鹏涛真的让间筿给他的弟兄们介绍对象,当然,不仅仅局限于空姐,要遍地撒网。

乔问筿真的在到处寻找合适的未嫁的美女。

她的宣传口号是:爱他们就是爱自己,爱他们就是爱祖国。

一听到这样的宣传口号,大家觉得这个乔问筿真是好,水平很高,既讲政治,又懂宣传,爱既自私,又神圣。

刘鹏涛说,我把你们的照片和手机号码全发在间筿的手机上了,看秋香能点到你们哪个,哪个就准备接招。谁要是看到陌生的电话就赶快接,那是秋香打来的。

正好,孙浩宇的电话响了,刘鹏涛说,是不是陌生号码。

孙浩宇说,大队长,是我妈。

大家全乐了。

刘鹏涛说,不要着急,下次响起来就是美女打来的了。

吕弘文说,我还是把手机关了吧,大队长在这里一忽悠,我有点紧张。

听到这话,大家乐疯了。

刘鹏涛说,什么叫忽悠?我说的可是真话,关了机就等于关了机会,后果自负。

吕弘文说，那我还是开了吧。

于是，大家都盼着手机上出现陌生号码。

这个大家是限制级的，班长以上和符合在驻地谈恋爱的士官。

刘鹏涛的信息又来了，他拿着手机说，你们看，间筠要我把三只小猪的照片发给她，曹天佑，这事你来办。

他把手机递给曹天佑，曹天佑不知碰到哪个键，一下子跳出了间筠的一张大头像。

曹天佑说，大队长，这是间筠乘务长发给你的照片，不是要猪照片的信息。

大家又开始起哄了，有人问，是不是艳照？

刘鹏涛说，艳照个屁。

曹天佑说，还是有点艳呢。

刘鹏涛说，快滚，照相去。

曹天佑笑呵呵地跑了。

五十五

部队既然短时间不撤回，就得按部就班开展各项工作。

思想政治教育是黄小忠干事一个人的事，他做这事也是游刃有余，搞个PPT，然后讲几个励志的故事，中间再穿插几个好笑的故事，大家听得有滋有味，笑得天真灿烂。

黄小忠干事说了，教育嘛，首先要听得进去，听不进去怎么教育呢？他们笑，就说明他们听进去了。

袁修杰也听过一两次，觉得黄小忠干事的思想教育课上得很有特点的。

袁修杰也说，官兵们上课不睡觉就说明这课上成功了，说明他们不感到乏味。

得到袁修杰副指挥长的表扬，黄小忠上课的劲头更足了，穿插的故事也更多了。

课堂(也就是饭堂)里笑声不断,貂雯楠和甄小宓的耳鼓被刺激得受不了了,也加入了听课的行列,她们俩坐在最后面。

这更加鼓励了黄小忠干事,不光故事越来越精彩,PPT也做到了极致。

这也鼓励了大家听课的积极性,有的官兵执勤刚回来,连防弹背心都来不及脱,就赶快坐下来听课。

他们一边听,一边笑,一边回过头来看两个医生捂着嘴笑,一边想,她们笑的样子真美。

一不小心,黄小忠干事讲思想政治课在长板坡出了名,友邻部队邀请他去讲,其他兵种的友邻部队也邀请他去讲。

上级通报表扬了永昌边防总队增援部队,特别指出,该部队作风过硬,思想政治教育工作开展得有声有色,并且还派出干部为长板坡驻军授课,受到一致好评。

派出干部指的就是黄小忠干事了。

因此,黄小忠干事忙得一塌糊涂,也兴奋得一塌糊涂。

通报发了没几天,通知又来了:要求永昌边防总队增援部队派出干部为琅琊边防总队做巡回授课,题目也定了,"发扬艰苦奋斗精神,维护边境地区稳定"。

袁修杰对黄小忠干事说,搞大了吧?

黄小忠说,我只是按照您安排的干好本职工作而已。

袁修杰说,我是说你搞得不错。这个题目也要把五丈原的工作、生活等情况加进去,他们比我们艰苦。

黄小忠说,是。

临走的时候,黄小忠试讲了一遍。

谁也没想到,他以曹天佑假借猪病阻止杀猪为开头,引出了增援部队紧急开拔,万里机动,跨区执勤,在长板坡和五丈原克服困难,艰苦奋斗,自力更生,上下同心协力,实现了保障有力。

黄小忠讲，假如工作组领导听说部队为了感谢他们而要杀一只半小不大（不是语误，是他故意这样说的）的猪的时候，肯定是不同意的，也是不舒服的，因为他们知道部队有多艰苦；假如曹天佑知道领导们吃了这只猪心里不舒服，他肯定是不愿意杀猪的。他本来也不愿意杀猪。他阻止了杀猪，是因为猪是他养的，是因为他爱他养的猪，是因为他爱这支部队才养猪的。他目光短浅，我承认，他只顾眼前，我也承认，但我听说他有这么一句话：养猪不是用来杀的。我完全赞成。不杀干什么？看！就是养给大家看，都能在这种从没有猪的地方养好猪，还有什么干不成的。所以，阻止杀猪，把猪留下来让大家看看，经常看看，有事没事时看看，就给了大家一种精神，这是什么精神，这就是艰苦奋斗的精神。我顶他，我力挺他，我坐他的沙发。

黄小忠讲得滔滔不绝，激情飞扬。

由曹天佑养猪为引子，他讲了部队艰苦奋斗的好多小故事。故事虽小，但都有实实在在的细节，都是能打动人的细节，制造这些细节的官兵就在现场，他们不以为然，可从黄小忠嘴里讲出来，不以为然就变得很高大了。

制造这些细节的官兵都有些脸红了，害羞了。

曹天佑听得热血沸腾，心里滚烫滚烫的，眼里也是滚烫滚烫的，滚烫滚烫的眼泪就下来了。

甄小宓听过好多次思想政治教育课了，她觉得这是最棒的一次，她把手都拍疼了，拍紫了，拍肿了。

袁修杰听着也觉得有劲，尤其是那些新鲜的词句，很给力，比喝了72度的烧酒还冲。

关智宸是教导员，他后来在上思想政治课的时候说，黄小忠干事到底是大机关宣传部门的干事，他讲的那一课只需要讲一个开头就够了，就可以让官兵们受教育了。他要求每一名干部和班长都要向黄小忠干事学习，实打实地学，那才是真正的思想政治教育课。

五十六

黄小忠这一课无疑给曹天佑平了反，也给了曹天佑更大的激励。

曹天佑说，就冲黄小忠干事的这番话，我也要好好养猪，我要把他们养成三只大象。

说这话的时候，貂雯楠正好在场，说，曹天佑，你豪气云天可以，如果是三头大象挤在你的猪舍里，你想想看，什么后果？

孙浩宇说，那这三只大象至少有两只要直上云天。

曹天佑说，我是表明我的决心，不过话确实有点说大了。养成三只牛可以吧？

马小超笑着说，养成什么都可以，只要不要养成三只鸡就行了。

曹天佑说，排长，不要这样打击我，现在它们哪头不相当于三十只鸡？

的确，这三只小猪长得很快，以前他们三个人在一起喝酒的时候，还都可以坐到猪舍里，现在只能坐一个了。

马小超估计，不超过半个月，三只猪就必须杀掉一只。

因为猪舍没有更大的落脚之处。连官兵睡觉都要挤到过道上，给猪到哪儿找地方呢？

天下之大，就是少了一只猪的容身之地。

别看曹天佑现在激情满怀，半个月后，肯定又要哭得稀里哗啦的。

曹天佑只顾了喂猪，没想到这一点。虽然说到了象和牛，但他还是没想到这一点。

他想的只是他的猪，他的想法就是把它们养大，越大越好。

他也忘了那句古话：人怕出名猪怕壮。

不过，有念想、有追求总是好的，尤其是在这个地方。

听说曹天佑要把猪养成大象，周楷泽也琢磨着做点什么有意义的事情。

有多少意义不重要，重要的是有事做。

周楷泽盯上了182级台阶旁的垃圾场。这里以前就是倒垃圾的，部队进驻后,没人倒了,官兵们简单平整了一下,上面盖了薄薄的一层土。

周楷泽对五班全体战士说,我们就在这里种菜。

战士们表示怀疑,这里种菜不太科学吧?

周楷泽说,曹天佑都要把猪养成大象了,我们还种不出个小菜来?

也倒是啊,我们没养过猪,在机动中队菜还是种过的,并且种得还是不错的。

司马辰逸一听说五班要在这里种菜,很高兴,这是对后勤保障工作的大力支持,是对他的工作的支持。所以他支持五班,托人捎来菜籽。

五班说干就干。

关智宸在机动大队是分管后勤的,他对周楷泽说,种菜可以,但不能受伤。垃圾场的碎玻璃、铁屑很多,千万注意。

周楷泽让所有战士都穿上了防暴靴,绝对安全。

这些穿着防暴靴的战士们给垃圾场培上了厚厚的土。

他们在厚厚的土里撒下了菜籽。

周楷泽说,等着瞧吧,好雨知时节,雨水一下,这菜就噌噌地冒出来了。

五班的战士很兴奋,他们都憧憬着他们的菜嗖嗖地长大,长得比玉米都高。那也是一件不得了的事。

也可以让黄小忠干事宣传宣传,那样,整个边防部队就知道他们五班了。那样就变成一件很露脸的事了。

只是战士诸葛小亮有点心疼,他的战斗靴被玻璃划了几道,破是没破,可擦了好几遍,上了不少油,还是能看得出伤痕累累来。

周楷泽安慰他说,还能穿,还能战斗。我们付出了牺牲,就一定有回报的。机动大队的人都看见了,袁副指挥长和司马部长也看见了,我们做的事是有目共睹的。

诸葛小亮觉得班长的话很有道理,心就不怎么疼了。要是能得到上级的通报表扬,一双靴子算什么?

貂雯楠提醒关智宸说,种菜可以,但垃圾场种的菜绝对不能吃。

关智宸点点头。

五十七

猪也养了,菜也种了,床也有了,思想政治教育效果明显,各种保障物资齐全,官兵士气高昂。

袁修杰在一次会上说,现在万事俱备,不欠东风。要把文体娱乐活动也搞出点特色来,我们要为跨区域执行边境防控任务探索全面的和有益的经验。

这是关智宸的事。

活动都好开展,按照因地制宜的办法,也就是打打扑克,下下象棋,走走军棋。这些都是战士们喜欢的文体活动,于是,饭堂又多了一项功能,成了文体活动室。

上级还给了一张乒乓球桌,没地方摆,前指用了一半,成了会议桌,也算物尽其用。

有人还建议唱唱卡拉OK,被袁修杰否定了,他说,巴掌大的一个长板坡,放个屁都能吓着好多人,吼一嗓子还不把国外的人也从梦中惊醒?

大型活动就是打篮球了。

在甄小宓的劝说下,貂雯楠终于出现在篮球场上。

因此,那比赛,是相当的激烈;那气氛,是相当的热烈。貂雯楠也觉得看看打球挺好的,能感受到这些年轻官兵的青春活力和生命激情。当然,貂雯楠也很青春,一个年轻的中尉而已。

正如甄小宓说的,她的病人孙浩宇球技很好,动作飘逸潇洒,在不规则的球场上,他总是第一个引起别人的注意。

他自信、积极、专注,不停地奔跑、跳跃、投篮,令场下的观众不时叫好,看到他抢断后一骑绝尘时,战士们高喊,孙浩宇,扣一个。扣一个。

这样的氛围中,孙浩宇的激情完全爆发了,他弹跳起飞,重重地把篮球扣进了篮筐。全场一片欢腾,尖叫声、口哨声响成一片。

甄小宓也站起来了,她说,太棒了。

貂雯楠却发现,她的病人又受伤了,大滴的血滴落在球场。

孙浩宇是被挂球网的钩划破手的,本来没钩,时间一长,再加上篮球经常撞击篮筐,焊接处震裂后就成了一个钩子。

虽然划得不是很深,但总要包扎一下。

貂雯楠、甄小宓和孙浩宇就先回营区了。

甄小宓说,孙班长,为什么受伤的总是你啊? 可惜我这里没有给猪扎针的针头。

孙浩宇说,甄医生,这点小伤不用扎针吧? 我看你找不到病人看病,怕你失业,所以才受点伤,让你偶尔发挥一下作用,感觉到自己的价值。

甄小宓说,我不看病,只管扎针。谢谢你的牺牲和奉献精神,不过我提醒你要照看好自己的小身体。

孙浩宇说,我是割肉喂鹰,以身饲虎,一片丹心,苍天可鉴哪。

貂雯楠给孙浩宇的伤口倒了些酒精,孙浩宇又咝咝吸冷气。

甄小宓嘻嘻地笑了起来,还割肉喂鹰,以身饲虎,我看割猪肉差不多。

貂雯楠也说,孙班长,看不出来,你还是有点文化的啊。

孙浩宇说,我哪有文化,只是听别人说过这个故事。

甄小宓说,那说明你还是爱学习的嘛。

孙浩宇说,学无止境,技不压身。

貂雯楠说,我发现你们机动大队的口才一个比一个好。要是像黄小忠干事一样用对地方还是有前途的。

这话捅到了孙浩宇的痛处,按他的水平,上个军校是没问题,可他没那造化。他最敏感的就是别人拿士官和干部比较了,一看肩膀上扛的东西就知道分量了。他倒没自卑过,可在这个问题上,也找不到自信支撑点。

所以孙浩宇不说话了。

甄小宓也不说了。

手包好后,孙浩宇就走了。

貂雯楠喊,不能沾水啊。

五十八

半个月后,黄小忠回来了,又黑又瘦,脸上还脱皮,除了牙齿没什么变化,好像不是他了。

黄小忠干事很辛苦。

黄小忠不光要在4200米以上的路上奔波,还要在5000多米的执勤点讲课。要讲就得精神振奋,慷慨激昂。氧气不够,只能将就点了,这东西不能说有就有;身体不适,只能坚持一下了,咬咬牙就过去了。

曹天佑很心疼,说,黄干事,你每天来吃面,保证尽快恢复你的原样。

不知怎么,甄小宓也很心疼,作为护士,她清楚每天在高原奔波的艰辛,那是对身体的摧残。

她把自己的美白润肤霜送给了黄小忠。那是进口的高级化妆品,送给黄小忠,她一点也不心疼。

黄小忠干事露出白森森的牙齿说,甄医生,男人用这个东西干吗?

甄小宓说,你都脱皮了,说明你的皮肤被紫外线灼伤了。这个东西可以帮助你恢复。

黄小忠说,有那么严重吗?

甄小宓说,不是严重不严重的问题,这是常识问题。

黄小忠说,我明白了,什么霜啊露啊液啊膏啊都是对皮肤有好处的东西,因为这些东西都是凉的。

这下把甄小宓逗乐了,她说,是啊,你见过哪种润肤霜是热的?

黄小忠说,你给了我你用什么?这东西只适合你们这种细皮嫩肉的姑娘,用在男人身上是浪费。

甄小宓说,我家里还会给我捎过来的。黄干事,你的观念应该是很超前的,现在男人用的化妆品比我们的品种还多。

黄小忠说,乖乖,还有这等事? 这叫什么事啊?

甄小宓说,这说明社会在进步,男人也开始爱美了。

黄小忠哈哈大笑,说,男人一直都是爱美的。

甄小宓脸红了,说,我是护士,从医疗角度你也得使用。

说完,头也不回走了。

黄小忠一边笑,一边晃着手里的美白润肤霜说,谢谢啊,谢谢。

看着黄小忠不成人形的样子,袁修杰对他手下这位得力干将也是怜爱有加,说,你多休息几天,好好睡一下。

黄小忠说,我还有好东西给大家看呢。

第二天,黄小忠向增援部队前指临时党委汇报了他巡回授课的情况。他说,这次收获最大的不是授课,而是我跑了琅琊十多个基层单位,才真正感觉他们比我们艰苦,艰苦得多。他们驻扎的地方海拔比我们高,他们临时执勤点比我们还简陋,他们执勤的时间比我们长。我看他们的斗志非常旺盛,他们才真正值得我们学习。这次我正好去了五丈原,看了我们的部队,他们到现在为止,仍旧住在帐篷里面,买菜要到60公里的镇上,只有一个篮球架,还是官兵们自己动手造的。通信很不方便,手机没有信号,卫星座机也是时断时续。

黄小忠打开电脑,把他这半个月所见的东西用投影放出来,会议室静悄悄的,大家都在盯着图片看,因为黄小忠拍的照片太震撼了,太有说服力了。

袁修杰心里想,怪不得身体成那种样子了,看来这一趟干了不少事。

刘鹏涛看完后说,黄干事真不得了,我看还得给部队上一课,让大家接受一下教育,看看什么叫真正的艰苦奋斗。

袁修杰说,刘大队长的反应还是蛮快的,跟我想到一起了。

刘鹏涛说,那必须的,要紧跟着领导的思路走。

果然,黄小忠干事的课一讲,官兵们反响很强烈,都觉得跟友邻部队比起来,跟五丈原的弟兄们比起来,长板坡的条件很不错了。

关智宸让大家写心得体会，所有官兵都表达了一个意思：更加努力干好工作。

实际上，他们的工作一直干得挺好的。

关键是这一比较，他们的心里起了反差：人家比我们苦多了，工作成绩很突出，我们有什么理由不加倍努力干工作呢？

孙浩宇太庆幸了，要是到了五丈原，他的耐克鞋怕永远见不了天日了。

曹天佑想的是，要是去了五丈原，肯定没得猪养。

五十九

雨季来的时候，五班种的菜冒出了嫩芽。

周楷泽放话出来，说，这菜就代表了五班的精神，在高原上绽放生命的绿色。

话很有诗意，可大多数嫩芽很快被雨水冲走了，冲到悬崖下。

周楷泽和他们的战友们全力保护，最后只保住了两棵。

那两棵菜在垃圾场上像两个碉堡一样，战士们还要时不时地给碉堡加土。

因为雨水经常把土带走。

周楷泽发狠了，一定要保住这两棵菜，保住五班的精神，保住绿色的生命。

菜不光保住了，而且还发了狠地长，一天一个样，生机勃勃。

五班战士们因为这两棵菜很骄傲，训练休息的时候，这个说，我听到了那两棵菜滋滋地向上蹿。那个说，我感觉到那两棵菜在较着劲伸展绿叶。

其他班都没种菜，也没有别的副业。战士们听了很刺耳，就说，不就两棵菜吗？还能长成树不成？

周楷泽不高兴了，说，你说什么呢，一棵菜也是菜。你见过那么顽强的生命力吗？

孙浩宇实在听不下去了，说，周楷泽，这两棵菜是你们班的精神，那被冲走的是不是你们班的精神？

周楷泽噎着了。好半天说不上一个字来。

马小超呵呵呵地笑了起来，然后训练场上的战士们都笑了起来。

周楷泽面红耳赤，说，孙浩宇，是不是好长时间没有挨我的拳头了，你心里不爽，故意找茬？

孙浩宇微微一笑说，周楷泽，你挨我的拳头不比我少。

周楷泽说，是不是切磋一下？

孙浩宇说，正有此意。

然后两个人看着马小超，马小超说，看我干什么，取家伙去。

一个战士跑步回营区取来了护具和拳击手套。

架势一拉开，两个人就干上了。

马小超做裁判，从始至终，连个停字都没喊过。

俩人彼此都熟悉套路，也就是你打我一拳，我给你一脚。最后筋疲力尽，躺在地上喘粗气。

战士们看着挺过瘾的，就是觉得结束得太快了。有人喊，再来一回。

马小超说，你来啊？

这个战士赶快不作声了。

受伤的还是孙浩宇，身上挨了几拳不重要，他手上的口子又出血了。

周楷泽很过意不去，说，我忘了你的手还没好。

孙浩宇说，屁，这又不是你打的。

两个人相视一笑，站了起来。

马小超说，收操。

像上次一样，孙浩宇根本没有在意这点小伤。

伤是小伤，可孙浩宇大意失荆州。两天后，他的手肿得像馒头似的，感染了。

甄小苾又有话说了，孙班长，我真服你了。你不把自己当回事，你女朋友要是知道你这样了,肯定心碎了。

孙浩宇说,甄医生,我还没女朋友,正等你介绍呢。

甄小宓说,等把你的手看好再说,你这个样子不太适合出镜。

孙浩宇苦笑,说,还出镜呢,我看出丑差不多。

甄小宓说,哎呀,孙班长什么时候这么谦虚了?

孙浩宇说,我是为了进步才谦虚的。

当甄小宓给孙浩宇输上液后,貂雯楠坐过来盯着孙浩宇说,孙班长,你可能不知道,这点小伤会要你命的。

孙浩宇吓坏了,说,貂医生,真的假的? 不可能吧?

貂雯楠说,我是非常认真地告诉你,你再不注意的话,后果自负。

甄小宓也添油加醋地说,孙班长,你的感染是非常严重的,要好好配合我们治疗。

孙浩宇真被吓着了,连忙说,一定一定。死我倒是不怕,就是怕这只手废了不能打篮球。

看着孙浩宇魂不守舍的样子,貂雯楠说,这些人啊,不可理解,不可理喻。不吓一吓是治不了了。

甄小宓哧哧地笑了。

孙浩宇真是害怕了,每天按时消毒、换药、输液,话也不多了。

貂雯楠一边给他包扎一边问,孙班长,还疼不疼?

孙浩宇说,我也不知道。

甄小宓强忍着笑说,看来药效还不够。

貂雯楠瞪了甄小宓一眼,甄小宓给孙浩宇输上液,笑着跑出去了。

孙浩宇不安地问,貂医生,不会有事吧? 我从来没有这样过。

貂雯楠靠近孙浩宇说,应该不会有事的,但你必须得自己注意。一换环境,我们的身体机能就会发生变化,以前三天就能好的伤口,可能在新环境下三个月都好不了。

孙浩宇说,我明白了,我一定好好配合治疗。

差不多半个月,貂雯楠每天都要给孙浩宇消毒,换纱布,孙浩宇很听话。

孙浩宇已经习惯了貂雯楠那种看似漠然置之实际上关心之至的态度,他更习惯了她身上的那种福尔马林和一种洗发液的混合味道。

孙浩宇简直为那种味道着迷。

伤口结痂了,孙浩宇没有理由去卫生室了。

吃饭的时候,貂雯楠说,孙班长,我看看你的伤口。然后拿着他的手仔细审视。

孙浩宇又闻到了那种味道,他看着她用修长的手指轻轻抚摸着他的伤口,他的心嘭嘭嘭地跳了起来。

他从未有过这种感觉,从未有过这样的情形。

一个医生给病人看病,握着手算什么,饭堂里没人在意。可孙浩宇觉得不是这样的,那不是一只手握着另一只手,那是一只温柔的手握着他的喉咙,握着他的心跳。

孙浩宇觉得他快受不了了,他满脸通红,心快要蹦出来了。

貂雯楠问,孙班长,你不舒服吗?

孙浩宇说,我,我,我昨晚没睡好,有点失眠。

貂雯楠说,那不行,不要瞎想乱想,要休息好才能养好伤。

孙浩宇低着头说,是。

甄小宓看着他们俩,觉得很奇怪。

六十

充足的雨水让五班的两棵菜发疯似的长。

周楷泽坐在饭堂里,望着菜,说,我坐在这儿都看见它们在长。

他说的是真的。

刘鹏涛也看见了,那菜叶子真在长。

官兵们不相信,吹牛都吹到这个份上了,连刘大队长都成了他的帮凶了。

怎么可能呢？菜还能这么长，太邪乎了。

可两棵菜确实已经超过玉米了。

周楷泽说，这不光是五班的精神，还有我们的诚意。你们没有学过愚公移山吗？什么叫帝感其诚，这就叫帝感其诚。我们不迷信，换成天感其诚。雨水冲走了其他的菜，这两棵菜就要为它们夺回收成。

曹天佑一边喂猪，一边也关注着这两棵菜。

确实不是一般的菜，长起来没个路数，越长越大，已经不能叫菜了。

如果要叫的话，只能叫太空菜或者转基因菜。

可这样叫也不对，难道这两棵菜籽真的上过太空或者转过基因？

周楷泽找到了黄小忠干事。

周楷泽说，黄干事，你肯定看到了，我们种得菜不光长个头，还长志气。给我们宣传一下吧。

黄小忠说，我正有此意。

周楷泽那个高兴劲就别提了，他紧紧握着黄小忠的手说，黄干事，知音啊知音。

袁修杰总觉得这两棵菜不对劲，菜越长越大。那两个碉堡也越来越大，五班的战士们抬土回来，两个人还喊着口号，太张扬了。

可人家有张扬的资本啊。有谁种出来过比玉米还高的菜？

在机动大队，只有五班。在永昌边防总队，也只有五班。

就目前来看，只要一片菜叶，就够一个机动大队煮一锅菜汤。

黄小忠拍了几张照片，请示袁修杰说，首长，发个信息吧？

袁修杰想了想说，暂缓，别急。

关智宸也在场，他的脸上露出一丝不易觉察的微笑来。

晚上，周楷泽一边吃曹天佑煮的面，一边问，小曹师傅，看到我们的菜了吗？

曹天佑说，看到了，太厉害了。但是，周班长，我觉得有点奇怪，菜没有这么长的。

周楷泽说，菜还能怎么长？你告诉我。

曹天佑说，这菜像施了法术一样。周班长，我觉得这不是菜，是树。

周楷泽听了这话高兴了，哈哈，你能把猪养成大象，我就不能把菜种成了树？

曹天佑心想，也倒是。我养我的猪，他种他的菜，谁也不碍谁。

刘鹏涛大队长的注意力没有集中在这两棵菜上，他一边和乔问筠通着电话，一边交流着信息，一边在焦急地企盼着他的兄弟们能收到一个陌生电话。

没人收到。

乔问筠说，我努力了。可你们也要理解，你们现在在那么远的地方，回来后还要到边境一线去。每个人都有自己的想法，你要让你的兄弟们理解。生活可以浪漫，但不可以浪费。

刘鹏涛说，问筠，这可真的给你添麻烦了。但是，他们真的很好，比我还要好。

刘鹏涛又说，我们在边境一线是我们的荣幸。国家这么多人，有多少人够资格守在边境一线？

乔问筠说，我理解你，也理解你的心情。你别急好不好，我一定介绍几个好姑娘。

刘鹏涛心软了，说，问筠，对不起，我说重了。

乔问筠说，话没说重。我想告诉你，喜欢你们机动大队的不可能就我一个人，只不过我还没找着别的人。

刘鹏涛感动了，说，问筠，难为你了。

刚挂了电话，孙浩宇就找刘鹏涛来了，说，大队长，刚才有个姑娘打我电话。

刘鹏涛高兴，说，你小子有福气，排名第一。

孙浩宇说，可是，大队长，我拒绝了。

刘鹏涛咬着牙说，为什么？

孙浩宇说，我目前在这里执勤，再过几个月我就退伍，我实话实说了。

刘鹏涛拍着脑门说,你呀你,你可以编点东西啊。

孙浩宇说,那间筠乘务长就成了一个骗子了。

刘鹏涛直到现在才开始恨自己了,他虽然不是特别优秀,他总觉得他的部下很优秀。这些人和他一起摸爬滚打,一起荣辱与共,现在他有了女朋友了,他们还在等着电话呢。

等到电话的只有一个人,这个人还实话实说,说自己马上要退伍了。

刘鹏涛以前一直觉得自己很威风,现在才觉得自己很失败。

四年的机动大队长,他认为自己全总队第一了。

可一比,就有差距了。

袁修杰也当过机动大队大队长,刘鹏涛觉得袁修杰无所不能,无所不精。尤其是在处理复杂问题时,更表现出了他的领导水平。

刘鹏涛有点想不通了。

他没有这样狼狈过,所以,他的部下也不能狼狈。

他说,孙浩宇,你把电话回过去。

孙浩宇说,我已经说了不可能了。

刘鹏涛说,你回过去,我来说。

看刘鹏涛这架势,不发飙是不可能了,孙浩宇只有乖乖地回了过去。

刘鹏涛接过了电话,看似平平淡淡在说话,实际上比咬牙切齿还恐怖。

刘鹏涛说,姑娘,我谢谢你。我代表我的部队谢谢你打来了电话。这个电话对我们太重要了,对我们是莫大的鼓励。噢,对不起,我忘记了自我介绍了,我是间筠的男朋友,刘鹏涛。

刘鹏涛继续说,姑娘,我的兄弟说得对,他马上就退伍了。你想想,在这么一个浮躁的社会里,你还能找着像他一样实在的人吗?

刘鹏涛好像刹不住车了,他说,我的兄弟们就是这么实在,他们一步一拍,一心一意,从一而终,把自己的理想交给了部队。他们不在乎自己得到了什么,也不在乎别人的评价。现在,他们和我一样,战斗在高原上,他们值得爱。

人家姑娘也说,是的。

刘鹏涛在电话里喊,是的。他退伍了,也值得你去爱。

电话那边没声音了。

六十一

路垮了,彻底垮了,山也垮了。

长板坡是琅琊重要的国家级口岸,边境贸易生意红火。因此,交通部门很快就派出专家来做评估,制定修路方案。

评估不容乐观,几个专家说,修好至少要两个月。

琅琊边防总队领导及时把这个消息通报给袁修杰,袁修杰在电话里说,领导放心,我们既来之,则安之。

他和刘鹏涛、关智宸商量后,立即召开了军人大会,通报了这一情况,意思是告诉大家,部队至少还要在这里驻守两个月。

大家没什么反应。

袁修杰知道这些官兵波澜不惊。但他们有权利知道实情。

通报完,会就散了。

司马辰逸对袁修杰说,在长板坡驻军当中,我们的准备是比较充分的,请袁副指挥长放心。我向上级工作组要了三个月的保障物资,现在差不多过去一个月,这样算来,我们刚好能挨到路通。但这期间最好不要再出什么状况。

袁修杰说,司马部长,就是因为这里的保障相当困难,总队领导才派你来。你来了,保障就不难了,这个问题我一点也不担心。你说这期间会出状况,那是肯定的,但我这人要乐观一点,我认为出的是好状况。

关智宸也在旁边点着头说,袁副指挥长分析得对。

司马辰逸说,我们后勤人员想问题都要做最坏打算,那样才不会影响部队战斗力。袁副指挥长这样一说,我也基本放心了。

袁修杰说,司马部长用词和搞后勤一样有分寸,这个"基本"用得好。

司马辰逸说，这是职业习惯，我们需要的是准确。

袁修杰哈哈大笑起来，说，司马部长，我和你打个赌怎么样？

司马辰逸说，赌什么？

袁修杰说，一个月后，肯定有人来找我们借粮食。

司马辰逸说，不和你赌。那到时借还是不借？

袁修杰说，不借。直接给。

司马辰逸说，你倒是大方，官兵们怎么办？

袁修杰说，友邻部队要是没粮食了，你能不给吗？

司马辰逸说，那你说给就得了，我按你的指示办。

袁修杰说，他们借，我们给。就显示出我们的大气。何况人家给了我们不少帮助。

司马辰逸说，有一家借，就会有更多人来借。

袁修杰说，都给。

司马辰逸说，要是让你搞后勤，家底都被你弄完了。

袁修杰说，所以才让你来搞的嘛。

司马辰逸说，我搞来的粮食还不是让你给完了？

袁修杰说，这不是还没到给的时候。司马部长，你放心，牛奶会有的，面包也会有的。没有牛奶面包，我们还有三头猪。他们总不能向我们借猪吧。

司马辰逸说，借是不会借，说不定你心情高兴了，会给。

袁修杰又笑了起来，说，知我者，司马老兄也。

司马辰逸没理他，转身走了。

袁修杰对关智宸说，喊一下刘鹏涛，看看你这位搭档做了一件多给力的事。

关智宸估计不是什么好事情。

刘鹏涛兴冲冲地跑来了，说，首长，间笃问还要不要猪？

袁修杰说，山都垮了，猪还能进得来？我看你是昏头了。

刘鹏涛说，我按您的命令谈恋爱，这不正甜蜜得一塌糊涂。

袁修杰说,今天不谈你的甜蜜。你老实交代你的问题。

刘鹏涛想了一下说,您都知道了?

袁修杰说,你给我说清楚。

关智宸蒙在鼓里,一副茫然的样子。

刘鹏涛原原本本交代了。就是杨小修出卖赵致远的当天,他根本无法抑制心中的怒火,通过几个战友和朋友找到了那家房地产公司的老总和拆迁公司经理的电话。他在电话中毫不客气,说,我是永昌边防总队一个机动大队的大队长刘鹏涛,警官证号0376。你们拆的房子有一家是我部下的父母的房子,你们还打伤了他的父亲。我和我的部下现在正在边境执行任务,我给你们三天时间,把事情解决好,否则,我像剿匪一样把你们剿掉。说完,就挂了电话。

袁修杰说接着说,两天后,总队派一名处长找到了当地的市长,市长让秘书给房地产商打电话,人家说,已经解决好了,老人家很满意。还说,请赵致远和他的领导不要找他们的麻烦。这位处长找到了赵致远的父母,确实已处理好了,二老挺满意的。

刘鹏涛说,我就是赵致远的领导。

关智宸说,现在的房地产老板还会怕你一个当兵的不成?

袁修杰说,肯定不怕。但人家也会想办法找当兵的朋友打听,如果了解到刘鹏涛是个什么人,他就怕了。

刘鹏涛档案里有两个处分,一个记过处分是打架得来的,他一个人把六个人全部打骨折,然后从正连降成了副连。打架的理由是他以前退伍的战友做生意得罪了同行,同行请人砸了他战友的店。

这个处分关智宸知道,他还劝刘鹏涛要通过法律途径解决。

刘鹏涛当时说,法律途径可以解决,但程序太多,时间太慢。

何况那时他正血气方刚。

袁修杰说,刘鹏涛,你现在是一个边防部队的大队长了,怎么能说出土匪的话来?

刘鹏涛说,现在的房地产商和拆迁队才是土匪。办不好我就是要剿了他们,大不了再从正营降至正连。

袁修杰说,你这是什么狗屁态度。

刘鹏涛说,我的态度很明确也很坚决。事情办不好我不答应,给我处分我接受。

袁修杰咬牙切齿地说,你这个鸟人,把你煮熟了嘴巴还硬得很。以前你是一个小连长,做错了事可以原谅;现在你是一支部队的领导,你要给你的部下做出表率。总队处理这种事情也是很快的,第二天就派人过去了,而且找的还是市长。

刘鹏涛说,我那天有点生气,有点急躁。

袁修杰说,急我个鸟。还好这位处长及时和我联系,我让他处理妥当。

刘鹏涛讪笑着说,多谢首长包庇。

袁修杰说,你给我严肃点。

刘鹏涛立正说,是。

袁修杰也站起来,说,我警告你,没下次了。

刘鹏涛大声说,是。

然后他又降低声音问,首长,我写个检查?

袁修杰说,检查个鸟,滚!

六十二

路垮了,至少有三个人比较高兴。

最高兴的是赵致远,家里的事很快就解决好了,父亲的伤也不是很重,母亲打来了电话,让他替他们谢谢部队,谢谢部队的领导。还让赵致远要努力工作,报答部队。

赵致远不知道家里的事是刘鹏涛一个电话解决的。

其次是孙浩宇。能和这么多战友待在一天,他就觉得心里很踏实,虽然现在还不到退伍的时候，但他喜欢这种氛围。

他还有一个秘密，就是越来越想和貂雯楠说话了，而且很少有油腔滑调的话。不油腔滑调，话就比以前少多了，有时见到貂雯楠，还会莫名其妙地脸红。

他真希望手上的伤好得慢些，再慢些，可惜已经痊愈了。

孙浩宇喜欢上貂雯楠了。

还有甄小宓。她是真不愿意回到那个压抑的医院，与其在那里没事干，还不如在这里和这些骄傲的家伙们吹牛聊天。

她还想看一看黄小忠用了她的美白润肤霜效果怎么样，那是女士专用，她没有告诉黄小忠，她也不是想恶作剧，因为她就没有男士的美白润肤霜。

曹天佑也无所谓，看着他的猪一天一天长大，他很有成就感。

直到司马辰逸找他谈话后，他才感觉到压力。司马辰逸说，猪要喂好，但不侵占官兵的口粮，要是没有剩菜剩饭喂猪，只能自己想办法。

司马辰逸还说，每天的大米都要定量，少不能少，但也不能多，一两也不能多。

机动大队这些人本来就宁愿自己撑着，也不愿意剩点吃的。这样一来，根本不可能有剩菜剩饭。

可猪也不能饿着呀。

曹天佑看着自己的大肚腩，不能饿猪，可以饿自己啊，正好减肥。

曹天佑为自己的想法着实兴奋了一番，可过一会儿又有点灰心了。

省下自己的饭喂猪，那不是杯水车薪吗？这个杯还是最小的杯。

曹天佑不是无所谓了，而是惆怅了。

要是喂不好猪，真对不起间筠乘务长了。

刘鹏涛把三只猪的照片发给乔问筠后，乔问筠专门打电话给曹天佑说，小胖哥哥，你把它们照顾得太好了，看着它们开心的样子，我也很开心。

猪要没有吃的或者吃不饱，肯定是不开心的。

猪不开心，乔问筠也不开心，曹天佑也不开心。

曹天佑站在猪舍外,愁肠百结。

三只猪哪能理解曹天佑此刻的心情,还哼哼叽叽在摇着尾巴冲他撒娇呢。

曹天佑想,考验他的时候到了,考验他智商的时候到了。

活人还能让尿憋死?

这么好的雨水,草长得这么好,可以打草喂猪,说不定还能打着虫草呢。

雨水一多,部队训练强度小了,晚上加餐的人也少了,省下的面条加点猪草,又绿色,又环保。

想到这里,曹天佑一下子开始佩服起自己来了,屁的谦虚使人进步,困难才使人进步。

以前在工作站他才懒得动脑呢,现在动起来也不比别人差。

脑子就是用来动的,要不动的话那是糨糊。

曹天佑很快就从惆怅转换成了高兴,他对三只猪说,看不出来吧,你们的小曹师傅还是有几把刷子的。只要我的脑子在动着,你们就饿不着。

三只猪还是哼哼叽叽的,一点也不严肃。

曹天佑高兴起来,才不拘这些小节,他很认真地对三只猪说,明天我就去给你们打草,打最鲜嫩的草,最好吃的草,最养生的草。

三只猪还是那个样子,曹天佑对它们说,你们这个样子让我明白了:猪一直是猪,而我却有时不是我。

曹天佑又说,我要不是我的时候,我是谁?

三只猪根本不理解这么深奥的哲学,它们也不在乎眼前这个胖家伙是谁,只是觉得脸熟,觉得这个家伙对它们还不错,所以它们才哼哼叽叽的,才讨好他。

曹天佑低估这三只猪了,它们也是有脑子的。

它们懒是懒了点,但脑子还是动着的。

猪要是动起脑子来,也不能小瞧。

曹天佑没小瞧,只是没想到。

他沉浸在自己到底是谁的梦境中。

六十三

曹天佑的三个自认为高明的想法第二天一下子破灭了两个。

首先是机动大队的这些家伙们根本就闲不住,下雨时待在房间里,只要雨一停,他们的集体训练是不搞了,可是会两个三个的约着去冲楼梯,就是快速跑完182级楼梯;没跑几个回合,就有人觉得不过瘾了,改成了蛙跳;跳了几个来回,觉得这也比较小儿科,换成了背着人冲楼梯。这下好了,越来越多的人参与进来,这比集体训练的强度还大。

曹天佑觉得他们是在自我折磨,可越折磨他们越高兴;曹天佑觉得他被折磨得更厉害,因为吃面条的人不少反多。

说到打猪草,曹天佑更是觉得自己被自己的智商侮辱了,袁修杰说,长板坡山高坡陡,雨水又多,连你住的地方都紧张得要命,还有你打猪草的地方。无论你在哪个地方,一滚下去,就到了国外,这可是外交事件。

发生外交事件的可能性不大,但打猪草的危险性确实很大。

袁修杰看似最后表扬了他一句,但曹天佑听了比挨骂还难受。袁修杰说,工作积极,方法欠妥。

那就只有减肥了。

减就减,减我的肉,长它们的肉,这是一个不得已的办法,也是一个一举两得的办法。

曹天佑勉强可以,三只猪不答应,因为它们饿得慌。

曹天佑昨天觉得自己还挺有创意的,很快又觉得连猪也不如了。

不过说连猪也不如这还是在自我表扬,有科学实验证明,猪的确比人聪明。

曹天佑快绝望了,没有吃的,难道让它们喝西北风去?可现在连西北风都没有,只有东南风,因为这是雨季。

都是东南风惹的祸,刮点西北风还可以清醒清醒头脑,东南风让人浑身没劲,软绵绵的。

软绵绵的是曹天佑减肥半天的结果,他终于体会到了人是铁,饭是钢,一顿不吃饿得慌的真正含义了。

晚饭肯定是不能再减了,再减下去大脑就缺氧了。

要想让猪有东西吃,他曹天佑还不能让脑子出问题,还得想办法。

虽然他没有和三只猪切磋过智商高低的问题,但至少它们还是把他当主心骨的。

他必须得撑起来,解决面临的饥饿问题。

曹天佑的脑子开始高速运转了,这两天脑细胞肯定跳槽了不少,转了几转,也转不出个头绪。

其实,面对这种情况,他真的无法解决,只能导致脑细胞越来越少。

曹天佑百无聊赖地坐在电视机前看新闻,他看到了一条让他和他的猪都热血偾张的一条新闻。

猪——坚——强。

成都彭州市龙门山镇团山村村民万兴明家的大肥猪,汶川大地震后被埋废墟下36天,2008年6月17日被成都军区空军某飞行学院战士刨出来时,还坚强地活着。震前这头猪重达150公斤,被解救后变成了50公斤,它消耗自身的能量以维持生命。

奶奶的,这才叫真正的猪啊,在废墟下煎熬了36天,不抛弃,不放弃,坚持到底。

看到这条新闻,曹天佑的眼睛湿润了。

他对猪坚强充满了敬意。

一头待在黑暗里的猪,居然打败了地震、黑暗、恐惧、饥饿和孤独,雄赳赳气昂昂地重新出现在人们的眼前。

他看着新闻,觉得人们忽略了一个细节,就是在猪坚强走出废墟的时候,为什么不给它的眼睛蒙一块黑布。

猪的命也是生命啊，猪的眼睛也是眼睛啊。

正因为它充满对生命的渴望，充满对光明世界的向往，充满对人类朋友的眷恋，它才咬牙坚持了。

如果它的眼睛蒙上了黑布，它看上去就更帅了。

无论怎样，猪坚强给了曹天佑力量。

既然猪坚强在地下不吃不喝可以活36天，他的三只猪为什么不能在地上活两个月，何况它们还有一定的食物。

什么叫天无绝人之路？无绝人之路，就无绝猪之路。

曹天佑养的三只猪虽没有150公斤，但按照体形也属于超胖型的，也就是说，有足够的能量消耗的。

为了活着，消耗自身能量，辛苦是辛苦点，也不是什么坏事。

猪坚强能那么坚强，机动大队的猪要更坚强才对。

要乐观地面对困难，才能战胜困难。大不了路通了，再把失去的肉补回来。

对于这一点，曹天佑还是有经验的，也是有信心的。

事实上不是他想的这样，他虽然给自己和三只猪鼓足劲了，但那只是他的又一次瞎想白想。

他解决不了的问题不等于别人也解决不了。

司马辰逸早替他想好了。

司马辰逸是什么人？那三只猪是什么猪？

司马辰逸是为了搞好保障敢得罪上级工作组的人。三只猪现在名声在外，连上级领导都有批示，还能让他们饿着？

司马辰逸找到友邻部队，请求把他们吃剩的饭菜留给曹天佑喂猪。友邻部队的领导很高兴地答应了。这又不是什么大事，那三只声名在外的猪要是吃他们的剩菜剩饭，说明他们也做出了贡献。

事情就这么简单。

曹天佑对孙浩宇说，在高原待上一段时间，还真有点缺氧。

孙浩宇安慰他说，也不是，可能把你急着了。

曹天佑说，人家能急中生智，我只能急中生气，还是生自己的气。

貂雯楠不知什么时候来了，说，小曹师傅，听说你节食喂猪，这种精神可比以身饲虎。好多人都被你打动了，你还生自己的气干什么？

曹天佑说，在困难面前，我弱不禁风，不堪一击。和他们机动大队还是有差距的。

貂雯楠说，不要贬低自己，你和他们没什么两样，各有千秋，是不是，孙浩宇？

听到貂雯楠喊自己的名字，孙浩宇激动得声音都变了，是，是，是。

貂雯楠对曹天佑说，小曹师傅，把你送我的罐头替我吃了吧，给你补补身子，你减肥喂猪我实在不忍心啊。

曹天佑说，貂医生，那不行，一定得给你留着。

六十四

当天，三只猪就吃得肚子圆滚滚的，曹天佑也吃得很饱。

吃饱喝足不想家。

曹天佑倒了点酒，正想喊孙浩宇，结果孙浩宇急急忙忙地跑了过来。

孙浩宇说，我有要紧的事和你商量。

曹天佑说，看得出来。

孙浩宇说，我喜欢貂雯楠，怎么办？

曹天佑看着他没说话。

三只小猪摇头晃脑的，态度很不明确。

孙浩宇灌了一大口酒，又说，我爱上了貂雯楠，你给我出个主意。

曹天佑站了起来，叉着腰，说，我爱你。是男人就把这三个字对着她大声说出来。

三只小猪哼哼直叫，像在笑。

孙浩宇说,你不早说,我刚喝了酒。

曹天佑说,不喝酒还叫男人吗?

要是别人在场呢?

不管。

要是伤着人家呢。

不管。

必须得说?

必须的。

什么时候说好?

就现在。

孙浩宇说,好。

曹天佑说,很好。

孙浩宇又抓起口缸灌了一口,大步流星奔向卫生室。

卫生室也是貂雯楠和甄小宓的宿舍。

孙浩宇敲门进来,貂雯楠正在给吕弘文开药。

甄小宓问,孙班长,有事吗?

孙浩宇对貂雯楠说,貂医生,我有话对你说。

貂雯楠停下笔,抬起头来说,说吧。

孙浩宇说,貂医生,我爱你。

声音的确不小,孙浩宇目不斜视,盯着貂雯楠。

甄小宓手里的书一下子掉在地上。

吕弘文像遭到电击一样,噌地一下从凳子上站了起来,转过身怔怔地望着孙浩宇。

貂雯楠看着他,眼睛如一潭平静的湖水。

甄小宓说,孙班长,你是不是喝酒了?

孙浩宇说,喝了,只喝了两口。

吕弘文说,孙浩宇,你是不是发烧了?

孙浩宇说，没烧。

吕弘文说，没烧你怎么说胡话呢？

孙浩宇说，我说的不是胡话。

甄小宓像被吓着了一样，眼睛直直地看着貂雯楠。

貂雯楠的表情依然自然，没有一丝慌乱，她抬了抬眼皮，问，就这个话。

孙浩宇说，是的，就这个话。

貂雯楠说，那你可以走了。

孙浩宇说，好。

孙浩宇一转身，甄小宓一屁股坐了下来，像是才找回了魂。

孙浩宇大步流星走到曹天佑的猪舍，把口缸里剩下的酒一气倒进了喉咙，然后抹了抹嘴，说，痛快。

曹天佑说，说了？

孙浩宇说，说了。是个好主意。

六十五

第二天吃早点的时候，所有人都知道了这件事，包括袁修杰。

袁修杰对刘鹏涛说，这事你们大队自己处理吧。

刘鹏涛把孙浩宇喊了过来，问了一下情况，孙浩宇全承认了。

刘鹏涛对关智宸说，你看，机动大队的兵有种吧？

关智宸只是笑笑。

刘鹏涛对孙浩宇说，去，通知值班员，马上召开军人大会。

战士们一坐下，就开始交头接耳了。

这可是比吃新鲜猪肉更能让人兴奋的一件事。

刘鹏涛咳嗽了一声，意思是他要说话了。

刘鹏涛说，今天的面条吃得有意思吧？那是因为有上好的佐料。佐料是孙浩宇炒的，很下饭。官兵们哄的一声笑了起来。

刘鹏涛接着说，孙浩宇同志色胆包天，喝了酒对貂医生说了三个字，这三个字太给力了，叫作我爱你。

官兵们爆笑如雷。

刘鹏涛说，我们干什么来了？是执行重要任务来了。责任如此重大，孙浩宇还敢找个时间说我爱你，这是什么行为？

好多战士朝孙浩宇身上看，孙浩宇姿态端正，面无表情，也看不出个子丑寅卯来。

刘鹏涛说，这是一种扯淡的行为，是一种破坏我们正常执勤、正常工作秩序的行为，所以，必须对孙浩宇同志处分，给那些还准备说"我爱你"的人敲响警钟。

刘鹏涛喝了一大口水，准备继续展开讲。

关智宸站起来说，我不同意刘大队长的意见，不能处分孙浩宇。

刘鹏涛又喝了一口水，问，不处分他怎么带部队？

关智宸说，没有任何理由处分他？

刘鹏涛问，他发酒疯，骚扰貂雯楠医生。

关智宸说，第一，孙浩宇没有发酒疯；第二，貂雯楠医生没有说孙浩宇骚扰她。基于这两点，我再说三点：一、孙浩宇有表达爱的权利；二、他在表达前可以喝点酒；三、他表达了他的爱的权利后别人有权利拒绝他。根据政工条例，如果貂雯楠同志愿意的话，他们回到单位就可以申请结婚。

教导员关智宸从来没有对刘鹏涛的决定提出过异议，但今天，在大会上，他不光提出了反对意见，还言之凿凿，振振有词，句句在理，逻辑严密。

孙浩宇听得热血沸腾，曹天佑坐在后面，激动得差点流出泪来。

貂雯楠就在营区，这营区就这么大，会场也就是饭堂，刘鹏涛和关智宸的话她全听见了。

她也觉得，孙浩宇没错，但她不知该怎么答复他。

刘鹏涛问其他大队领导和排领导，你们有什么意见？

副大队长张立轩说，我觉得应该处分，还有一个排长附和着。

关智宸又站了起来，这次声音更大，处分不是谁觉得该不该，要按照条令条例来。哪个敢说他比条令条例还大？你们先学一下条令条例再发表意见。我是党支部书记，这种明显错误的意见不予采纳，孙浩宇也不做任何处分，任何领导都不能给他施加压力。今天的会议只有一项内容，就是各级要认真组织学习条令条例。散会。

别人都觉得关智宸今天不像关智宸，只有他的同学和搭档刘鹏涛清楚，这才是关智宸。关智宸要做一件事情，一定是百分之百的把握；他要是说话，一定是百分之百的占理。

关智宸说完散会，值班员却看着刘鹏涛，一分多钟没有报告。刘鹏涛站起来破口大骂，你猪头猪脑傻站着干什么？教导员说散会你没听到吗？

值班员赶快立正报告，刘鹏涛已扬长而去。

对于曹天佑和孙浩宇来说，昨天是他们最痛快的一天，今天是他们最痛快的又一天了。

虽然没得到貂雯楠的答复，但孙浩宇把他的想法说出去了，这很重要。

他不光说了，声音还很大，还面对别人，还带着酒气。要是貂雯楠说不行，他也不后悔了，这是两相情愿的事，他懂。

他也做好迎接处分的准备，但半路上杀出个关智宸来。

从不说话的关智宸今天给孙浩宇说了很多话。

而且说的每一句都顶一万句，一句比一句有杀伤力。

教导员今天怎么了？

有一点是肯定的，就是他没吃错药。

孙浩宇说，不想那么多了，我们再喝几口。

曹天佑说，教导员是不是觉得你到现在还没当上班长有点亏欠你？

孙浩宇说，瞎说，别猜别人的想法。

一个高大的身影走了过来，你俩的小日子过得有声有色啊。当然是马小超。

曹天佑赶快把面条拿了过来。

马小超大口大口吃着，嘴里也不闲着，乖乖，这种日子不简单。

曹天佑说，这不给排长留着吗？

马小超说，屁，这点不够，再给我煮碗，有问题吗？

曹天佑说，没问题。

马小超对孙浩宇说，孙浩宇，你行啊，太行了。

孙浩宇说，我不行，是小曹给我出的主意。

马小超说，曹天佑，看不出来啊，你那个胖肚子里装的不光油水啊。

曹天佑一边煮面条，一边说，排长，我觉得这既不是上策，也不是下策，但教导员一发话，就成了上策。你说，排长，大队长怎么今天就不发飙了呢？

马小超灌了一大口酒，说，你们什么时候见过大队长向教导员发飙？

曹天佑不知道，孙浩宇想了半天，刘鹏涛当了四年大队长，前两年换了四个教导员，关智宸是第五个，已经干了两年，刘鹏涛经常发飙，但关智宸在场的时候，他真的还从未发过飙。

孙浩宇说，排长，你的意思是教导员抓着大队长的什么把柄？

马小超说，抓个卵子。昨天你做的事还像个君子，怎么现在说的话像个小人？

孙浩宇说，是、是。我不能瞎猜。

马小超问，想听吗？

曹天佑和孙浩宇说，想。

马小超说，想听就给我开个罐头。

曹天佑说，这怕有点难度。

马小超说，就开留给貂雯楠的。

曹天佑说，这不好吧？

马小超说，有什么不好呢？你送罐头是表达谢意，她们姑娘家怎么会吃这种肥腻肥腻的东西。

曹天佑说，那你还同意我送。

马小超说，我赞同是让人家觉得你这个人还有人情味。你见过哪个女兵吃过这种罐头?

曹天佑说,我婶婶。

马小超说,除了你婶婶呢?

曹天佑说,真没见着。

马小超说,这种罐头是部队专为男兵在艰苦环境下制造的,吃了好补充能量。

曹天佑说,这种理论我还是第一回听说。

马小超不理他了,吃得满嘴油光,酒喝得那叫一个响。

他说,是不是开始讲了?

曹天佑和孙浩宇点点头。

马小超说,孙浩宇,你想一想,刘鹏涛冲我发过飙没有?想仔细点。

越来越绕了,怎么又扯到他这儿了?

孙浩宇想了想,的确没发过飙,骂过一两回,也是点到为止,基本没用到人身部位的脏话。

孙浩宇说,没有。

马小超说,那是他尊重我。在机动大队要想立住脚,靠的就是军事。我的军事怎么样?

孙浩宇和曹天佑都说,好。

马小超说,当然是真的好,我自己都说好。但我和教导员比起来差远了。

曹天佑说,排长,是你和大队长比。

马小超大声说,教——导——员。

孙浩宇和曹天佑面面相觑。

马小超说,我毕业刚回来的时候,牛气冲天,和刘鹏涛顶了起来,你们也知道他那个脾气,肯定是要干的了。教导员来了,他让大队长和我消消火,说比画一下他不拦着,但要在合适地点和合适的时间,要有合适的裁判。

曹天佑说,教导员倒是挺适合做裁判的,公道。

马小超喝了一大口酒说,屎,是他和我干的,刘鹏涛做的裁判,其实裁不一个样，只两个回合，我就起不来了。他把我扶起来，说了一句话：说话可以粗鲁，做人不可嚣张。

曹天佑和孙浩宇听呆了，这也太夸张了吧！关智宸最多六十公斤，马小超至少八十公斤，一脚出去，看着沙袋都可怜，而且他在单双杠上还能飞起来。

马小超说，刘鹏涛和关智宸是指挥学院的同学，俩人一起参加了我们部队组织的两人作战小组远距离奔袭反恐擒敌大比武，并且夺冠。那可是包含了十多个军事技能项目，我都没资格参加，刘鹏涛也只是他的配手。

这纯粹就是天方夜谭，是个传说。

关智宸现在就是一个传说。

马小超说，你们转动你们的脑袋想，出来这么长时间他说过多少话，哪句话是没用的？

这一想还真是的，进长板坡那天，坏第一辆车，就是他对袁修杰说，弃车。

荒漠迷路，是他主动请缨带路才走到正道上。

遭遇暴雪，也是关智宸对袁修杰了一句，所有官兵立即下车。

第一次开会，他也只说了一句话，以稳定军心为重。

这一想孙浩宇还想来了，有几次晚上他在楼顶上看见有人做俯卧撑，脚搭得很高，速度均匀，做了不少，走过去一看，是关智宸。关智宸说，活动活动。

马小超说的是真话。

这个教导员话真的很少，深藏不露，难怪袁修杰都不和他开一句过分的玩笑。

孙浩宇说，怪不得他能在机动大队这么长时间。排长，除了你没别人知道吗？

马小超说，来的这些人当中，只有我们三个在同一所军事学院毕业。

曹天佑说，你们这些人，要么高深莫测不张扬，要么牛气冲天太要强。我以为很了解你们了，我甚至像你们说的一样，把自己当成机动大队的一员了，可这么长时间了,我才发现,融入你们太难了。

马小超说,我们把你当成一员也好,你把自己当成我们的一员也好,这都是对的,也都是真的,这些人都不难相处。

六十六

但相处起来还真是难啊。

曹天佑没想到,就撕五班一片菜叶子,周楷泽就兴师问罪了,还把动静闹得挺大的。

当然,那片菜叶子很大。

看得出来,周楷泽就是想让别人知道,他们五班种的菜比玉米还高,比高粱还高,差不多赶上树了。

但又有点不像树,倒像一蓬无比巨大的骆驼刺,无法看出哪一支是主干,所有叶子几乎都是一样长的,一样的向四面八方疯狂地扩张,张牙舞爪,有点像《倩女幽魂》中黑山老妖的意思。

五班为了种这两棵菜,下了很大的辛苦。

菜巨大无比,每天都要培土。长板坡怪石嶙峋,就是缺土。现在又是雨季,整点土回来也不容易,还要被雨水冲走好多。五班战士排了值日表,轮流抬土,看来不把这两棵菜种成参天大树他们是不罢休的。

五班战士在培土的时候,还得小心翼翼,因为他们尽量不碰着菜叶,碰着他们就会心疼。

关智宸嘱咐过鲁伟诚,不能动这两棵菜,要动必须向他报告。

谁知,曹天佑动了。

小淘气暴食暴饮,撑着了,曹天佑空了它一顿,然后想给他吃点清淡点的东西,就撕了一片菜叶。

五班战士天天都在盯着他们的菜,少了一片叶子很快就看出来了。

周楷泽就不答应了,让战士们查找。

菜叶就丢在猪舍里，小淘气一口都没吃，小轻和小气也一口都没吃。不用查。

周楷泽说，曹天佑，你居心不良，是不是怕我们的菜盖过你三只猪的风头，所以你就背地里出阴招，下黑手？

曹天佑说，我没这个意思，只是猪吃多了，我想让它换个口味，消化一下。

周楷泽说，你拿那么好的菜喂你的蠢猪，你这不是糟蹋菜吗？

听了这话，曹天佑急了，说，它们不蠢。说不定比人还聪明，我有科学依据。

周楷泽说，屁的科学依据，你成天挂在嘴边，拿出来啊。

这是曹天佑的撒手锏，不到关键时候他是不出手的，但被周楷泽逼到这份上，不出手是不行了。

曹天佑一本正经地说，镜子经常被用来测试自我认知能力和高等智慧。大部分婴儿在18—21个月后，可以意识到镜子里面的人是自己。除了人类以外，通过了这项测试的动物包括大猩猩、海豚、大象以及喜鹊。在一项由英国剑桥大学布鲁姆教授发起的研究中，猪被分别放到镜子面前接受观察。在5个小时后，研究人员把一碗食物藏到木桶后面，只有通过镜子才可以看到这个碗。结果，8头猪中的7头通过镜子定位，绕过木桶，找到了藏着的碗，仅用了平均23秒的时间。而这些猪只有4—8周大。

因为周楷泽搞得动静挺大，所以在场的人挺多。曹天佑这一番话让不少人咋舌：小锅真是铁打的，这的确能够证明猪不蠢。

曹天佑接着说，科学研究还发现，猪的基因组和人的基因组有许多相同之处。

这下周楷泽真有点难堪，看来曹天佑真有科学依据，而且还记得滚瓜烂熟。

周楷泽不是吃素的，说，猪既然这么聪明，会吃多吗？我看是你吃多了，想吃点素菜。

曹天佑说，周班长，真是猪吃多了，以前我养猪遇到这种情况就是喂菜叶喂好的。

周楷泽说,就算猪吃多了,你摘我们的菜也要和我们说一声。

曹天佑说,我当时想,就一片菜叶,你肯定会同意的,就没向你报告。

周楷泽说,那就不是一片菜叶,你见过那么大的菜叶吗?

曹天佑说,没见过。

周楷泽说,那是我们五班的心血。你摘了一片菜叶,就是掠夺我们的心血。

曹天佑说,周班长,摘不下来,我是砍的。

周楷泽更是恼羞成怒了,说,砍就更不对了,你怎么能用刀砍一棵菜呢?

曹天佑说,我摘不下来啊。

周楷泽说,你居然用刀,你知不知道,你的刀就砍在五班每个战士的心上?

五班战士都说,曹天佑,你的心太黑了,用刀砍我们的菜,这等于用刀砍我们。

孙浩宇忍不住了,说,用不着这样吧? 周楷泽,还上纲上线,不就一片菜叶吗? 是不是你们也要砍曹天佑一刀?

周楷泽说,不关你的事,你别瞎掺和。

貂雯楠实在听不下去了,就把关智宸喊来了。

关智宸说,貂医生,你和周楷泽他们说清楚吧。

貂雯楠说,周班长,听我说说好不好?

周楷泽看了关智宸一眼说,好吧。

孙浩宇又开始激动了,很明显,貂雯楠也是看不下去了,这是为曹天佑和他出头啊,反正他就喜欢这么想。

貂雯楠说,周班长,你们种的菜根本就不能吃。

周楷泽不答应了,说,我们辛辛苦苦种的菜,你居然说不能吃,貂医生,你什么意思?

貂雯楠说,我没什么意思,只是实话实说。首先,你的菜种在垃圾场,你看看,这个垃圾场什么都有,有工业垃圾,有医用垃圾,有生活垃圾。

确实,周楷泽的眼前尽是废电池、过期药品、碎玻璃。

貂雯楠接着说,在这种垃圾场理论上是不可能种出菜来的,要种出来,就只能是畸形的。

这个大家心里清楚,垃圾场除了那两株植物就只剩垃圾了,没有别的植物存活。那两棵菜长得一点也不顺溜,不像菜。

貂雯楠说,为什么三只猪都不吃菜叶子呢,说明这菜有问题。其次,我和你们教导员还担心,这菜是不是受了什么辐射。当然,这需要检测,我们只是怀疑。再次,也是最明显的,菜能长得这么恐怖吗?这里也有菜农,他们为什么种不出这么大的菜来。

说得太有道理了,简直是逻辑严密,滴水不漏,无可辩驳。孙浩宇有点心花怒放的欲望,他很想在脸上绽放出点花儿来,但自从听说关智宸是机动大队第一高手后,他不敢放肆了。

曹天佑也觉得貂医生水平真高,孙浩宇很有眼力。

周楷泽和五班的战士们愣在那里,原来他们这么多天辛辛苦苦种的菜是怪胎,原来他们引以为豪的两棵树一样的菜是不能吃的,甚至是有毒的。

这种打击谁能承受?

周楷泽还是不甘心,说,为什么你不早说呢?

貂雯楠说,你们教导员说不要打击你们的积极性,在这里找一件事情做不容易,找一件有意义的事情做就更不容易了。

周楷泽说,种的菜不是菜,还有害,这叫有意义的事?

关智宸终于说话了,周楷泽,你们做的的确是有意义的事。好多官兵都佩服你们呢。这菜虽然不能吃,但在那里长着是没害的。在大家眼里,那就是五班创造的奇迹,是你们坚持这么多天的奇迹。

周楷泽说,教导员,那我们以后还继续培土吗?

关智宸说,你们决定吧。这里也没有什么核辐射。

周楷泽说,我明白了。

曹天佑说,周班长,对不起,我向你们道歉。

周楷泽说,道什么歉。我们也和你一样,把菜当作了自己的孩子,看到少了一片叶子,心疼,不是小气。

曹天佑说,周班长,我理解。

六十七

曹天佑一吵成名。机动大队的官兵、包括袁修杰现在都知道"蠢猪"这两个字放在一起是不对的。

刘鹏涛说,没想到一个养猪的还有猪文化,曹天佑还真有股劲。这才叫真正的干一行爱一行钻一行,有点像我们机动大队的兵。

袁修杰说,你表扬曹天佑,还不忘抬高自己。刘鹏涛,你说话越来越艺术了。

刘鹏涛说,必须的。跟在首长后面,首先要学会说话。

袁修杰说,你别扯了,说正事。你看你的兵成天冲楼梯也不是一种办法,有没有其他什么想法?

刘鹏涛说,我和教导员商量过了,曹天佑给了我们启示,给战士们补补文化课,我们做个调查,缺什么补什么。

袁修杰说,刘鹏涛,真不简单啊。还说跟在我后面,这不是又跑在我前面了吗?

刘鹏涛说,做部下的,最重要的就是要给领导分忧。不能像只癞蛤蟆戳一下动一下。

袁修杰说,刘鹏涛,不是我夸你,你有能力有水平,大家公认,就是脖子上的那一坨低不下来,所以成了总队最资深的机动大队长。

刘鹏涛说,您说的也是。我也试着低过,太难了。

袁修杰说,不低就不低吧,已经昂了那么多年了,大家也都知道了,低下来你的部下也不接受。

刘鹏涛说,首长,跟您这一趟执勤,真值啊。

袁修杰说，少来这套。你那棵爱情的头低得怎么样了？

刘鹏涛说，进展那是相当的顺利，那真是飞一般的感觉。

袁修杰说，你这趟收获不小。你的兄弟们怎么样？找到感觉没？

刘鹏涛说，我实话实说，间筲很努力，可成效不明显，远水难解近渴啊。孙浩宇倒是接到一个姑娘的电话，可他第一句话就说年底就要退伍了，这等于说了不可能。张立轩最近也接到一个电话，可我不太看好他。

袁修杰说，你别下结论，只要把头低下点，电话打勤点，说不定就有戏。

爱情戏当然要两个人演，张立轩真入戏了。

他的进攻势头猛得很，一天一个电话，每次都是半小时以上。

和他演戏的正是乔梦琪。乔梦琪和他的男朋友恋爱出现了问题，间筲把这个信息透露给了他。

他起初也觉得这样有些不道德，他也说过只要没结婚，每个人都有机会竞争，那只是说说，但真要他做，他还不是那种人。

乘虚而入可以当作一种战术，但用在恋爱上，不够光明磊落。

乔问筲告诉他，张副大队长，你不要觉得这样很卑鄙，你这是救小乔于危难之中。成了，那就是一段佳话，不成，也可以和她聊聊天，解解闷，安慰她一下，减轻她的痛苦。而且，你还可以给他做做思想工作啊。

间筲说得也有道理，聊聊天可以吧，当作朋友关心一下可以吧。

张立轩鼓起勇气给小乔打了电话，寒暄完后，第一句话是，小乔同志，我张立轩长这么大从没起过坏心眼，所以你不要误会。如果你觉得我哪句话说的不中听，就把电话挂了，我也再不会打了。

这话够诚恳吧？

张立轩真不会说什么好听的话，就是那些实实在在的话让乔梦琪有了耳目一新的感觉。

乔梦琪觉得和张立轩说话不累，很轻松，有时在电话那端会被张立轩的大实话逗得开心地笑起来。

乔问筲又有新信息传了过来，不错，你的电话很有疗效，又能见到小乔的笑容了。

其实张立轩还没有谈到什么,和刘鹏涛一样,就是说说部队可以说的事。最多的话就是,你飞来飞去很辛苦,要多休息,注意身体。

乔问筠的信息鼓励了他,要让一个美丽的姑娘笑起来也是好事一件啊。就是电话费有点贵。

不过张立轩马上安慰自己,做好事是不能计代价的。

好事一做就收不住了。随着好事的进一步深入,谈话内容也在不断更新,张立轩谈到了自己的小村子,谈到全村人至今喝的都是山泉水。

乔梦琪问,你什么时候带我去喝一喝你们村的山泉水?

话谈到这个份上,猪都知道该怎么回答了,但张立轩却吞吞吐吐,半天说不出话来。

乔梦琪不高兴了,问,你不愿意吗?

张立轩一下紧张了,说,不是的,不是的。是我们那个地方成天黄土飞扬,怕你去了受不了。

听了这话,乔梦琪从不高兴变成感动了,说,不怕的,我又不是金枝玉叶,正好体会一下黄土飞扬的感觉。

张立轩说,其实就是刮狂风,我们小时候叫刮黄风,现在叫沙尘暴,到处都是土,家里也是土,身上也是土,嘴里也是土。

乔梦琪在电话里开心地笑了起来,说,我看你也是土。

张立轩说,是。

乔梦琪笑了半天终于停了下来,说,沙尘暴我只在电视里见过,听你这么一说,我倒要看看你们那儿的沙尘暴有多少土。

张立轩说,只要你受得了,执勤回去后我就带你看沙尘暴。

乔梦琪说,说定了。

张立轩说,是。

乔梦琪银铃般的笑声又从电话里传了过来,张立轩的骨头都酥了。

恋爱的感觉真是不得了,张立轩一副幸福死了的模样。

六十八

文化补习正式开始。说是文化补习,其实是大杂烩。

所有干部都要教授半天课。刘鹏涛要求,授课内容必须是大家学了后用得着的,必须是授课干部最拿手的。

大家挺认真,开始备课,查资料,有的还做成了PPT。

机动大队的干部珍惜每一次机会,何况这也是检验自己能力水平的一次考试,再说也不能忽悠这些朝夕相处的兄弟。

别看刘鹏涛等大队领导不听课,可他们心里有数呢。

干部们都知道,这挣的可是印象分,不挣白不挣,说不定还有人一不小心脱颖而出,得到领导赏识,那也就和成长进步挂上钩了。

授课干部一认真,那战士们就更认真了,认真听课,认真记笔记。

课堂秩序和气氛都不错,战士们不明白了,马上站起来请教。用袁修杰的话说,这些人对知识很渴望,想把学生时期浪费的时间补回来。

曹天佑说,补是补不回来了,能补多少算多少。

这说明,战士们的认识是很到位的。

关智宸讲的是中国地理和军事地形,他讲了中国地大所以才物博,讲了中国有很多比天堂还要美的地方,关智宸说,大家有机会,都可以去看一看。战士们说,哪有机会呢?关智宸笑笑,接着讲,我们驻守的长板坡也是旅游胜地,只不过大家过来执勤,就忽略了它的美,它在全国还是挺有名气的。战士们一想,也是啊,搞了半天是在全国有名的旅游胜地执勤呢。关智宸话锋一转,说,我们现在不能把长板坡当成一个旅游胜地,我们要用军事地形学的眼光来看它,结合我们的任务来看它。这样一讲,大家就明白了部队会为什么紧急出动,长途跋涉,辗转几千公里来这里执勤。这样一讲,长板坡就从旅游胜地变成了战略要地,增援部队的作用有多重要就可想而知了。大家一听,自豪感油然而生,乖乖,搞了半大天,自己干的是很不得了的事情啊。虽然不能惊天动地,但不得了已成事实。

这课听得真过瘾,一下课,战士们走路的姿势没变,但脚下有劲了,把个小小的营区踩得差点晃起来。

曹天佑切起菜来更快了,以往半小时切完的菜,今天还没用十分钟,切的还是菜是菜,肉是肉,清清爽爽,整整齐齐。

司马辰逸主动要求上一课,他讲得很实用:怎样算账?这一课啊,战士们不光开了眼界,账算好了就能奔小康。更主要的是知道了一点,不能跟银行算账,和银行算账的人,都是自以为是其实比猪差很远的人。司马辰逸说,贷款买房,无论你怎样贷,赚的都是银行。

杨小修问道,司马部长,问题是无论怎样我都得贷啊,不贷款我怎么买房?

司马辰逸沉思了一会说,有句话说得好,不想当将军的士兵不是好士兵。你想着怎样当将军吧,当了将军,就不用贷款买房了。

这话说得也好,通俗明了。大伙虽然笑疯了,但不得不承认,这话可是没错的。

要是挑出错来,司马辰逸就不会主动要求授课了。

要说讲得最好的,还是黄小忠。

黄小忠是特别邀请来的,他讲的是国学,就是现在幼儿园最流行的启蒙教育。

黄小忠也是这样说的,现在的小朋友们比我们都有文化,读的课本里面的字好多我们都不认识。既然小朋友们能读,我们更应该读。

黄小忠一边教大家读,一边给解释意思,适当时候就穿插个意思差不多的小故事,大家听得有滋有味,读起来也是抑扬顿挫。

甄小宓听说是黄小忠的课,所以她也来到食堂。

她发现黄小忠回来这一段时间,脸又变白了,不知是她的美白润肤霜的作用,还是休养好了,黄小忠看上去很精神。

她没跟着抑扬顿挫,她只是在听黄小忠讲故事,看黄小忠的手挥来舞去,她觉得这是一种美好的享受。

雨哗啦啦地在下,长板坡的人们和友邻部队听着永昌来的增援部队读着《一东》《二冬》《三江》《四支》《五微》,都觉得这是一支有文化的部队。

伟大领袖毛泽东说过,没有文化的军队是愚蠢的军队。

那有文化的军队当然就是聪明的军队了。

友邻部队也想效仿永昌增援部队这个办法,就邀请黄小忠再去讲课,一位连长拿着黄小忠打印的国学看了半天说,我觉得这和我回家探亲时给我孩子读的书好多都一样啊。

黄小忠说,你说错了,不是好多,是全部都一样。

六十九

五班在周楷泽的带领下,和那两棵不像菜的菜较上劲了。

周楷泽说,既然不像菜,我们就把它种成树,种成参天大树。

五班长周楷泽一发狠,五班战士们就铁了心:不能吃就看,看见参天大树就看见了五班,就看见了五班战士的斗志。

五班的斗志比这两棵树更旺盛。不光要培土,还要搭架子,虽说这两棵植物是树的样子,可还是菜的性质,枝干偏软。

架子一搭,两棵树像两个怪物挂着许多根拐杖一样,居高临下,俯视着曹天佑的猪舍和三只猪。

曹天佑经常仰望着这两棵树出神,这菜要是能吃了,该怎么切才科学呢?

周楷泽看着曹天佑痴迷的样子,问,发什么呆呢?

曹天佑说,要是路不断,你们可以申请吉尼斯世界纪录。

周楷泽说,不妥吧,不能吃的菜还能申请?

曹天佑说,申请世界上最高最大的菜。

周楷泽说,算了吧,不能吃,还叫什么菜? 申请树吧,它又不是树。

曹天佑说,太可惜了,这可是史前巨菜。

周楷泽说，没什么可惜的。我想好了，等我有了孩子，一定把他培养成一个科学家，专门研究如何把这些受到污染的东西变成洁净的、绿色的、环保的、生态的、营养的食品。我就专门在全国的垃圾场种这种巨大无比的菜，垄断世界的菜市场，卖不完的就送给你喂猪。哈哈，怎么样？

曹天佑问，为什么非要在垃圾场种菜呢？

周楷泽说，第一，不占地方，节约土地，房地产老板想在地球的每个角落都盖满房子，凭我们目前的实力抢土地怎么能抢得赢呢？第二，在垃圾场的菜长得就是快，你都能看得见。这叫扬长避短。

曹天佑说，五班长，你真是野心勃勃啊。

周楷泽说，不，这叫雄心勃勃。

曹天佑说，你的孩子要是真当了科学家，给我也研究点超级猪饲料，当然，是不含瘦肉精的，绝对环保健康的。

周楷泽问，怎么个超级法？

曹天佑说，原来我想把猪养成大象，后来想把它养成鲸鱼，刚才听你一说，我也豁然开朗，只要你的孩子研究出饲料来，我就把它养成航空母舰。

这下轮到周楷泽发呆了，一头猪要有航空母舰大，怎么杀？关键是，哪有那么大的地方养它？

周楷泽说，那，那也太大了吧。

曹天佑说，不大，我一年养二十头，可以解决地球上好多人的饥饿问题。

周楷泽说，你的想法很无私，站得高。

曹天佑说，这只是想法。要是你的孩子当不了科学家怎么办？

周楷泽说，我也想好了，当不了科学家就当菜农，种一流的菜。

看得出来，周楷泽对未来充满了信心。

曹天佑说，我最实际的想法就是开一个饭店，再养养猪。是不是目光很短浅？

周楷泽说，不短，只要脚踏实地，心里有劲，总会干出漂亮的事来的。

曹天佑觉得周楷泽的话比好多演说家还说得好，比那些励志书籍上还说得好,听着舒服,像喝了烈酒一样,心里热辣辣的。

从坐飞机那一天起,曹天佑就喜欢上机动大队了,相处这么长时间后,他觉得他离不开他们了,听了周楷泽这句话后,更加坚定了他的决心,一回去就调到机动大队,给他们煮饭,给他们养猪,和他们在一起。

西沉的红日把天空的云染得通红,也映红了周楷泽和曹天佑的脸,两个人呆呆地望着,目送它落在国外的山后。

曹天佑说,又是大有收获的一天。

七十

看着官兵们又是学文化,又是冲楼梯,司马辰逸也觉得这些小伙子们真是可以,他们体力消耗大,脑力消耗也不小,大多数人还在长身体的时候,每天吃那些两年前的冰冻肉没有多少营养。

司马部长是看在眼里,急在心上,得想办法给他们补一补。

所以他和鲁伟诚一同来到了菜市场。

菜市场也不会因为司马部长大驾光临而多备些菜,品种比昨天还少。

转了半天,司马辰逸也没找到什么有营养的东西,但他发现有人卖鸡。

鲁伟诚介绍说,是N国的鸡,没买过。

司马辰逸说,鸡还分国籍?还不都是两只脚?

鲁伟诚说,听大家说这鸡煮不烂。

司马辰逸说,只要是肉,就能煮烂。鸡的嘴巴当然煮不烂了。

司马辰逸和那个外国人用手比画了一下价格,觉得也不是太贵,就让鲁伟诚付钱了。

毕竟现在物资匮乏,供应困难,有鸡买已经够不错了,又不是肯德基,32对翅膀16条腿,站在面前就吓死你,还吃?

煮的时候,司马辰逸交代曹天佑,比平时多压半小时。

司马辰逸一走,鲁伟诚又叮嘱,再延长半小时。

曹天佑很纳闷，觉得要么是这鸡不一般，要么是这两人玩什么小动作。所以他干脆自作主张，又加了半小时，他以为他加了这半小时就会真相大白。

打开高压锅后，曹天佑才发现事情远没有那么简单，尝一块鸡肉嚼了半天，最后还是囫囵吞枣咽到吐里去的。

曹天佑心里想，难道这些鸡都七老八十了？七老八十那成妖鸡了。

没办法，刀还算锋利，切完再爆炒，营区里弥漫着鸡肉的香味，这股香味开启了官兵们的胃。

胃开了但牙齿不配合，香是香，可咬不动总不能连骨头也吞进去吧。

那可比鱼刺粗多了，戳在哪里都不好受，没人敢冒这个险。

大家挑了些不带骨头的碎鸡丁，放在嘴里练颌肌，平时练得不是很多，现在有机会了可不能放过，还可以温习一下鸡肉的香味，可谓一箭双雕。

司马辰逸只练了一小块就放弃了。他说，长这么大从没吃过这么大的亏，没想到外国人算计到我的头上来了。

鲁伟诚也说，司马部长阅历如此之深，行事如此之谨慎，谁料在阴沟里翻船了。

曹天佑说，这外国鸡个头小了点，可筋骨挺有韧性的，太经得起高压锅的折腾了。我足足多压了一个半小时。

袁修杰说，我就不信这个邪，又不是变种鸡，它们的分子结构又没改变，曹天佑，你把盘子里面的鸡压两个小时，晚上当下酒菜。

世上哪有煮不烂的鸡，又不是铁公鸡。

曹天佑煮好后尝了一口，味道美极了。

晚饭后，曹天佑给每一桌都上了一盘水煮爆炒鸡丁。

袁修杰说，上硬货。

曹天佑把酒抬了出来。

袁修杰抓起一只鸡爪放在嘴里，嚼了半天说，这是我来长板坡吃得最好的下酒菜了，嚼着有劲道，喝着就更来劲了。来，大家敬司马部长一杯，谢谢他的美味和美德。

司马辰逸说,不要随便赞美我,那我是"被高尚"了。

袁修杰说,关心大家还不是美德?来,干。

司马辰逸小心翼翼地夹起一块鸡肋骨,边啃边感受,味道真的不错啊,世上哪有煮不烂的肉?

他一仰头,把酒喝干了。

周楷泽举着筷子说,不知道有没有经过动植物检验检疫?有没有病啊?

马小超说,高温高压了两次,即使是火星上的病毒,也成了鸡汤了。

司马辰逸正好听到这句话,就说,马排长,话可是你说的,下次你可别给我整什么猪打喷嚏的病,就是有猪瘟,该吃还得吃,该杀还得杀。

马小超脑子飞快地转,一下子明白了,司马辰逸是在说他不让杀猪的事。赶快赔着笑脸说,司马部长,不会的,我们全力保证猪健康地成长。

司马辰逸说,差不多,该喝还得喝。

那一晚,大家喝得都很高兴,因为鸡肉很好吃。

那一晚后,永昌的增援部队隔不久就会加一道菜:水煮爆炒鸡丁。

七十一

执勤任务繁重,生活条件艰苦,这是客观存在的。

但这帮官兵就是能把日子熬得有声有色。要不然,也就不会派他们来了。

来了就得像个样子。他们的确也很像样。

第一阶段执勤任务完成后进行评功评奖。刘鹏涛的机动大队有七人立了三等功,也包括曹天佑。

这个立功的比例很高了,这是对他们工作的肯定。

曹天佑很淡定,但立功了,犒劳一下马小超和孙浩宇还是应该的。

他用自己的钱买了不少好吃的,还买了两瓶好酒。

这个不少好吃的是相对的,其实也就是伪劣的卤鸡翅和卤猪蹄。

马小超和孙浩宇没有按时来，鲁伟诚来了。

鲁伟诚说，孙浩宇受伤了，在卫生室。

曹天佑赶快跑了过去。

伤不重，外伤加胫骨骨裂。

貂雯楠正在给孙浩宇上夹板。

孙浩宇看见了曹天佑，笑笑，说，没事，小伤。

马小超也在，说，没事，命还在。

孙浩宇下午带队巡逻，因为下过一场大雨，一个战士在过平常走了无数遍的山路时滑了下去，滑下去也不要紧，关键是他一手拿着盾牌，一手拿着警棍，他虽然把警棍及时丢了，但他的身体滑倒时正好躺在了盾牌上，那可比滑车还滑，于是就越滑越往下，再往下就是悬崖了。他用另一只手抓着滑滑的草坚持不了多久，他不停地抓，为孙浩宇施救争取了时间。

孙浩宇追了下去，看准一块冒出头的石头一脚插下去，他抓住了这个战士的手，可小腿完全成了支撑点，骨裂了，还掉了一大块皮。

滑倒的战士望着深不见底的悬崖，惊出一身冷汗；孙浩宇望着深不见底的悬崖，疼出一身冷汗；其他战士看着惊险的一幕，也是出了一身冷汗。

孙浩宇的腿很疼，他还是坚持带队完成了巡逻任务。

回来后才发觉这个疼是真的疼，就来到卫生室。

好在长板坡卫生院还有一台X光机，貂雯楠看着片子做出诊断，胫骨骨裂，小腿外伤。

刘鹏涛也来了，看了看说，好。是机动大队的兵。

貂雯楠生气了，说，刘大队长，现在什么时候了，你能不能不说"好"！

刘鹏涛说，貂医生，我们机动大动砸倒功时砸得水泥地板都开裂，骨头能不开裂吗？小伤。

刘鹏涛真的牛哄哄的，即使哪个国家的特种部队出现在他面前，他也牛得很，只会说三个字——搞定他。

他就是那个给他一个支点，能把地球撬出宇宙的人。

机动大队的兵受了伤,他还在叫好。

貂雯楠不再理他,专心上夹板。

忙完了,貂雯楠说,刘大队长,他腿上掉了巴掌大一块皮,用你的补上?

刘鹏涛说,行啊,不就是打块补丁吗?

正要给孙浩宇输液的甄小宓笑得手在抖,一扎就想笑,扎了三次都没扎好。

刘鹏涛说,甄护士,要不先来我手上练练技术。

结果是,孙浩宇也笑得浑身乱颤。

貂雯楠真火了,冲孙浩宇叫,你笑什么笑?那条腿不是你的?

孙浩宇听了话心里很受用,这哪是训啊,这分明就是关心嘛。

貂雯楠又转过身训刘鹏涛等人,腿不是你们的,你们不知道疼。所有闲杂人等全部出去,不要影响我们工作。

貂雯楠的声音很大,整个营区都听得见;孙浩宇的心里很暖,每根神经都能感觉得到。

刘鹏涛走出卫生室,对马小超说,论个头,她比你矮好多,要是打起架来,谁胜谁负还很难说,太凶悍了,够他孙浩宇受的。

马小超说,大队长,你挨剋了不要在我这儿找平衡。我吃得再多也不会和她干架。

曹天佑站在门外,直替孙浩宇担心。

孙浩宇一点儿也不担心,身上受伤算什么,心里幸福才是福。只有这样,才能和貂雯楠如此的接近。

说实话,他也曾想过用制造受伤的办法来接近貂雯楠,那事既违反部队纪律,又有点阴险,不是男子汉大丈夫所为,这次受伤,真是天遂人愿。

孙浩宇根本感觉不到伤口的疼和甄小宓扎针的疼,他感到的只有幸福。

他幸福地躺在床上,很快就幸福地睡着了。

貂雯楠睡不着,听着孙浩宇的鼾声,她很矛盾。

孙浩宇是一个士官,马上面临着退伍。就是这个即将退伍的士官,大胆地、真诚地、坦率地向她表达了爱意。他要是一个干部,貂雯楠现在就可以答复他,因为他的确很优秀。

但是,他是一个士官,即将退伍。而她自己,则是一个干部。

貂雯楠翻来覆去,矛盾纠结。

甄小宓小声问,雯楠姐,有心事啊?

貂雯楠说,是啊。我也有过恋爱,但像刘鹏涛这帮人,像孙浩宇这样的表达方式,还真没见过。接受吧,我压力很大;拒绝吧,怕他难受。我不世俗,但也不前卫。

甄小宓说,那你就不拒绝也不接受,等回到总队,他自然就明白了。

貂雯楠说,也倒是啊。不能让他没有一点儿希望。

甄小宓说,对,小火苗不能熄灭。

貂雯楠又说,这个孙浩宇置自己生死于不顾,舍命救战友,令我很感动。

甄小宓也说,听战士们说,当时太危险了,有可能两个人都掉到悬崖下。

貂雯楠说,这么好的真男人真还不好找。

甄小宓说,要不,雯楠姐,跟他试试?

貂雯楠说,我们虽在长板坡,但也生活在现实中。现实往往是残酷的。

甄小宓说,雯楠姐,你到底是什么态度啊?

貂雯楠说,我自己也不知道。

甄小宓说,雯楠姐,这可不像你啊。

貂雯楠说,我知道,可这道选择题也太难了。

甄小宓说,我看你是喜欢上他了。

貂雯楠说,睡吧,太晚了。

七十二

早上,曹天佑正在唱着歌儿做早点,貂雯楠就闯进厨房,冲曹天佑喊了四个字,杀猪补钙!

曹天佑想了一下才反应过来。说,杀猪我能做得了主吗?

貂雯楠说,你不是和孙浩宇关系很好吗?

曹天佑说,你怎么知道?

貂雯楠说,哪个不知道? 比巴掌还小的一个地方,谁看不见。

曹天佑说,关系再好我也做不了这个主。

貂雯楠说,救你的猪你倒能想办法,救你的兄弟你就不会想办法了?

曹天佑一下子哑口无言了。

貂雯楠步步紧逼,人重要还是猪重要?

曹天佑面露难色,说,貂医生,我不正在想吗?

貂雯楠说,你养的猪你都做不了主,你养来干吗?

说完,貂雯楠转身就走了。

这句话和貂雯楠的盛气凌人把曹天佑激得浑身来气,他剁肉末时差点把自己的手指剁进去。

但曹天佑还是有办法的。

他找到了关智宸,也扔出四个字,杀猪补钙。

关智宸很干脆,说了一个字,杀。

这下曹天佑为难了,杀谁呢?

这一阵子,小淘气和小气长得很快,小轻落在后面了。只能是小淘气和小气二选一了。

两个长得差不多肥,两个对他又是一样的好。

真是难死了。杀是肯定杀的,孙浩宇需要补钙。

好猪就是要用在刀刃上。

但杀哪一个呢? 让他决定一条生命啊,那是和他朝夕相处的活生生的猪啊。

他决定不了,找来了马小超。

看着曹天佑难受的样子,马小超安慰他说,猪总是要死的,这是死得其所。

曹天佑说，我知道，但我又不能问它俩谁先死。

马小超说，抓阄？

曹天佑点点头。

马小超在纸上画了一个X和一个V，问，哪一个代表X？

曹天佑问，你的意思是X就要杀？

马小超说，这还用问？

曹天佑说，那得抓两次阄了？

马小超说，依你。

曹天佑在纸上写了两个字，一个是气，一个是淘。

马小超抓了一个淘。

曹天佑说，我抓着X意思是小气要被杀了？

马小超说，你说呢？

曹天佑果真抓到一个X。

他说，我的手气怎么这么霉啊。

马小超说，你的意思是杀小淘气？

曹天佑说，我没这意思，还是按天意吧。

马小超说，你也别太难过，小气也可以算是孙浩宇的战友，为战友牺牲义薄云天。

曹天佑说，我也不是很难过。

他的心里盘算着，谁会杀猪呢？杀猪可不是那么简单的。

马小超就是杀猪的好手，可曹天佑和猪都对他很好，在队列里，刘鹏涛问谁会杀猪的时候，他没说话。

这么多人居然没人会杀猪。

但赵致远自告奋勇说见过别人杀，也就是把刀对准猪的心口使劲捅。

马小超听了直摇头。

刘鹏涛说，反正得杀，就你来杀吧。最好别浪费猪血，浪费了你别吃肉了。

赵致远说，那我不杀了。

刘鹏涛说，就你了，给我好好杀，猪肉不好吃也是你的责任。你看人家曹天佑把猪养得多肥。

这话虽然是好话，但曹天佑在厨房听了，反感死了，他真想骂一句，肥你个鸟。

肯定是骂不得的，他故意把两把刀撞得当当直响。

刘鹏涛又说，听到没，曹天佑早已准备好了，磨刀霍霍向猪羊。噢，对了，没羊。同志们，我们有新鲜的猪肉吃了，他奶奶的，好久没有这么爽了，是不是？

战士们都说，是。声音整齐响亮。对于他们来说，这的确是难得的喜事。

曹天佑用鼻子哼了一声，吃个猪肉就叫爽，真是山猪吃不得细糠。

马小超知道曹天佑现在很不爽，就说，还是我来吧。我杀过几次，只是现在有点手生。

刘鹏涛说，你看，马小超，杀个猪还谦虚，这可不是你的为人啊。

马小超说，我这不是为了大家吃上既新鲜又好吃的猪肉才主动要求小试猪刀的嘛。

刘鹏涛说，我看没问题了，你杀猪，我放心。

队列里的人笑了起来，然后就解散了。

马小超走进厨房，曹天佑问，排长，你真的会杀吗？

马小超说，真会杀。

曹天佑说，你杀好一点，让它死得痛快一点。

马小超说，我也是这么想的，你别悲悲戚戚的，用棉花把耳朵堵死，我保证一刀毙命。

曹天佑说，你别说了，我请假外出，听不到它的叫声我会好受些。

马小超说，那谁做饭？

曹天佑说，会杀猪的没有，会做饭的多的是。

马小超说，那你就请假吧，我让人来做饭。

曹天佑说，你要保证它只叫一声。

马小超说，这个保证不了。我怎么能保证得了？我还不想让它叫呢。

曹天佑眼睛一亮，喂安眠药。

马小超说，I服了YOU。

曹天佑说，那要喂多少？

马小超说，问貂雯楠。

看着曹天佑可怜巴巴的样子，貂雯楠居然同意了。

她说，喂半瓶吧，你要确定它全部吃到肚子里。

曹天佑说，这个没问题。

因为是第一天上夹板，孙浩宇就睡在输液的床上，貂雯楠不允许他回宿舍，说是要观察一个晚上。隔着一块布做的门帘，里面就是貂雯楠和甄小宓，孙浩宇虽然很幸福，但很不自在，后半夜伤口疼得厉害，他没睡多长时间。

一听说半瓶安眠药，他就急了，喊道，让我回宿舍就可以睡了，还要什么安眠药。

曹天佑说，又不是杀你，给你吃什么安眠药。

孙浩宇说，貂医生，你可别吓我，我清楚得很，就是个骨裂。

貂雯楠说，你好好休息，不关你的事。

七十三

安眠药没起作用，小气嚎叫了好几声，曹天佑在饭店里都听到了，他的心像针扎一样。

马小超把刀一丢，来到饭店，拍拍曹天佑的肩膀，说，对不住了，小气求生欲望太强烈了。

曹天佑把耳朵里的棉花抠出来，说，它总要对这个世界说几句话吧。

马小超说，你慢慢喝茶吧，我叫别人来弄。

曹天佑说，弄干净一点。

马小超没说话,走了。

刘鹏涛看着被开了膛的小气躺在案板上说,这肉真好。

马小超说,喂得好。

刘鹏涛把鲁伟诚叫来,说,听好了,肉大家吃,骨头全归孙浩宇,包括头骨和趾骨。

鲁伟诚说,是。

刘鹏涛其实也很好,这话说得还真让人服气,难怪他发飙的时候,没人顶撞。

这叫恩威并重啊。

百十多号男人也不是好带的,这些男人又不是猪。

曹天佑没喝茶,喝的是酒。

小气临终时的叫声一直在他耳边萦绕,像是在责怪他,更像是在骂他。

他受不了,但是他选择了小气。

以后猪舍里只有小淘气和小轻了,他不习惯,太不习惯了。

反正不是小气就是小淘气,他不该去抓啊。

让马小超抓要好一点,那是马小超选择的。

但也不对,马小超选择了他就能置身其外了吗?

他纠结、矛盾,难受、痛苦。

他对饭店的小姑娘说,多倒点酒。

喝着喝着,他就把自己放倒了。

是四个人把他抬回去的。

马小超看着他醉得人事不醒,想,处分是免不了的了。

要酒前,曹天佑就想好了。

处分不在乎。

他在乎的是兄弟,是猪啊。

他给刘鹏涛和关智宸出了个难题,抬他回来的时候,袁修杰看得一清二楚。他目送战士们把曹天佑抬进了卫生室。

貂雯楠一脸冰霜，说，为一头猪喝成这样，没见过。

孙浩宇躺在病床上，看着曹天佑酣醉的样子，说，他没有把猪当猪。

貂雯楠瞪了孙浩宇一眼，开始给曹天佑开醒酒药。

刘鹏涛问关智宸，怎么办？这可是纪律问题。

关智宸说，是啊。看来他和那三头猪确实有感情啊。

刘鹏涛说，可他这是感情用事啊。

关智宸说，我来处理吧。

等曹天佑酒醒了，关智宸组织召开军人大会。

曹天佑站在队列前，萎靡不振。

关智宸说，曹天佑同志请假外出，酗酒而醉，违反了部队纪律，应该处分，但是，他顿了一顿，接着说，曹天佑同志起早贪黑、辛辛苦苦养的猪被杀了，他的心里肯定不好受，换了我们在座的每一个人也不好受。他借酒消愁，就在我们营区门口的小饭店里，我让人调查过，他一直坐在饭店，屁股都没动过一下，虽然酗了酒，但没有造成什么恶劣的后果。大家想一想，一个对猪都有感情的战士，对他的战友如何也就可想而知了。所以，我和大队长商量，今天，我们把对曹天佑的处理权交到大家手里，你们无论做出什么决定，都是正确的。下面，支委一班人都回避，最后什么结果，赵致远告诉我，我们支部再做研究，做出最后处理决定。

马小超心里想，高啊，太高了。

他知道，曹天佑的为人不错，口碑很好。

在晚上吃曹天佑面条的大有人在。

用曹天佑的话说，他们吃我的面，是给我面子。

孙浩宇更是对关智宸这个巧妙的处理佩服得五体投地，这是真正的策略啊。

赵致远站起来说，同意给曹天佑处分的人请举手。

没人举。

赵致远又说，不同意给曹天佑处分的人请举手。

没有不举的。

曹天佑站在队列前,眼泪不由自主地流了下来。

他心里说,小气啊,你死的一点儿都不小气。你为我的战友而死,死的伟大。你看我的战友们,多好啊。

赵致远说,情况就是这样,我去向教导员报告了。要是谁还有什么意见,可以单独向教导员汇报。散会。

大家都知道,这是程序话、客气话。

关智宸还是找曹天佑单独谈话了,他说,为猪难过的战士是好战士,但因为难过而喝酒就不好了,也不对了。小曹同志,对不对?

曹天佑说,是,谢谢教导员。

关智宸说,不要说谢。你要写个检查,好好检讨一下自己的错误行为,也要时时提醒自己,同时也可以教育和警醒其他战士。

曹天佑说,是。

七十四

曹天佑从未写过检查,他也写不来,于是就求黄小忠干事帮忙。

黄小忠干事很爽快,说,小菜一碟。吃你的饭菜,吃你的猪肉,这个忙是要帮的。

曹天佑没想到这么容易,大机关的干部还是很好说话的。

黄小忠干事果然是把好手,二十分钟不到就写好了。

站在队列面前,曹天佑底气很足,开始念他的检查了:

尊敬的队领导,各位战友:

昨天,我犯了一个非常严重的错误,为了逃避杀猪给我带来的精神上的痛苦,请假外出,到营区门口的小饭店喝闷酒。我不能把持自己,自己把自己灌醉,丢了我们部队的脸,也让各位领导和战友们为我牵肠挂肚,为我的安全担忧。

　　我深刻检讨,作为一名战士,不敢直面一只猪的死亡,我是多么的不堪一击,而借酒消愁更显示了我内心的脆弱。通过反思,使我懂得,一名执行重大任务的战士,必须具备面对任何问题和困难的勇气和决心,必须积极地迎难而上,解决问题。

　　大队党支部和各位战友以宽容的胸怀原谅了我的错误,给了我改过自新的机会。

　　但我不能原谅我自己,不能原谅自己纪律观念淡薄,不能原谅自己平时作风散漫,不能原谅自己影响部队形象,不能原谅自己极端感情用事,不能原谅自己不敢正视现实,不能原谅自己为猪不顾大局,不能原谅自己深陷猪的牺牲中而不能自拔。

　　我清楚地、清醒地认识到自己的错误,就是为了改正错误。希望大家经常帮助我、教育我、提醒我、监督我,让我感受到比猪还要温暖的温暖。

　　谢谢大家。

　　曹天佑一口气读完,敬了一个礼,如释重负,长长出了一口气。

　　刘鹏涛一边笑,一边带头鼓起了掌,队列中的战士们笑得你死我活,甩开膀子拍巴掌。

　　关智宸也被逗乐了。

　　袁修杰在值班室听得清清楚楚,黄小忠也在哧哧地笑。

　　袁修杰问,黄干事,这检查有点像你的风格?

　　黄小忠说,首长明察秋毫。

　　袁修杰说,语言很丰富啊。

　　黄小忠问,您是夸我呢还是骂我呢?

　　袁修杰说,你说呢?

　　黄小忠的眼珠乱转。

　　袁修杰猛地大喝一声,滚。

　　黄小忠笑着跑开了。

　　这件事情后,袁修杰也觉得关智宸不简单。能把大事办好的当然是高手,能把小事办得这么漂亮的那可真需要智慧。

更高的是,这个关智宸还深藏不露,一到关键时刻他就出手了。

他明白关智宸能在机动大队干两年的原因了。

长板坡的黄昏真美。站在机动大队的房顶顺着峡谷向前望去,一直往前,前面就是开阔的天空,夕阳西下,翻滚的云朵被太阳镶上了金边,真叫壮美。

曹天佑说,我是不是太丢人了?

马小超说,那丢什么人。

曹天佑说,有时候觉得,和你们机动大队在一起,我有点不像男人。

马小超说,能和我们机动大队在一起的才是男人,何况你现在就列编在我们机动大队。

曹天佑说,我一直想和你们一样,在训练场上龙腾虎跃,打打杀杀,可我从小就这么胖,这只能是个梦。

马小超说,有梦就好。何况你这还是好梦呢。

听了这话,曹天佑心里很受用。

又开始唱着歌儿喂猪了。

七十五

孙浩宇一个人喝排骨汤喝得很不好意思。战友们吃得都是只剩三分之一水分的冻肉,基本没什么营养了,而自己要消灭掉一头猪的骨头,所以孙浩宇觉得这太不像一回事了,简直是一种折磨。

孙浩宇向刘鹏涛报告说,大队长,我不能搞特殊,我吃不了一头猪的骨头,也吃不下去。

刘鹏涛说,你也不特殊。但猪骨头必须吃,这是命令。什么时候貂医生说你的腿好了,剩下的骨头大家再吃。

张立轩也在旁边说,我们吃一顿骨头也长不出什么东西,执行命令去吧。

曹天佑把骨头汤放到孙浩宇面前，孙浩宇看见骨头上还有不少肉，就说，曹天佑，你把肉剔干净点好不好？

曹天佑说，我已尽力了。我又不是庖丁。

孙浩宇说，你再努一把力。你看，这肉还有一大坨，我吃着也不舒服。

曹天佑说，不沾点肉不香。

孙浩宇说，不香就不香吧，我喝的是骨头汤，不是肉汤。

甄小宓故意说，孙班长，没想到你这么挑剔啊，真不好伺候。

貂雯楠瞪了她一眼，甄小宓又笑着说，孙班长，和你开玩笑的，你别喝呛着了啊。

要是以往，孙浩宇肯定要和她斗一下嘴的，自从心里装了貂雯楠，孙浩宇不敢胡言乱语了，尤其是貂雯楠在场的时候。

曹天佑可不管这一套，说，甄医生，我也给你盛一碗尝尝？

甄小宓说，咱可没那福分。咱就是吃冻肉的命，不过，吃冻肉也好，长不胖。

孙浩宇默默地喝着汤，不说话了，他甚至没喝出一点儿声音来。

甄小宓又有话说了，孙班长，喝个汤都这么秀气，怕刘大队长看见你这般乖巧的模样，会气个半死。

孙浩宇说，甄医生，你就饶了我吧。我要有得罪你的地方，请你大人大量，别再计较了。

甄小宓说，哎哟，机动大队的人也会求饶，真是新鲜事，我的心里太舒服了。行，看你态度还算端正，以后少打击你几次。

曹天佑听不下去了，说，甄医生，你别从病人身上找心理平衡。虐待病人可不是医护人员所为。

甄小宓说，我没虐待他，照顾他还来不及呢。

曹天佑说，心理虐待更摧残人。孙浩宇是身心俱伤啊。难怪我看他像变了个人似的。

甄小宓说，连小曹师傅都看出孙班长的变化了？他变是有原因的，和我的打击无关,这个你就不懂了。赶快喂你的猪吧。

孙浩宇的脸一下子红了,他不敢看貂雯楠,也不敢看甄小宓和曹天佑。

曹天佑看到孙浩宇窘迫的样子,似懂非懂地笑了,说,猪头肉也给你做好了,是给你抬过来,还是你过来?

孙浩宇说,我过去吧。

貂雯楠说,你可别喝酒啊。

孙浩宇说,是。

甄小宓看着孙浩宇像只小绵羊一样,哈哈大笑起来。

貂雯楠也笑了。

孙浩宇拄着拐杖,在曹天佑的搀扶下,逃出了卫生室。

甄小宓的笑声传遍了营区,袁修杰说,这个姑娘碰到什么高兴事了,这笑声也太离谱了吧。

马小超在猪舍旁,也正在猜想这笑声。

曹天佑扶着孙浩宇来了,说,听到了吧,太恐怖了。这笑是欢送孙浩宇的。

马小超说,原来担心你受不了貂医生,现在又多了一个。谁让你和卫生室有缘呢。

曹天佑说,我还担心他心里承受不了,排长,你看看,他的脸上写着字呢。

马小操说,写着什么字?

曹天佑说,一个字:幸福。

马小超盯着孙浩宇的脸说,还真是的,不过是两个字。

孙浩宇说,懒得理你们,吃肉吧。

曹天佑说,这肉是给你吃的。

孙浩宇看着面前的一盆猪头肉说,你们吃点啊,这是猪头肉,正好下酒。

马小超和曹小超不理他,端起口缸喝酒。

孙浩宇又说,我又不是猪,哪能吃得了这么多。

马小超和曹天佑继续喝酒。

孙浩宇几乎是哀求了，我又不是弱不禁风的人，不就是个骨裂吗？

马小超和曹天佑把酒喝得滋滋响。

孙浩宇只能自言自语了，这么大一个猪头我怎么吃啊。

两个人同时说，用嘴。

过来一个人，孙浩宇就把猪头肉递过去，来，吃点。

人家看都不看他一眼。

再过来一个人，孙浩宇又递了过去，来，搞几块。

人家说，我今天吃得很饱。

又过来一个人，孙浩宇干脆用筷子夹起来，来，尝尝。

人家说，我从来不吃猪头肉。

没有一个人吃孙浩宇的猪头肉，要在平时，不用说，早抢光了。

孙浩宇对着马小超和曹天佑说，其实也是对着营区说，我有那么脆弱吗？我有什么资格一个人吃一个猪头？

马小超说，你就把自己当作那个经典笑话里的连长得了，一个连只有一个连长，一个猪只有一个猪头。

曹天佑笑着说，好好享受吧，那是个好猪头。

刘鹏涛和关智宸站在房顶上，虽然看得不是很清楚，但话听得很清楚。

刘鹏涛说，他们其实挺可爱的。

关智宸说，只有你才能带出这么可爱的兵。

夜色很浓。

猪舍的酒味更浓。

孙浩宇一口酒没喝，也有点醉了。

七十六

还没开早点，孙浩宇就在卫生室门前喊报告。

甄小宓说，孙班长，这么早就来输液，我看你是醉翁之意不在酒，心也太急了点吧？

孙浩宇说，我有事找貂医生。

甄小宓说，你没事也可以找貂医生。

说完，甄小宓又笑起来了，笑得不清不楚的。

貂雯楠出来了，看着甄小宓那个样子，说，你再笑下去，脸上全是皱纹了。

孙浩宇这么着急，貂雯楠以为他很长时间没动静，可能又要使什么新招数了。

貂雯楠问，你又怎么了？

孙浩宇说，貂医生，你和大队长说一下，我吃猪头肉对我的伤没什么作用。

貂雯楠说，怎么没作用？有营养啊。

孙浩宇说，我喝汤就行了。猪头肉打死我也不吃了。

孙浩宇又回到原来那个孙浩宇了。

貂雯楠盯着孙浩宇，孙浩宇也望着貂雯楠，他的眼神很平静，很镇定。

貂雯楠的心里泛起一丝涟漪。

她去找了刘鹏涛。

刘鹏涛说，这个孙浩宇，还来这一招，居然请来了南海观世音。貂医生，你说说，我们这还有什么有营养的东西？

貂雯楠说，这个我知道。你也要理解孙浩宇，他又喝排骨汤，又吃猪头肉，心里肯定过意不去。他不是自私的人。

刘鹏涛说，那不叫排骨汤，那叫骨头汤，昨晚他让曹天佑把肉基本剔光了，我还训了一顿曹天佑。

貂雯楠心里的涟漪泛起了一圈，她真诚地说，这就是你带的兵。

这话说得好，赞扬了刘鹏涛，赞扬了孙浩宇，也赞扬了机动大队的兵，也赞扬了刘鹏涛的带兵方法。

刘鹏涛说，貂医生，你这话我可承受不起。

貂雯楠说，刘大队长，你别谦虚了。先说猪头肉吧。

刘鹏涛说，既然他吃着不爽，就依他吧。

猪头肉抬到了饭桌上，一人最多吃到两块，但真是香啊。

说从不吃猪头肉的人也吃了，也说太好吃了。

袁修杰吃了一块，说了四个字：人间美味。

孙浩宇心安理得地喝着骨头汤，觉得剔净肉的骨头汤也挺好喝的。

貂雯楠没吃，她看着大家吃得很开心，他们把一盆猪头肉吃成了饕餮盛宴，脸上都是一副满足的样子。

貂雯楠是大学生入伍，没有和真正的部队打过交道。她了解了，刘鹏涛的部队是永昌边防总队精英部队中的精英，眼前的这些人可爱但不掩锋芒，纯朴但不忘骄傲，他们真实纯粹，对工作和生活充满了热爱和激情，他们感染着周围的人，也互相感染着。

孙浩宇是他们当中的一员，他正真实地感染着貂雯楠，貂雯楠心里的涟漪越荡越大。

第一次和部队打交道，她的心就被打开一个缺口。

貂雯楠吃完早点，想散散心，理一下越来越乱的思绪，她就上了楼顶。

楼顶上，两个人正在比赛做俯卧撑，一副拐杖竖在旁边。

两个人当中，有一个就是打开她心的缺口的那个人——孙浩宇。

貂雯楠火了，喊到，孙浩宇，你的伤还没好，你做什么？

孙浩宇赶快爬起来，把双拐挂上。

另外一个人也起来了，是周楷泽。

貂雯楠说，周班长，麻烦你把孙浩宇扶下楼。

周楷泽后来想了半天，跑去和曹天佑说，今天出状况了，貂医生喊我周班长，喊孙浩宇叫孙浩宇。

曹天佑说，孙浩宇就叫孙浩宇呀。

周楷泽说，你仔细想一想，理一理。

曹天佑想了一下说，真有情况了。

情况还有些严重，是孙浩宇的伤。

貂雯楠给孙浩宇做了检查,骨头愈合得很不错,皮外伤却又发炎了。

貂雯楠很想发火,但看着孙浩宇那无辜的眼神,心里一软,忍住了。伤口发炎和做俯卧撑关系不大。

孙浩宇问,貂医生,严重吗?

貂雯楠说,不是很严重,这么长时间了,你的皮肤还没有适应这里的环境和气候,这也是一种水土不服。

甄小宓问,雯楠姐,那要怎么办呢?

貂雯楠说,除了输液,这里的医生应该有别的办法。

貂雯楠用对讲机联系了友邻部队的医生,医生很快就带来一包草药,说,这种情况我们经常遇到,敷上三四天就好了。

甄小宓一边给孙浩宇上药,一边说,孙班长,遇到雯楠姐这么热心肠的医生,你真有福气。

貂雯楠说,我看你的心肠更热。好好敷你的药吧。

孙浩宇的嘴巴像是上了锁,一句话也不说。

其实,他心里的那朵花开始怒放了。

他真的一句话也找不出来说。他对貂雯楠的感激,已全部化作爱了。

而现在,他不知道该如何表达这份爱。

好在还有甄小宓,她的一言一语,正在为他和貂雯楠诠释着这份爱。

所以甄小宓根本不是在虐待他,而是在帮他的忙。

孙浩宇想,甄小宓真是个货真价实的天使。

第二天,甄小宓到执勤现场去了,貂雯楠给孙浩宇换药。

孙浩宇把裤腿卷起来,貂雯楠以前没在意,这一次发现,孙浩宇的腿上全是伤疤。

貂雯楠问,怎么这么多伤?

孙浩宇说,有的是搞训练,有的是参加比武,有的是抓逃犯。

貂雯楠问,另外一条也有这么多?

孙浩宇说,差不多吧。我们机动大队的人差不多都是这样的。这种伤都不算伤。

貂雯楠说，不算伤算什么？

孙浩宇傻乎乎地笑了。

貂雯楠问，你是不是参加过好多次比武？

孙浩宇说，不多，三次。

貂雯楠说，三次还不多？

孙浩宇说，大队长才多，他是比武专业户。

貂雯楠问，是不是比武都要玩命？

孙浩宇来劲了，说，不玩命还比什么武。真正的军人在乎的是荣誉，而不是生命。

俩人一问一答，聊了很长时间。貂雯楠不但更加了解了机动大队，也更加了解了孙浩宇，而且还受到了教育，她的心里起波澜了。

伤一好，孙浩宇没理由去卫生室了，有时候碰到貂雯楠，眼神变得怯怯的了。

貂雯楠知道，因为爱，所以怯。

貂雯楠故意大方地说，孙浩宇，伤好了，就不去我们卫生室了。怕我们吃了你啊？

孙浩宇紧张地说，不，不是。

此时，他心里的那朵花不只是怒放了，简直是在燃烧。他觉得这是貂雯楠向他发出邀请。

孙浩宇没有胆量应邀，自己是爱着貂雯楠，但没事跑到卫生室不太合适。他只是甜蜜地想象着，享受着。

七十七

这段时间，孙浩宇一直都在兴奋着。因为他的心里装着东西，而且是好东西。

好东西就要大家分享,他终于按捺不住了。

孙浩宇说,你知道貂医生问我什么了?

曹天佑说,别卖关子了,直说吧。

孙浩宇说,她问我,你那次比武替别人扛了几支枪?我说扛了三只。她又问,跑了第几名?我说要跑第二我就不跑了。她看人的眼神你们都知道,从来都是很漠然的,但那次她的眼神充满了敬佩。

孙浩宇说得很激动。

曹天佑问马小超,他有那么牛吗?

马小超说,不知道,那时我在读书。不过,跑他还是可以跑的,你没见他在球场上跑过吗?

机动大队一排长说一个人还是可以跑的,就说明这个人真能跑。

曹天佑说,没看出来,真没看出来,听说貂医生使用了江湖失传的乾坤大传情眼神,我也用一下试试威力如何。

说完,曹天佑使劲眨了眨眼睛。

孙浩宇和马小超不理他,喝着酒。

曹天佑说,你们再不理我,我就要使用葵花眼神了。

没人理他,两只猪也睡着了。

曹天佑只好坐下来端起了口缸。

马小超开口说话了,孙浩宇,我看有戏。

孙浩宇说,我这是不是有点癞蛤蟆想吃天鹅肉的意思?

曹天佑说,你心虚什么,我叔叔开始也还不是个士官,我婶婶就是干部。

马小超说,我觉得貂医生比较大气。孙浩宇,我看你还得拿出那天表白"我爱你"的勇气和气势来,瞻前顾后会让她看不起的。你不光得不到爱,连她眼睛的余光也不会扫你。

曹天佑说,说得好,排长,你是不是谈过多次恋爱?

马小超说,恋爱个屁,我只是叫他像以前一样,男人一点,这个难吗?

孙浩宇说,不难。

马小超的点拨对孙浩宇很重要,他彻底明白了:是不是干部不重要,重要的自己要是个男人。倘若貂雯楠没看上自己,男人的尊严还在。

孙浩宇不怯了,碰到貂雯楠,他的目光自信而又热情,从不躲躲闪闪,倒是貂雯楠的脸上会露出不易觉察的娇羞来。

虽然不易觉察,孙浩宇还是觉察到了。

甄小宓也觉察到了,貂雯楠会时不时地问她,有人说我和孙浩宇的闲话吗?

甄小宓反问她,你是希望说呢? 还是不希望说呢?

貂雯楠说,好妹妹,快告诉姐姐。

甄小宓说,没有闲话。从这件事我看出来,刘鹏涛的部队还真是有牛的资本,有章法,不乱。

貂雯楠说,他们不乱,我倒有些乱,妹妹,你给我出出主意吧。

甄小宓说,姐,我倒觉得别想那么多,跟着感觉走。

貂雯楠想了一下说,好,就听你的。

刚刚做出决定,孙浩宇就出现了。

甄小宓说,孙班长,又来找貂医生?

孙浩宇说,是的,甄医生。

貂雯楠的脸红霞乱飞,她的心再也把持不住了,嘭嘭嘭地跳。

她不知道孙浩宇找她干什么,她不知自己能承受了什么。

孙浩宇说,貂医生,我可以打篮球了吗?

貂雯楠逐渐恢复了镇定,说,可是可以了,你要小心点。

甄小宓说,听到没有,要小心一点。

孙浩宇说,我听到了,我会小心的。我邀请你们观战,请赏光。

甄小宓说,雯楠姐,出去看看吧。

篮球场就是孙浩宇的天下,而今天,貂雯楠的光临更让他像吃了火药一样,一蹦就升空。貂雯楠从未这样专心地看过球赛,今天,她的眼里只有一个人,这个人在她眼前飞来飞去,挥汗如雨。这个人是球场的主宰,也主宰了她的心。她一直不理解那么多人熬夜守更看球赛，觉得太不可思议了。现在她明白了，大多数人看的不是球赛，是人。这人，有的是幻想中的，有的是现实中的。而她，看的就是现实中的人，看的就是孙浩宇。

自始至终，她都忘记了鼓掌，她好像一直在幻想中一样。

战士们的叫好声和尖叫声如惊涛拍岸，貂雯楠置若罔闻。

甄小宓时不时地看她一眼，貂雯楠那专注痴迷的眼神让甄小宓觉得，雯楠姐的城池已经失陷了。

甄小宓羡慕貂雯楠那种旁若无人的眼神。

球赛刚一打完，雨就下起来了，下得还不小。

孙浩宇赶快抓了两件活动服递给了貂雯楠和甄小宓，说，二位医生，披上吧，小心感冒。

貂雯楠看了孙浩宇一眼，接过了衣服。

甄小宓说了一句，谢谢。

其他官兵都装作没看见一样，在大雨中唱着歌。

七十八

友邻部队果真找司马辰逸借粮来了，司马辰逸虽然不情愿，但袁副指挥长一个多月前就说过了，那必须得借。

再说了，怎么也不能让友邻部队的兄弟们饿着。

友邻部队的领导脸上堆着笑说，路一通我们就还。

司马辰逸忽然想起袁副指挥长说的话，是给，不是借。连忙说，还什么还？一家人千万别说两家话。

友邻部队的人刚走，又有其他部队的领导来了，也是借粮，司马辰逸左右为难，袁修杰出现了，说，打开库房，要多少抬多少。

司马辰逸看着一袋一袋的大米被抬走，看着越来越少的大米，心疼死了，说，袁副指挥长，这些粮最多够我们吃一个星期。

袁修杰说，留三天的粮食，如果再有人来借，照样给。

司马辰逸说，袁副指挥长，我知道你葫芦里卖的什么药，但万一呢？

袁修杰胸有成竹地说，司马部长，没有万一。外面的人比我们还急，不要说路垮了，就是天塌下来，他们一定会想办法把粮食送进来。

司马辰逸说，但愿你说的是正确的。

曹天佑看着越来越少的粮食，也在担心。

他不光担心人，还在担心他的猪。

人要是没吃的了，那猪还吃什么。

马小超说，猪没有吃的了，只有等着人吃它了。

曹天佑说，排长，你别吓我好不好？

马小超说，我吓你干什么。袁副指挥长说有粮食就会有粮食，你以为他是干什么的？

曹天佑说，那他是干什么的？

马小超指着脑袋说，他是做决策的。决策，明不明白？

曹天佑当然明白，不说话了。

马小超又说，他敢把粮食送完，就说明他有把握。这叫大将风度，知不知道？

孙浩宇说，关键时刻敢做决定的领导，那才叫领导。要不然，怎么领，怎么导？

马小超说了两个字，屁话。

三天后，长板坡的所有部队都接到了通知，派出人马走小路背粮食，统一组织，确保安全。上级特别指出，由永昌增援部队的袁修杰副指挥长担任此次运粮任务的总指挥长。

司马辰逸说，袁指挥长，果真被你算准了。你是总指挥长，我们要多给一点。

袁修杰说，我是总指挥长，就更不能多给我们自己了，以示公平。

司马辰逸说，你太高尚了。

袁修杰说，司马部长，面包会有的，牛奶也会有的。

司马辰逸说，你不了解后勤工作有多累，有多操心。

袁修杰说，这次我不光了解了，还知道你们后勤干部比军事干部更辛苦。

司马辰逸说，知道就好。

袁修杰根本没干这个总指挥长，他让关智宸干了，并且下了死命令：不准一人受伤。

关智宸让机动大队的干部和班长担任了二十个运粮小组的组长，机动大队的战士和其他部队的官兵混编成组，十五人为一个小组。

关智宸在队伍前面说，安全第一，速度要快。我们的时间只有六到七小时，要赶在下雨前把粮食运到安全地带。

司马辰逸也想去扛粮食，他对粮食有一种特殊的感情。

袁修杰把他拉住了，说，你受了伤谁负责？安安心心地陪我喝茶吧。

司马辰逸陪袁修杰喝了六个小时的茶，仓库里的粮食越堆越多。

这下司马辰逸高兴了，说，袁指挥长，指挥若定，料事如神啊。

袁修杰说，司马部长，要是没有你，我还真有点心虚。

两个人哈哈大笑，雨下起来了，关智宸带着人马跑了回来，说，报告总指挥长，任务完成。

袁修杰说，不错。

看着那么多的大米，曹天佑高兴坏了。更高兴的是，孙浩宇因为奋不顾身救战友，立了三等功。

可是，孙浩宇不接受，直接找到了袁修杰。

孙浩宇说，首长，我带队巡逻，我救他是应该的。这个功我不能要。

袁修杰不理他，喊来了关智宸，说，让你的这个兵少跟我来这一套，该不该立功我清楚得很，上级也清楚，把他带走。

孙浩宇说，首长，我知道您是讲道理的，我立功这算什么事？

袁修杰说，我什么时候讲过道理？立刻从我的眼前消失。我要生气了，后果很严重。

关智宸说，孙浩宇，服从命令。

看着孙浩宇很不服气地走了，袁修杰对关智宸说，小屁孩还跟我讲道理。你在机动大队两年了，道理是那么好讲的吗？

关智宸说，您别在意。这脾气一下子改不了。

袁修杰说，改也不用改，我看小伙子们都很好。但有时候不能和他们讲道理。

关智宸说，是，首长，我明白了。

袁修杰在军人大会上宣布完孙浩宇立功的通令后说，孙浩宇同志说他不能立功，竟然向我来反映。这种做法是错误的，是严重错误的。你们机动大队立功无数，牛逼哄哄，可以骄傲一点，这没错。但是，不能自以为是，想灿烂就以为是春天。你孙浩宇想不立功就以为自己是高尚了吗？我看是狗屎一坨。立不立功是组织根据你的行为和贡献决定的，是一个非常严肃的问题，你说不立就不立？简直是扯我的蛋。通令最后号召全体官兵向孙浩宇同志学习，学习必须的，这是命令，但是，我提醒孙浩宇同志，你要端正态度，提高认识。

会后，刘鹏涛没说什么，马小超又在排务会上批评了孙浩宇。

马小超说，孙浩宇同志，你虽然是排里的先进，但你要好好反省，重新认识自己。

孙浩宇彻彻底底反思了一下自己，最后得出一个结论：不成熟。

他认认真真地写了一个检查，分别送给了马小超、刘鹏涛和袁修杰。

马小超和刘鹏涛没说什么，袁修杰说话了，我没让你写检查啊。

孙浩宇说，您没让我写，我也得写，如果写得不深刻，我重写。

袁修杰说，孙浩宇，你是不是跟我较上劲了？

孙浩宇说，首长，我是认真的。

袁修杰拿起检查看了看，说，孙浩宇同志，对任何事件和事物的正确认识都需要一个过程，我只希望你在这个过程中少走弯路。

孙浩宇说，是，谢谢首长关心。

袁修杰笑了，说，不说这个了。告诉你点情况，根据我的观察和经验，貌医生的魂都被你摄去了,你小子有一套啊。

孙浩宇的脸红透了。

七十九

路断了,但喜讯不断。

一下子来了好几个干部任职命令。

袁修杰升任总队参谋长;刘鹏涛升任支队参谋长;关智宸升任总队司令部训练处长;张立轩升任机动大队大队长。还有其他几名干部也被提拔任用。

貂雯楠和甄小宓提前晋职。

按惯例,要上级领导来宣布命令,但道路不通,所有命令都由袁修杰宣布了。

袁修杰宣布完,在队列面前说,我和几名干部被提拔任用,体现了组织对我们的培养和信任,更重要的是对你们工作的肯定。工作都是大家干的,是我们沾了你们的光。所以我代表我自己,代表这几名干部向你们表示感谢,向你们致敬!

说完,袁修杰敬了一个标准的军礼。

队列里响起热烈的经久不息的掌声。虽然短短几句话,但袁参谋长把他被提拔的功劳归功于大家了,这就是领导讲话的艺术,这就是领导艺术。

这样的领导带队伍肯定错不了,部下拼命干工作都是心甘情愿的。

曹天佑的心里却有点不太滑爽,这命令一宣布,袁修杰就成了他叔叔的上司了,以前可是他叔叔的下级啊。

曹天佑又觉得自己心里的这种反应很小气,甚至有点丢人,丢男人的人,也丢他叔叔的人。袁修杰能力强,当然应该被提拔了。

所以曹天佑很想大方一下,以抵消刚才的小气,虽然那种小气谁也看不到。

曹天佑请示袁修杰说,参谋长,要不要杀头猪庆贺一下?

袁修杰说,庆贺是必须的,但猪就不杀了吧?那是我们的宝贝,要用在关键时候。小胖子,你今天很大方啊。

看来袁修杰是真的高兴,又开始叫他小胖子了。

曹天佑说,这是大喜事啊,我比首长和领导们还高兴。

袁修杰说,好,加三个菜,每桌都上酒。

曹天佑站在厨房里,在想自己怎么会说出杀猪的话,真是鬼使神差,嘴巴太冲动了。万一袁修杰同意了,自己又要难过。

看来袁修杰的头脑是清醒的。一个团长当上了师长,这是天大的喜事,杀只猪是完全可以的,何况还有其他人也被提拔了。就凭这一点,就可看出袁修杰的水平了。

刘鹏涛和关智宸也很佩服袁修杰的领导水平。吃完饭,喝完酒,他们俩被袁修杰叫到房间里。

袁修杰说,我们被提拔了,战士们也要提拔一下才对。

刘鹏涛和关智宸一下子明白了,是啊,他俩怎么没想到呢?

袁修杰说,你们拟个名单,再给五丈原发个通知,报回总队司令部,我来打电话。

袁修杰虽然在外执行任务,但他现在是参谋长,总队的副参谋长是代行他的职责,当然要听他的。

刘鹏涛对关智宸说,他以后就是你的直接领导了,要跟上他的思路和想法还得努力啊。

关智宸说,是啊,当好他的参谋不太容易。

好在关智宸和刘鹏涛都是反应很快的人,当晚就把传真发回了总队,总队的反应更快,代理参谋长连名单都没看,直接让警务处把传真印成了红头文件。

红头文件到了长板坡还是传真。传真来的时候,部队还没起床。

袁修杰很满意这种工作效率,这才叫部队,这才叫司令部。

早点前,刘鹏涛站在队列前,说,我宣布两个命令。

官兵们立正,心里都在嘀咕,又有什么命令?

刘鹏涛念道:班长任职命令……

孙浩宇终于当班长了,还有7名副班长当了班长,有10名战士当了副班长,10名战士提前晋衔。

战士们都很兴奋,包括没有晋衔的。在机动大队,只要你努力,就会有进步。这些晋职晋衔的战友,都是被大家认可的。他们晋职晋衔,大家服气。

谁知,袁修杰却批评了刘鹏涛和关智宸,虽然不是很严厉。袁修杰说,这事没办好,人数太少,范围太小。我觉得你们机动大队半数以上可以担任副班长,全部战士都可以提前晋衔。

刘鹏涛和关智宸一直觉得自己很优秀,听袁修杰这么一说,才发现真是天外有天,人外有人。

他们觉得提拔的人已经够多了,袁修杰却觉得太少了。这就是区别。

刘鹏涛甚至说,我成天骄傲个什么呀?

关智宸说,没那么严重,该骄傲还得骄傲。

还好袁修杰最后说了一句话,这事还可补救,回去之前再解决一批。

孙浩宇没高兴,这两天,他一直在反思,没让他当班长是自身的原因,自己的确和一名合格的班长之间还有差距。这个命令宣布后,他仍然这样以为,因此,他在班务会上说,命令是命令,我还没把自己当班长,我会尽最大努力向班长看齐,向其他班长学习,希望战友们帮助我,提醒我,使我尽快成熟起来。

诚恳的话,纯朴的战士,那没说的,鼓掌。

八十

该提拔的提拔,该进步的进步,在部队,这可是绝对的动力。这一阵子,官兵们干什么事都积极得很,卖力得很。小小的营区里,处处洋溢着活力和激情。

貂雯楠和甄小宓看着每个官兵都在找事做,也坐不住了,说,我们也找点事情做做吧。

甄小宓问,做什么呢?

貂雯楠说,帮曹天佑洗菜洗碗吧。

甄小宓说,好。

她们怀着一颗做好事的心,来到曹天佑小小的厨房。曹天佑像那天看到乔问筠一样吃惊,问,二位医生,你们要干什么?

甄小宓说,看你紧张兮兮的样子,我们又不是来找吃的。我们是想帮你洗菜。

曹天佑说,找吃的可以,洗菜不行。

甄小宓说,那我们就洗碗。

曹天佑说,更不行。

貂雯楠说,小曹师傅,你总要说说理由吧。

曹天佑说,洗菜的水冰得要命,你们受不了。你们要是帮我洗上一个月的菜,你们那双又白又嫩、人见人爱的手就变成我这个样子了。说着,曹天佑伸出手来,那双胖手上好看的指窝早不见了,指头又红又肿,还有皲裂,贴着几块胶布,真像是打了几块补丁。

甄小宓说,那不是每天都烧热水吗?

曹天佑说,就一个小锅炉,百十号人训练执勤回来,洗脸都不够,总不能让他们用这么冷的水洗脸吧。

貂雯楠拉起曹天佑的手说,你这样不行,会得关节炎的。明天我们给你烧开水吧,我们卫生室正好有一口锅可以用。

曹天佑说,不用了,我和鲁班长现在已经习惯了。

第二天,鲁伟诚洗菜时发现水是热的,就问曹天佑,哪里来的热水?

曹天佑说,美女给烧的。

鲁伟诚说,这也太感人了吧?

曹天佑说，美女烧水，感天动地。班长，你不是经常到门口那个饭店吗，有空给他们带点好吃的回来表示感谢。

鲁伟诚说，谁说我经常去？我哪有时间？是马排长他们战斗班的经常去。

鲁伟诚一下变得非常神秘，悄悄说，他们去是有目的的，他们是冲那个小姑娘去的。

曹天佑听了后，脸上的表情也丰富起来，说，还有这事？

鲁伟诚说，你试探一下。

吃完晚饭，曹天佑找到了马小超，说了两位医生烧水的事，也表达了自己想要感谢的想法。

马小超说，你除了罐头没别的东西了，上次的罐头她们都没吃，成了我的下酒菜了。

曹天佑说，所以我才找你来帮忙的嘛。

马小超说，怎么帮？

曹天佑又意味深长地说，排长，我看你经常到门口的四川饭店改善伙食，是不是醉翁之意不在酒啊？

马小超说，靠，别乱想。那可是违反纪律的事，我不干。这和孙浩宇大胆表白性质不一样。

营区门口的小饭店是夫妻俩开的，他们的女儿经常帮忙，小姑娘十八九岁，长得很好看，在长板坡，算是特级美女了。

一到周末，官兵们请假外出，都喜欢在那吃一碗馄饨，喝一碗酸辣粉，不吃东西的就坐在那东扯西聊，一直熬到请假的时间差不多了。

他们一边吹牛，一边用眼睛往小姑娘身上扫。

马小超就是其中的一个。

马小超说，看一眼不犯法吧？看两眼也不犯法吧？说实话，就是想看，也只是看看而已，看着舒服。

实际上，官兵们排队走出营区时，都喜欢用眼睛的余光朝小饭店瞟，小姑娘在,瞟得时间就长点;小姑娘不在,瞟得就短点,失望也是自然的。

看美女之心,男人皆有之。不看白不看。

马小超值班时,他故意在小饭店门口下一个踏步的口令,索性让大家看个够。

小姑娘也知道这些兵哥哥没有其他想法,更没有恶意,看就看吧,美女就是给人看的。

被人欣赏也是很舒服的。

于是别的值班干部也学马小超,也在饭店门口下踏步的口令,战士们歪着脖子唱着歌,看着美女踏着步,一路人马兴奋得很,当天的训练也是生龙活虎。

要是执勤,另当别论,那可是要心无旁骛。

队伍里只有一个人例外,就是孙浩宇,他脖子不歪,也在唱着歌,唱得也很卖力,不过他心里想的是貂雯楠。

曹天佑想了想说,我上次喝酒,没发现有多好看啊。

马小超说,你上次心情不好。

曹天佑说,那我也要找个机会认真地看看了。

马小超说,看可以,别把人家小姑娘吓着了。

曹天佑说,你们个个如狼似虎,目光如炬,都吓不着;我这个样子像尊佛,目光那么温和,怎么会吓着?

马小超说,我就是担心你用你看猪的目光看人家,含情脉脉;我们仅仅是看看,欣赏欣赏。

曹天佑说,你的意思是我不能看了。

马小超说,看不得。

曹天佑说,那你有空就买两碗酸辣粉回来,我总得感谢一下。

马小超说,我看行。

八十一

没想到曹天佑还真是个有心人,让人买回来酸辣粉,两位医生吃得很过瘾,辣得连鼻涕都流出来了。

她们反过来又想表达谢意,于是每天就多烧了一锅水。

袁修杰看到两个人吃力地抬着一锅水,就说,两位大小姐也开始干粗活了,得让黄小忠给拍张照片宣传一下,你们烧的水温暖了官兵的心,我决定给你们口头二等功一次。

甄小宓说,参谋长,宣传就算了吧,您这个二等功还不如一碗酸辣粉呢。

袁修杰明白过来了,说,都怪我对你们关心不够,都差点忘了你们是女孩子了。只要你们想吃,我让他们天天买回来。

貂雯楠说,和这些人在一起,他们成天男人男人的,我们真快变成男人了。

甄小宓说,您就让我们自己去买吧?

袁修杰说,那不行,我不放心。你们想吃就找张立轩,我马上交代他。

甄小宓说,参谋长,不会有什么影响吧?

袁修杰说,看你说的,女孩子吃个东西还影响什么。噢,还有,路一通,总队就要派工作组来慰问了,你们想想看,需要什么,我安排他们带。

甄小宓这下高兴了,说,哎呀,太好了,我可要好多东西呢。

袁修杰说,不怕,都满足你们,回去列个单子来。

出发时,她俩已经知道是来琅琊了,也做好了应对吃苦的准备,但没想有这么苦,更没想到要来这么长时间,虽然备了一些日用物品,早用完了。长板坡也能买到点东西,但她们是不会用的。

这下好了。俩人一边想一边列一边说,谁知道还要待多久呢,有备无患,长期作战吧。

终于列完了,甄小宓看着长长的单子说,这么多东西能带来吗?

貂雯楠说,袁参谋长发话了,还带不来?

甄小宓说,我的意思是太多了,会不会占了别人分量?

貂雯楠说,你想多了,总队会想办法的。

甄小宓说,那就OK了,在这待一万年我也无所谓了。

貂雯楠说,你就做你的女妖吧,我倒是想早点回去。

甄小宓说,那当然,你可是满载而归。

这句话又让貂雯楠脸红了。

她以前可很少出现这种情况,现在说红就红了,根本就控制不住,也无法控制。看来真是恋爱了。

张立轩执行袁修杰的命令很坚决,很到位,每天上午都要来问一下,二位医生,今天吃不吃?

甚至还会说,给个面子吧。

再后来,张立轩每天干脆让人买回来,医生不吃,吃的人多的是。

饭店老板高兴坏了,这部队的天天买,比做广告还起作用,好多人都想尝尝,尝了没两天,就给尝完了。

张立轩好心办了坏事,做好了挨批的准备。袁修杰没批他,只是说,你已经以发展的眼光去做事了,这个结果不可预料。但如果交给刘鹏涛和关智宸办,他们会把它全买下来。学着点吧,张大队长。

张立轩没想到买个酸辣粉还有这么大的学问,真是长见识了。

他有点不相信,就问刘鹏涛,老大,要让你买酸辣粉,你怎么办?

刘鹏涛说,全买下来,吃不了大家吃嘛。

他又问关智宸,关智宸说,现在是非常时期,你得先去调查一下,东西不会很多,全买下来稳妥。

差距啊差距,张立轩受到了很大刺激,说,要学习的东西也实在是太多了。

没了酸辣粉,并不影响两位医生的好心情,她们有的是盼头。

曹天佑说,二位医生,只要你们想吃,我给你们用面条做。我只要上去问一下用什么佐料,保证味道差不了多少。

甄小宓说，真的？

曹天佑说，当然，万法归宗，万变不离其宗。又不是满汉全席。

甄小宓说，那你做一个？

曹天佑说，行，不过要晚饭后。你们想吃，就别吃晚饭。

曹天佑请了个假，上去向饭店老板请教酸辣粉的做法。老板很热情，毫无保留地教给了曹天佑。最后还让小姑娘包了一大堆佐料给曹天佑。并说，只要部队有需要，要什么都行。

曹天佑很感激也很感谢，最后还不忘乘机看了一下小姑娘，他的评价是：确实好看。

晚饭后，曹天佑把酸辣面条送给了貂雯楠和甄小宓。

甄小宓尝了一口说，这味道太绝了，比酸辣粉还好吃。

貂雯楠是把一碗吃完后才说的话，她说，果然好吃。

很快，营区就传遍了曹天佑新学的酸辣面条堪称一绝，绝世无双。

刚吃完的战士说，吃了曹天佑的酸辣面条，再也不会吃酸辣粉了。

袁修杰也听说了，叫来了曹天佑，说，小胖子，给我也来一碗你的酸辣面条。

曹天佑做了一大碗，袁修杰干了个精光，他一边擦嘴一边说，味道不错呀，有点真本事。回去以后就到总队机关做饭了，怎么样？

曹天佑说，我不去，我要到机动大队。

袁修杰笑了，说，真是印证了那句话，近朱者赤，近墨者黑。你既然离不开他们了，就随他们去吧。

曹天佑高兴了，参谋长，再给您来一碗？

袁修杰说，你想撑死我呀？滚。

自从酸辣面条打出名气后，曹天佑晚饭后基本没闲着，一会儿来一个，说，曹哥，嘴馋了，来一碗。

一会儿又来一个，说，曹班长，不吃你的酸辣面条睡不着，你辛苦一下吧。

一会儿又来了三个，说，厨神，打打牙祭吧。

这边还没吃完呢,那边就排起队了。

曹天佑很忙但很享受,厨技好,没办法。

第二天晚上,他早早煮了一大锅,全被消灭了。

第四天早点,官兵们吃的是稀饭煮土豆,面条没了。加工面条的地方没面了。

袁修杰一边喝稀饭一边笑着说,刘鹏涛,你们这些饿狼把曹天佑都吃垮了,我真是佩服了。可曹天佑还要求调到你们机动大队,我也真是佩服了。

刘鹏涛说,这叫一个愿打,一个愿挨。一个厨师的愿望就是无论做了什么吃的,盼着有人吃光,而我们机动大队完全能满足这个愿望,更不要说曹天佑这样成功的厨师。

袁修杰又说,小胖子要求调动倒提醒了我,回去后,挑个排长和两三个得力的班长到机关警卫中队,让警卫中队也要成为虎狼一样的部队。

刘鹏涛说,狮子就是要带着狼才像回事,带着羊没劲。

袁修杰说,少废话,舍不舍得?

刘鹏涛说,我求之不得。三年前比完武我就向原来的参谋长提过这个建议,调是调了,但不是我的人。

袁修杰看着刘鹏涛,又看看关智宸,说,吃完饭你俩来一下。

张立轩看着袁修杰面无表情,自己又想不出个所以然来,就摇着头说了一句话,要学习的东西也实在是太多了。

这句话倒把别人给搞糊涂了。

八十二

刘鹏涛和关智宸也猜不透袁修杰的葫芦里卖的什么药。

袁修杰给他们倒了一杯茶,这让俩人更摸不着头脑了,以前他是让他们自己倒的。

袁修杰说,你们的任命虽然宣布了,但还可以改。我把话摆在桌面上,当初定你俩谁当训练处长的时候,我是经过反复考虑的。但我错了,因为我一直以为刘鹏涛有勇无谋。现在你们自己说,什么岗位最适合。

刘鹏涛说,我最适合的是永昌机动支队的参谋长。

关智宸说,训练处处长很适合我。

袁修杰说,行,这个好调整。刘鹏涛,岗位是你自己选的,干不好我立马撤了你。

刘鹏涛站起来立正,说,是。

关智宸看了刘鹏涛一眼,俩人相视而笑。

袁修杰说,有你们哭的时候,滚。

从袁修杰的宿舍出来后,刘鹏涛说,这对我来说,倒是天大的好事。

关智宸说,参谋长还真是想做事情的人。

张立轩一下子蹿了出来,问,想做什么事情?

刘鹏涛说,想把这个长板坡削成平地。

张立轩讨了个没趣,说,连学习的机会都不给,怎么能拉近差距呢?

刘鹏涛说,你成天念叨着学习,我看学习傻了。

张立轩说,老大,你怎么也得教教我啊,要不,机动大队会毁在我手里的。

关智宸说,你担心什么,那么多得力干将。

张立轩想了想说,也倒是啊,我这纯属杞人忧天。今天又学到一招,收获不小。

刘鹏涛说,你好好谈你的恋爱吧,那才是我担心的。

张立轩说,是。

其实张立轩的恋爱谈得挺顺利的,乔梦琪的家里人都通过了,他们的看法是现在找一个像张立轩这样实在的人比找恐龙还难,太稀有了,能找着是乔梦琪的福分。

张立轩在电话中说,他是舍不得让乔梦琪干任何事的,他要把乔梦琪像菩萨一样供起来。

乔梦琪把这话告诉了乔问筠。乔问筠问刘鹏涛,你会吗?

刘鹏涛说，我不会。

乔问筠说，我知道你不会，就想知道你怎么说。看来我找的也是一个实在人。

刘鹏涛说，的确如此。

看来，世界上的幸福真的都是一样的。

张立轩要把乔梦琪供起来，虽然目前还没有也不能付诸行动，但这句话彻底打动了乔梦琪，所以她已经在和张立轩商量摆酒席的事了。

不幸的人各有各的不幸。

周楷泽也接着姑娘的电话了，而且声音很甜，听着很舒服。

姑娘说，我从小就喜欢兵哥哥。给我讲讲你们的故事吧。

兴奋的周楷泽只讲了一件事，其实也就一句说，说我们种的菜比树还高。对方就把电话挂了，以为在给一个神经病打电话。

乔问筠向姑娘解释了半天，说周楷泽说的是真的。姑娘更吃惊了，丢下一句话，能把菜种的比树还高，这种菜的人一定也很恐怖。

乔问筠被噎得半天喘不过气来。

乔问筠没和周楷泽说这句话，怕说出来伤了周楷泽。只是说对方太挑剔了，我再给你介绍别人。

在介绍女朋友这件事情上，乔问筠确实是不遗余力，甚至有点走火入魔。有时逛街时碰到漂亮的姑娘，她都有一种走上前去要电话号码的冲动。

刘鹏涛被彻底感动了，他说，遇到你真是我的福气。

乔问筠说，那你是不是也把我供起来？

刘鹏涛说，你要是愿意的话，就让这些人都把你供着。

乔问筠说，我才不要呢。但听你这样说心里就是高兴。

刘鹏涛说，看来女孩子真的喜欢听虚无缥缈、不着边际的话。

乔问筠说，那不是，我们认为那是浪漫。

这句话提醒了刘鹏涛，他说，连张立轩那么实在的人都能说出这么浪漫的话，别人为什么不能？

难道张立轩能恋爱属于个案？张立轩本身就是机动大队的另类？肯定不是。

乔问筠说，说白了，浪漫也就是吹牛。

刘鹏涛茅塞顿开，说，还有一点，张立轩是主动进攻的，而其他人是守株待兔的。这区别可大了。看来张立轩说得对，要学习的东西也实在是太多了。

乔问筠说，对呀，他们不会浪漫，不会逗女孩子开心，就让张立轩传授一下经验。

刘鹏涛说，那让他们重新来过？

乔问筠说，行。我让姐妹们准备接陌生的电话。

刘鹏涛把大家召集起来，说，张立轩大队长有句话说得好，要学习的东西也实在是太多了。今天不是开会，只有一个主题，就是听张立轩讲那恋爱的故事。要求：做无不言，言无不尽。最好是一招制胜的绝招，无关痛痒的免谈。

张立轩脸红了，头上也开始冒汗了，说，没什么绝招啊。

刘鹏涛说，讲讲你们最浪漫的事。

张立轩说，没有多浪漫啊。就是电话打得勤一点，嘴巴甜一点，脾气好一点，故事多一点。

刘鹏涛对大家说，怎么样？总结得多好。你们要学习的东西也实在是太多了。前三个一点不难理解。张立轩，故事怎样才能多一点？

张立轩说，我们机动大队有这么多人，每个人都有好多故事。自己的故事讲完了，把自己恰当地放在别人的故事中。

刘鹏涛说，你在我们不知情的情况下，非法占用了多少故事？

张立轩说，没多少，刚开始用。

刘鹏涛说，也就是说，你正在侵占我们的资源。

张立轩说，你们不用，留着也是浪费。

刘鹏涛说，你们都听明白了。连张立轩都会这么利用资源，你们为什么不会用呢？机动大队的资源就是让你们用的。

官兵们士气大振。

周楷泽说道，大队长，我们五班种菜的事多牛，人家还不是端了我一脚。

刘鹏涛拍着周楷泽的肩膀说，兄弟，你那不是吹牛，是实话实说。你要说你种的菜快有珠穆朗玛峰那么高了，那才是吹牛，才叫浪漫。

周楷泽瞪大了眼睛，乖乖，比曹天佑的航空母舰还要上档次。这要学习的东西也实在是太多了。

八十三

孙浩宇没想到，貂雯楠找他谈话了。

貂雯楠说，你不吃面条，很长一段时间了，这样对身体不好。告诉我什么原因。

孙浩宇说，我以前吃，但原因我不会告诉你的。

貂雯楠说，很重要吗？

孙浩宇说，很重要。即使你因此让我不再打扰你，我也不会告诉你。

貂雯楠说，我不是那样的人。

孙浩宇说，所以我不会告诉你。

貂雯楠说，原因肯定是有的，我也能肯定，不会影响到部队重大决策和行动，你为什么就不能告诉我呢？何况，我也不会告诉别人。

孙浩宇说，你说对了，但我就是不会告诉你。

貂雯楠说，我想了很多种情况，但就是想不出你不告诉我的理由。

孙浩宇说，没有任何理由。

貂雯楠彻底生气了，你连这都不能告诉我，我们还有可能吗？

孙浩宇抬起头来看了貂雯楠一眼说，貂医生，我真的不能告诉你。

貂雯楠的自尊受到伤害了，说，那么，请你以后不要再有任何想法了。

孙浩宇忍了一下说，可以。但请你不要将这事说出去。

孙浩宇转身而去。

貂雯楠静静地坐着，怎么想都想不通。

孙浩宇一直等到了永昌的米线。

米线带的还真不少，司马辰逸高兴坏了。

塌方五十六天后，华容道总算可以通车了。

永昌边防总队派工作组来慰问了，带来三四百公斤的米线还有其他吃的东西，差不多装了两车。

这些物质当然是其次，关键是带来了永昌边防总队首长和战友们的问候，还有部分官兵亲人们的问候。

官兵们高兴得一塌糊涂。即使大多数战士和工作组的领导连话都说不上，但他们高兴啊，领导来看他们了，亲人来看他们了。

开会是必须的。

工作组的领导说，你们远离家乡、远离部队、远离亲人，很辛苦。我们和你们的亲人都很挂念你们，也盼着你们早日凯旋。

这话听着多好听。

以前也常开会，也常听这样的话，觉得是不咸不淡的、无关紧要的、冠冕堂皇的、客套戴帽的。

但在长板坡听了就不一样。这话真不错，让人心窝热乎乎的。

官兵们的心窝一热就拼命鼓掌，有的还想叫几声，结果就真的叫出了声，大家也跟着一起叫。

工作组的领导也挺高兴，叫就叫吧。

多么好的气氛。

工作组的领导还分别找不少官兵谈了心，问这问那，问得很仔细、很全面。

曹天佑也被问了。领导问，曹天佑同志，后勤工作很辛苦，怎么样？

曹天佑说，报告领导，不辛苦。

司马辰逸在旁边说，你看，小曹同志，领导都说很辛苦，你怎么能说不辛苦呢？

曹天佑连忙纠正说，报告领导，很辛苦。

领导就笑了，又说，后勤工作很重要，尤其是炊事班的工作，在这种环境下，应该是最重要的。是不是，司马副部长？

司马辰逸不停点头，说，是是是。在总队首长的关心下，我们的后勤保障工作是有力的。

领导说，你们确实干得不错，不光总队，上级机关都表扬了你们，还让兄弟部队向你们学习，你们为总队争了光。

司马辰逸说，不能给总队丢脸。是不是，小曹同志？

曹天佑说，是。

领导说，小曹同志，你这么胖，在这里没反应吗？

曹天佑说，报告首长，一直想反应，但从没反应过。

领导哈哈哈地大笑起来，说，说明你的身体很不错嘛，要继续加强锻炼身体，要配合后勤干部、配合司马副部长搞好保障工作，官兵们吃好喝好才能干好工作啊。

司马辰逸说，我们平时不喝酒的，只在过节时才喝一点。

领导说，我说的喝好不是喝酒，是喝汤。

曹天佑想，一听这领导口音就是广东人。

司马辰逸说，一定，一定，不光要吃好，还要喝好。小曹同志，记住啊，还要把汤做好。

曹天佑说，是。

领导要走了，拍了拍曹天佑的肩膀，声音降了很多，说，曹副参谋长让你好好干。

曹天佑说，谢谢领导。

司马辰逸说，小曹的表现一直很不错，我们都喜欢他做的饭。

领导看了曹天佑一眼，笑眯眯的，很和蔼。

曹天佑很感动，亲人啊，真是亲人啊。

八十四

安排好领导后,司马辰逸把鲁伟诚和曹天佑喊了过去。

他说,工作组领导一路很辛苦,还给我们带了那么多东西,我们是不是要表示一下?

鲁伟诚问,部长,怎么表示?

司马辰逸说,还能怎么表示,杀猪啊。

曹天佑一听这话,条件反射似的身子一抖。

鲁伟诚说,你没事吧?

司马辰逸问,怎么了,小曹同志?

曹天佑说,没事。

司马辰逸说,没事就好,明天杀猪。

曹天佑说,我不会。

鲁伟诚说,我也不会。

司马辰逸说,上次是谁杀的?

鲁伟诚说,马排长。

司马辰逸说,再让他杀不就得了。

曹天佑说,上次他是瞎蒙的。

司马辰逸说,不影响,再让他蒙一次就行了,不过不要蒙我。

他又问,猪没问题吧? 没有伤风感冒吧?

鲁伟诚说,没问题。

曹天佑说,没有。

司马辰逸说,行,你们准备一下,明天要给领导做一顿丰盛的晚餐。

曹天佑把杀猪刀磨了又磨,简直是寒光闪闪,锋利无比。

他又烧了一锅开水,给小淘气洗了一下,还用了进口的飘逸洗发液,小淘气更干净了,身上还散发着淡淡的洗发香波的味道。

曹天佑抚摸着小淘气说,干干净净地去吧,不就是个死吗?

第二天,司马辰逸和马小超早早地来到猪舍旁,看那架势,司马辰逸肯定是督阵的。

马小超对曹天佑说,这次你躲远点。

司马辰逸说,他躲了,谁来做菜?

曹天佑没好气地说,会杀猪的没有,会做菜的多的是。

司马辰逸也挺理解他的,说,行,你去吧,这次别喝酒。

曹天佑看了一眼小淘气,歪歪斜斜地走了。

长板坡就那么大,曹天佑能躲到哪里呢?

曹天佑这次耳朵里塞了棉花,又戴了耳罩。但他在前往理发室的路上,还是听到了小淘气的尖叫。

只一声,那声音盖过汽车轰鸣的喇叭,透过耳罩和棉花,直达他的耳鼓,通过神经传递到了他的心脏。

他的心在疼,不是一般的疼。

一头好猪走了,小淘气走了。

猪的一身都是好东西,但人们忽略了它还有一副好嗓子。

它那犀利的长啸,比老虎的叫声更有穿透力、杀伤力。如果老虎有它这副嗓子,那一叫出来,才令人心惊胆寒,全身瘫软。那才是百兽之王的怒吼。

一副好嗓子管什么用,临死才用。

这是它对这个世界的最后告白。

但它毕竟叫了,总比哼哼叽叽地来,哼哼叽叽地去好。

毕竟啸过一次,去就去吧,怕死就不是小淘气了,一年后又是一头好猪。

曹天佑理完发,连镜子也没照,就往营区走了。

曹天佑决不会吃小淘气的肉。

到门口了,他拐到四川饭店要了一碗馄饨,吃得咬牙切齿,差点把碗给嚼了。

小姑娘以为他饿了,问,大哥,再来一碗?

曹天佑看了她一眼,说,我又不是猪,能吃那么多吗?

小姑娘说,大哥,你要是觉得我们饭店服务不好就不用付钱了,别这么凶好不好?

曹天佑意识到自己不该冲小姑娘发火,说,对不起啊,我没什么意思,就是心里憋得慌。

小姑娘给他倒了杯茶,说,大哥,你慢慢喝,喝完就不憋了。

曹天佑这才仔细看了看小姑娘,这姑娘长得确实好看,没有特别出众的地方,就是好看。

这一下他真的慢慢不憋了,而且还慢慢高兴起来,心里想,你们吃老子的猪肉,老子看你们的姑娘,谁也不欠谁的了。

八十五

虽然曹天佑才喂了小淘气不到四个月,可他上心啊,几乎时时刻刻守着它们,一有好吃的就给它们吃,所以小淘气还是有将近一百公斤。

猪的全身都是宝,所以都上桌了。大伙好长时间没吃新鲜猪肉了,干脆吃个够,吃个饱吧。

卤的、炖的、炸的、炒的、粉蒸的,被抽来的几个炊事员各显神通,把一个小淘气做得五花八门,花样繁多。

工作组领导很高兴,袁修杰很高兴。

司马辰逸更高兴,他不停给领导夹肉,不停给领导敬酒,不停说话,请领导放心,无论条件多么艰苦,我们都会克服困难,艰苦奋斗,自力更生,搞好保障工作。

领导说,好。

司马辰逸说,我们会好好总结养猪经验,为部队执行跨区域任务提供借鉴,请领导为我们鼓与呼。

领导和他碰了一下杯,说,好。

司马辰逸说,我们已经做好了长期作战准备,下一步准备扩大规模养猪,在保证自足的前提下,争取在长板坡菜市场上卖我们养的猪,为部队搞创收。

领导说,好。

小淘气的肉太好吃了。领导吃了不少,官兵们吃了不少。

司马辰逸吃得摇摇晃晃,喝得摇摇晃晃,快站不稳了。

他拍着领导的肩膀说,首长,你一来,我们就杀猪,我们高兴啊。要是别人来,我们还舍不得杀呢。

领导说,好。

小淘气被一扫而光,只剩骨头了。

鲁伟诚一边打扫饭堂,一边说,靠,我今天吃了我一个星期的口粮,腰都弯不下去了。

一个战士也说,没吃过猪肉,还没见过猪满街跑?我看这句话不对,我们这帮人哪像吃过猪肉的,哪像见过猪满街跑的?

鲁伟诚说,你看看,这盘子里连一点东西都没剩啊。

孙浩宇提着他的水壶站在营区门口,他在等曹天佑。

曹天佑喝了一肚子水,把个小姑娘看了个够,慢慢腾腾回来了。

一到猪舍旁,孙浩宇就把一碗猪肉递了过去,说,给你留的。

曹天佑说,我不吃,你吃吧。

孙浩宇说,我吃过了。

曹天佑说,那留着你和马排长下酒吃,但是不要在我这里吃。

孙浩宇说,行。你也别太难过。

曹天佑说,你看我难过吗?我一点都不难过。我能自我调节。

孙浩宇说,那就好。

曹天佑拍着小轻的脑门说,能吃就赶快吃,我保不了你们,我也不能保你们,养你们就是为给我们吃的。

小轻像是听懂了一样,望着曹天佑,眼睛一眨一眨的,哼也不哼了。

曹天佑突然想到了什么,起身跑向垃圾筒,从里面搜寻了几块猪骨头。

貂雯楠一直在看着他呢,等他把手里的猪骨头擦洗干净了。

貂雯楠蹲了下来,问,小曹师傅,要我帮忙吗?

曹天佑把骨头放好,说,不用。我没事。

貂雯楠说,那你能做酸辣米线吗?

曹天佑说,难不倒我。

貂雯楠说,能不能给我做一碗?

曹天佑说,你没吃猪肉吗?

貂雯楠说,我没心思吃。

曹天佑说,看来只有我俩没吃猪肉,就冲这个,我马上做。

貂雯楠一边吃一边说,你做的米线和面条都好吃。

曹天佑受宠若惊,说,貂医生,你要是愿意吃,我给你私藏点。

貂雯楠说,那倒不必。孙浩宇爱吃你做的米线吗?

曹天佑说,那是当然,没有人不爱吃米线。

貂雯楠说,那他怎么不吃你做的面条呢?

曹天佑很奇怪,反问道,他没跟你说?

貂雯楠说,小曹师傅,他宁愿不理我,都不愿说。所以你一定要说。

曹天佑狠了狠心,说,那我必须说了,要么你就误会他了。

貂雯楠说,你说吧。

曹天佑看着她面前的半碗米线说,要么等你吃完了,明天再说?

貂雯楠说,就今天,就现在。

曹天佑说了。

貂雯楠的泪再也忍不住了,一串一串地流了下来。

曹天佑站在那里,不知如何是好。

貂雯楠却把半碗米线塞进嘴里,说,谢谢你,小曹师傅。

第二天上午,马小超值班带队回来,貂雯楠就站在楼梯中间,不避不让。

马小超发现事情不对劲,也知道一定是孙浩宇的事,赶快下了一个便步走的口令,自己跳开了。

其他官兵也跳开了。

孙浩宇跳不开,他站在了貂雯楠的面前。

貂雯楠面无表情,问道,你为什么不说?

孙浩宇很镇定,答道,我不能说。

貂雯楠问,什么时候能说?

孙浩宇说,什么时候都不能说。

貂雯楠转身走了。

所有人都在看着这一幕,包括袁修杰。

好在,总队工作组到执勤点去了。

袁修杰还说,貂大小姐发火了,孙浩宇怎么能受得了。

现在貂大小姐走了,连袁修杰都看不明白了。

其他官兵以为会发生什么热闹的事,结果人走了,当然就不热闹了。

袁修杰要搞清楚发生了什么事,就把孙浩宇叫来了。

袁修杰说,孙浩宇,我告诉你,貂雯楠是我们边防总队第一任总队长的女儿。她的父亲战功赫赫,是离休干部,享受的是副部级的待遇。你要有什么得罪了她的地方,我们一起想办法解决。老首长的拐杖虽然不比佘太君的龙头杖,但要是敲一下,我肯定是承受不起的。说吧,貂雯楠为什么生气?

孙浩宇说,她没生气,只是问了我一个问题,而我又不能回答。

袁修杰说,好。你能告诉我是什么问题吗?

孙浩宇说,不能。

袁修杰说,你肯定?

孙浩宇说,是的。

袁修杰说,问题你能自己解决吗?

孙浩宇说,这个我不知道。但我可以肯定,不会给您添麻烦。

袁修杰是一点办法都没有了,说,我是真的想替你解决问题的。

孙浩宇说,首长,我心里清楚,但是真的没问题。

袁修杰忍不住了,厉声说,到底是什么事,就真的不能说吗?

孙浩宇说,首长,真的不能说。

袁修杰围着孙浩宇转了好几圈,说,孙浩宇,我相信你。你不要给我出乱子。总队工作组还在这里。

孙浩宇说,放心,首长。决不会的。

但袁修杰心里还是不踏实,他时时观察着事态发展。

张立轩向他报告了一个重要情况,貂雯楠拿钱让他把长板坡所有的方便面都买光了。

袁修杰说,现在路通了,怎么能买光?

张立轩说,目前长板坡所有的方便面肯定全在我们的卫生室。

袁修杰说了一句话,将门无犬子啊,太大气了。

张立轩若有所思,说,要学习的东西也实在是太多了。

八十六

工作组领导从执勤点回来,酒彻底醒了。

进入营区下楼梯,领导看到了垃圾场的那两棵高大的菜,用手一指,问道,这叫什么树?我还没见过呢。

司马辰逸说,报告首长,这不是树,这是战士们种的菜。

领导说,司马部长,你太幽默了,哪有这么巨大的菜?

袁修杰说,首长,真是菜。自种下去,这菜就长个没完。

领导说,太不得了了。袁参谋长,你们创造了奇迹。谁种的,我要和他在这两棵菜前合个影。

五班战士高兴了,和首长合了影,眉开眼笑的,趾高气扬的。

领导说,袁参谋长,这菜暂时不要吃,让它继续长。这是长士气的菜。

袁修杰说,是。

周楷泽神气的都没法形容了,他逢人便说,我们当时就是朝领导指示的这个方向想的,领导最懂五班战士的心。

张立轩想打击他一下，就说，五班战士也懂领导的心。

周楷泽说，大队长，你太英明神武了。

张立轩说，其实你不懂我的心。

周楷泽说，放心，你现在是大队长，一说就通，一点就透。

张立轩摇了摇头说，要学习的东西也实在是太多了。

周楷泽真不懂了。

领导没忘记去看望两位女医生，张立轩也得陪着，要不然，周楷泽真想听他点拨一下。

领导和二位医生握完手说，你们是总队医护人员的楷模，你们是总队全体女官兵的楷模，你们是女中豪杰，是高原上盛开的格桑花。

领导还说了辛苦、奉献、牺牲之类的话，总之，听了让人精神振奋，豪情万丈。

领导要走了，发现卫生室摆满了方便面，马上表扬袁修杰，袁参谋长，你想得很周到很全面，女同志就是要多关心，这里物资匮乏，能买到这么多方便面也不容易啊。

袁修杰说，是。长板坡所有的方便面都在这里了。

领导更高兴了，说，不错，确实有先见之明。

司马辰逸不失时机地说，出门在外，困难重重，全靠袁参谋长英明决断了。

领导问道，有多英明？

袁修杰连忙说，哪里是英明，我们就是执行总队首长命令，执行您的命令。

司马辰逸说，对对对，首长英明。开饭了，请首长就座吧。

这一次，小淘气的头上的肉只摆在了首长的桌子上，首长说，给大家分点。

司马辰逸说，他们昨天吃伤了，现在还没消化呢。

首长就不再说什么了，举起了酒杯，说，明天我们就要走了，但我们仍然时时刻刻会牵挂着你们。你们是我们总队的骄傲,是我们总队的精英,你们的成绩有目共睹,你们的精神令人景仰。来,为了祖国固若金汤的边防,干杯!

干杯!

官兵们对领导都怀着崇高的敬意,怀着依依不舍的惜别之情,都觉得能敬领导一杯酒是莫大的荣幸,就排着队来敬领导,领导很豪爽,就一杯一杯地干。

所以领导醉了,官兵们还没醉。领导休息了,官兵们也就休息了。

袁修杰很没醉过,尤其是他还没解开孙浩宇的迷,就更不会醉了。

这个迷第二天早晨解开了,袁修杰鹰一样的眼睛发现,貂雯楠端着一盒方便面径直到了孙浩宇班上。

貂雯楠对孙浩宇说,面泡好了,吃吧。

孙浩宇矜持了几秒钟,端起了方便面。

袁修杰气坏了,一碗破面搞得他紧张了半天。他想了一会,又把孙浩宇叫来了。

孙浩宇看上去什么事都没有。

袁修杰很不习惯一个战士在他面前若无其事的样子。他一忍再忍,说,孙浩宇,说吧。

孙浩宇也知道不说肯定是交代不了了。就说,首长,我真的说了,但您不能说,您还得保密。

袁修杰说,屁话少说。

孙浩宇说了。

袁修杰刚吃完面条,他的胃里翻江倒海,但他忍住了。说,就这点事?

孙浩宇说,是。

袁修杰说,滚。

袁修杰虽然让孙浩宇滚,但他觉得孙浩宇觉悟很高。

孙浩宇一走,袁修杰早上吃的面条全部倒了出来。

他很后悔,非要问个水落石出干什么?不就是一碗破面吗?事无巨细怎能当领导?孙浩宇有方便面吃,他能吃方便面吗?

袁修杰当然是有办法的,要不然就不是袁修杰了。他对司马辰逸说,司马部长,现在大家吃了家乡的米线,再吃这里的面条怕一下子难以接受。你到城里买点有劲道的面条来吧,质量要好,贵一点不要紧。

司马辰逸说,是。我正好可以送工作组领导上飞机,这样也显得我们注重礼节礼貌。

袁修杰说,对啊。

他又叫来了鲁伟诚和曹天佑,说,把貂雯楠的方便面都买下来,告诉她有好面吃了,别再泡面了。以后晚上加餐的人就给他们发方便面,你们也可轻松些。

这就是袁修杰,很短时间内他就把坏事变成了好事,并且是两全其美,一举多得。

孙浩宇却郁闷死了。刚吃了一盒全世界最香最好吃的方便面,又改回吃面条了,面条虽好,可他如同嚼蜡。

不过貂雯楠可以吃没有苍蝇屎的面条了,他为她高兴起来,也吃得津津有味了。

曹天佑暂时不用辛苦了,貂雯楠的方便面够这些人吃上十来天的。人家死活都不要公家的钱,袁修杰也没办法,只说了一句话,她也不缺这个钱,算了吧。

八十七

送走工作组领导,司马辰逸一回来就跑到猪舍旁,对曹天佑说,小曹啊,领导对我们的后勤工作很满意,你可是立了头功。我有个想法,尽快扩大规模养猪,你有没有信心?

曹天佑想,我要是能在这个地方把猪养好,以后开饭店就养供一条龙,好事。

马上身子一挺,声音洪亮,有。

司马辰逸马上掏出电话,又开始联系猪崽了。

杀小淘气那会儿,曹天佑确实很难受,不过,一名战士哪能因为杀一头猪就悲伤个没完没了呢。这样的战士还叫战士吗?

曹天佑是战士。他很快就调整过来了。

曹天佑把日子调整得风生水起。

现在他每天都和鲁伟诚一起买菜,回来时到了门口,鲁伟诚回去洗菜,他就到四川饭店歇一会儿,喝杯茶,看看小姑娘。

他比战斗班的战士有条件,只要忙得过来,他可以每天去买菜。

现在只剩一头猪了,曹天佑当然忙得过来。

时间一长,饭店的小姑娘还和他聊两句。时间再一长,聊的可就不止两句了。

不光茶不要钱,临走时,小姑娘还把饭店的剩菜剩饭给他装在桶里,让他带走喂猪。

曹天佑的日子美滋滋的,哼着小曲喂着猪。大家都看在眼里。

猪的日子也是美滋滋的。大家也都看见了。

心情好了厨艺就跟着好了,官兵都说这饭菜是越来越好吃了。

曹天佑就说,什么都有个适应过程,肉、菜、大米就没有高原反应了? 现在这些东西都缓过劲儿来了,好吃那是很自然的。

官兵们一听,这曹天佑不光饭菜做得好了,这理论也一套一套的,不简单啊。

刘鹏涛也想乘机发表一下意见,教育一下部下,他说,不是我说你们,在曹天佑面前,你们就是猪头三,人家给你们做饭、买菜,还要喂猪,还善于钻研。不光钻研高原煮饭的理论,还钻研高原的警民关系。你们看,现在那头猪吃的食物都是营区门口那个饭店提供的,你们就知道看,看人家小姑娘,一点门道都看不出来。光看有个屁用,要钻研。

这一钻研，把战士们都钻研乐了，乐得东倒西歪。

看来最近我们刘大队长没少钻研乔问筠，气色好得很，很精神。

马小超和孙浩宇用异样的眼光钻研曹天佑，把曹天佑钻研得体无完肤。

晚上，三个人又在猪舍旁喝上了。

曹天佑说，你们俩起什么哄，眼里都不冒好光。

马小超说，老实交代吧，钻研到什么程度了。

曹天佑说，别，别。你们就以小人之心度君子之腹吧。

孙浩宇说，我看你整天都像泡在蜜罐里一样，千万小心，别掉在苍蝇罐里。

曹天佑说，你们就是俗气，看不得别人舒服。

马小超说，你舒服我们看得惯，别乱啊。

曹天佑说，你们能看，我就不能看了。你们都停下来踏步集体看，就不允许我自然而然地看？这是什么世道？还有没有真理？

孙浩宇说，是公理。

曹天佑说，我就是想讨一个真理。

马小超说，真理是需要检验的。

曹天佑说，真理也是经得起检验的。看看吧，小轻越来越肥了，这就是证明。我要不去看看小姑娘，能有这个效果吗？

曹天佑理直气壮，气壮山河。把马小超和孙浩宇震住了。

马小超说，孙浩宇，看来大队长是对的。我们真需要钻研了。

孙浩宇说，我觉得小曹是能把握住自己的人。

曹天佑说，这就对了，喝吧。

马小超和孙浩宇异口同声地说，这要学习的东西也实在是太多了。

三个人的晚上也是美滋滋的。

小轻闻着他们的酒气，睡得美滋滋的。

其实，真正下功夫钻研的是黄小忠，他真的快走火入魔了。

自从做报告回来后，只要是关于琅琊的书和资料，他都要认真仔细地阅读,而且还做了很多笔记。

现在只要一说起琅琊来,无论什么地方,哪个方面,他都说得头头是道,滔滔不绝。

甄小宓说,黄干事,你都快成一个琅琊通了,干脆留这儿得了,这里需要你啊。

黄小忠说,留在这儿,以后谁给你照相啊!你要是想出写真了,找不着我别人放心吗?

甄小宓说,看你说的,我可以给你发邀请函啊。

黄小忠说,行,就这么定了。

甄小宓咯咯咯地笑了起来。

一和黄小忠干事聊天,她都非常开心。

甄小宓和貂雯楠说,黄小忠干事太有才华了,还写诗,那天我在他桌子上看到一首,感动死了。我觉得那是我目前读到的最好的诗。

貂雯楠笑了,说,哪天让我也欣赏欣赏。

甄小宓转移了话题,问,雯楠姐,从家里带过来吃的东西还有没有?

貂雯楠说,你妈给你带了那么多就吃完了?

甄小宓说,那不是送了一部分人嘛。

貂雯楠说,老实交代,是不是送给黄大干事了?

甄小宓不说话了,双颊泛红。

八十八

官兵们这两天事情很多,都在为八一建军节做准备。对于部队来说,这个节日是非常重要的,所以关智宸安排的活动也比较多。

袁修杰想的是,八一节一过,离8月8日越来越近,那天奥运会开幕。官兵们都很正常,袁修杰表面上波澜不惊,心里却想着事情。

开幕式后,部队是走还是留?他觉得留下来的可能性非常大。

走、留对于一支部队关系不是很大,可是,时间越长,官兵们家里的困难会越多。光靠打电话了解家里的困难,那是不准确的,那些淳朴善良的家长是不会把困难告诉部队的;一家一户去调查又不现实,因此困难重重就变成没有困难了。

作为领导,一级组织,有责任有义务为官兵们解决困难。

所以他得想办法,得想办法摸清官兵们家里的困难。

他没有好办法,只有叫来了刘鹏涛和关智宸。

刘鹏涛说了四个字:坚持克服。

袁修杰说,下策。

关智宸说,由总队派出干部分片区调查。

袁修杰说,最多算中策。

刘鹏涛说,分别发函给当地武装部和民政部门,让他们调查后综合评估。

袁修杰说,这才是个办法。

关智宸说,现在就落实?

袁修杰说,今天就把传真发回总队。

刘鹏涛和关智宸站起来说,是。

袁修杰这下心里相对踏实了,就叫来了曹天佑,问,还有米线没?

曹天佑说,还留着一小点。

袁修杰说,一小点是多少?

曹天佑说,够您吃三四次。

袁修杰盯着曹天佑说,谁教你这么做的?

曹天佑说,没人。

袁修杰拍了拍曹天佑的肩膀说,去,把米线全部煮了。

一会儿,曹天佑端来了四碗米线。

袁修杰说,送两碗给那两个姑娘,你一碗,我一碗。

曹天佑说,我不吃。

袁修杰说,吃吧,吃完这一碗,我们就等着回永昌吃米线了。

曹天佑照做了,米线吃得很干净,汤都没剩一点儿。

袁修杰说,知道你下步要干什么了吧?

曹天佑说,养好猪。

袁修杰说,你不是一般的聪明。去吧,按你的意思,把它养成大象。

一到八月,雨水渐少,周楷泽的两棵树也呈现出枯黄的迹象。但五班的战士们还是照样每天培土。

用周楷泽的话说,枯死的树也比骆驼大。那土就当是用来掩埋它们的,还可把垃圾场裸露的地方盖上。我们五班做事就要善始善终,它们本身就是垃圾,五班化垃圾为神奇,现在回归垃圾,没有什么可遗憾的了。

两棵树枯萎的速度比生长的速度快得多的多,两三天时间,就彻底瘫了下来,躺在垃圾场,五班战士用积攒的土把它们干干净净地掩盖了,在两个架子上挂上了欢庆八一建军节的标语。

这是军人的节日,是官兵们自己的节日,当然要热烈隆重。

篮球赛是长板坡参加单位最多、最重要的赛事,参赛队伍居然超过了三十支。

没想到刘鹏涛要亲自参加,并担任队长。

他们的服装也很抢眼,胸口印着一个大大的"援"字,号码数很小,裁判每次都要跑过来扯一下衣服才看得清。

刘鹏涛一上场,孙浩宇只能是皮蓬了,马小超也只能是罗德曼了。公牛队犀利的三角进攻效率在NBA排名第一,增援部队的三角进攻战术在长板坡也找不着对手。

孙浩宇真正知道了皮蓬和乔丹的差距。但他已不是以前的他了,他不知疲倦地奔跑,巧妙无私的传球让刘鹏涛得分如探囊取物。

决赛的时候袁修杰去了,他看到了刘鹏涛的全场表演。

给冠军队颁奖,袁修杰把奖杯递了刘鹏涛,因为在长板坡的庆祝八一建军节活动中,他的职务是最高的,篮球赛也是最让人关注的。

刘鹏涛伸出手来要和他握一下手,这是礼节。

袁修杰凑上去说,免了吧。你要是对我都藏着掖着,还是回原来的地方当你的参谋长吧。

刘鹏涛说,所以我才要全面展示我的才华。

貂雯楠虽然看不懂多少篮球,但她看到了刘鹏涛最后把奖杯递给了孙浩宇,还用拳头擂了孙浩宇的胸脯,这当然是对他的赞赏了。

貂雯楠觉得,孙浩宇开始成熟了。

黄小忠给他们照合影的时候,孙浩宇想把奖杯递给马小超,马小超冲他笑了笑,说,都一样。

孙浩宇也笑了笑,长长出了一口气。

增援部队庆祝八一的节目安排得很丰富,忙坏了总裁判长关智宸。

争议最多的是象棋比赛,实在争得不可开交了,关智宸就对对阵双方说,你们分别和我杀一盘,被我将死之前,谁走的棋步多算谁赢一盘。

有人还没走十步,就自杀了。这棋还怎么下,只能认输。

争议越来越多,大家都想和教导员杀一下,结果都铩羽而归。

不过很热闹,最后变成了全体官兵和关智宸交手。大家都围在桌子周围,有的支招,有的干脆自己动上了手,拿起棋就走,下棋的当然不干了,不是自己走的怎么能算?那就再拿回来重走,重走的结局也一样,还是输了。象棋的比赛规则变成了计算和关智宸对弈的棋步数,大家都没异议。

闻所未闻。

冠亚军产生了,名次都排出来了。

官兵们输了也很高兴。诸葛小亮只走了九步,大家都说他是臭棋篓子,瘾大技术差,诸葛小亮一点儿也不在乎,说,你们不懂,和高手下棋,必须是剑走偏锋,出其不意,这才叫博弈。

吕弘文说,你博得也太惨了吧!

诸葛小亮说,不要百步笑五十步。一样都是死,还不如痛快点呢。

这道理用得根本就牛头不对马嘴,反而把大家震得说不上话来了。

象棋比赛倒数第一名诸葛小亮以胜利者的姿势大摇大摆地走了,临走放出一句话来：没工夫和你们闲扯，去研究棋谱去喽。

大家气得不行，最后决定开除他的棋籍。

八十九

热闹而有意义的八一节一过，袁修杰就接到了加急的密码电报。

袁修杰早有这个心理准备。因为举世瞩目的奥运会就要开幕了。

电报要求：加强边防检查，加大边境一线管控力度，加强边境巡逻和设伏堵卡，确保奥运会开幕期间边境地区安全稳定。

等刘鹏涛在队列前安排完任务后，袁修杰发现这些官兵们的眼睛里开始放光了，那光是一名战士与生俱来的，一有风吹草动的时候，就自然出现的。他们等的就是这一刻。

常规的执勤巡逻他们能做到一丝不苟，但他们更期望的是惊心动魄。

曹天佑也在队列里站着，他很羡慕他们摩拳擦掌的样子，可惜他只能磨刀擦碗。

两天后的晚上，暴雨如注，袁修杰接到命令：据可靠情报，有三名重大嫌疑人已潜入长板坡，可能携带武器，不惜一切代价进行抓捕。

六个抓捕小组和友邻部队潜伏在长板坡的雨夜里。

凌晨，马小超的对讲机里传出了声音：第四组，嫌疑人向你处移动，伺机抓捕。

伺机当然是选择最好的机会。抓得着就是最好的机会。

马小超一挥手，孙浩宇一跃而起，膝盖撞向走在最前面的正猫腰观察情况的嫌疑人。马小超一个卡喉动作，中间那个已动弹不得。最后一名刚要做出反应，三名战士用身体狠狠地把他砸在地上。

雨还在下。

抓捕小组很快就消失了。

袁修杰看着战利品，非常满意，说了一句话，果真不是绵羊。

曹天佑早就把姜汤和方便面准备好了。貂雯楠和甄小宓也没休息,过来问,有没有人受伤?

马小超说,20秒就解决了,哪有人受伤?

赵致远浑身湿淋淋地说,奶奶的,算你们运气好。

其他官兵也说,狗日的,不从我们那里过。

刘鹏涛拧着衣服上的水说,你们要不爬在那里,他们就过了。一个人是撵不着兔子的。吃好喝好,赶快睡觉,不许感冒。

其实,还是有人受伤了,还是孙浩宇。

他那一膝盖力量太大了,直接把对方撞得晕了过去。

貂雯楠发现他走路的姿势很别扭,过去问他,是不是受伤了?

孙浩宇说,没事,估计是软组织挫伤。打篮球经常这样。

貂雯楠说,走,我给你处理一下。

孙浩宇说,不用了。让大家觉得我弱不禁风似的。

貂雯楠说,那受伤总得治啊。

孙浩宇说,真没多大事,就不要治了。

看着孙浩宇那哀求的眼神,貂雯楠不再勉强了,说,我给你点药自己擦,晚上记得用热水敷。

孙浩宇说,是。

貂雯楠知道心疼是什么滋味了。

她和甄小宓说,把人都顶晕了,你说那要多大的力量? 膝盖还能不受伤。

甄小宓说,雯楠姐,你怎么也变得婆婆妈妈了? 伤肯定是有一点,他们就是干这个的,不会有多大事儿。

貂雯楠说,受了伤来治那是天经地义的事,何况那是执行抓捕任务。会有人说他弱不禁风吗?

甄小宓笑了,说,肯定不会。但也肯定,他只要来治他的伤,哪怕是只贴了块跌打止痛膏,就会有人开他玩笑的。男人嘛,要的是自尊,何况他们这群男人。

貂雯楠说，为什么受伤的总是他。

甄小宓说，他要不受伤，你就不是这个样子了。

正说着，刘鹏涛和关智宸来到卫生室，后面还跟着孙浩宇。

刘鹏涛说，貂医生，给他看看吧。他走路的那个样子，谁看不出来。

貂雯楠迫不及待地说，我让他看，他不看。

刘鹏涛说，死要面子活受罪。

孙浩宇的膝盖已经肿得老高了。

貂雯楠心疼地一边摸一边问，疼不疼？

孙浩宇说，是有一点儿疼，但不是很疼。

甄小宓在一旁忍不住笑了。刘鹏涛说，青春痘又不是长在甄护士的脸上，所以甄护士不知道疼。

听了这话，甄小宓更是狂笑不已，貂雯楠也笑了，说，他说对了，就是软组织挫伤，休息几天就好了。

刘鹏涛说，那就好好休息吧。你的疼甄护士是感觉不到的。

貂雯楠的脸红了。

甄小宓刚才的笑还没收完，新一轮的笑又开始了。一笑接着一笑，笑得不成样子了。

刘鹏涛说，孙浩宇，没事我们就走了，你怎么办？

孙浩宇低着头说，我也走了。

甄小宓笑着笑着来了一个急刹，说，孙班长，你上次的上次就说不会再来我们卫生室了。你要不来就显得我们来这儿是吃干饭的。记得常来啊。

孙浩宇的脸红透了。

刘鹏涛和关智宸也被她逗得哈哈大笑起来。

其实孙浩宇的担心是多余的，甄小宓的肯定自然也就不成立了。周楷泽听说孙浩宇受伤了，还专门请假给他买了一大包吃的，并且说，我们抬着那个晕过去的家伙都觉得牛哄哄的，跟友邻部队一起执勤，他们说还没听到响动就不见人了。听着舒服啊。

孙浩宇说，你就吹吧。我真是太惭愧了。要是你们几个班长，不一定会受伤。

周楷泽说，不说这个了。孙浩宇，我以前也觉得你只是一个副班长的料，但来琅琊你进步真的很大。我的脾气你知道，否则我才舍不得给你买吃的呢。

孙浩宇说，我承认我有点进步。但还不能跟你们几位班长比。

周楷泽说，说个屁话。我们的差距没那么大，也就是一念之差距。

曹天佑抬着方便面、罐头还有酒进来了，进来就说，这都是请示过的。

周楷泽站起来说，不用解释了，不就是吃点喝点吗。

曹天佑说，周班长，你也吃点，这东西多着呢。他又从身后拿出一大包东西来，亮了一下说，这是貂医生让我买的，大家都来尝尝。

孙浩宇红着脸招呼班里的战士说，都来吃吧，我吃不了这么多。

一个房间住着四个班，大家一哄而上，包里的东西就没了。孙浩宇又把周楷泽带来那一包打开，说，还有呢。

曹天佑把方便面递给孙浩宇，打开罐头，说，周班长，搞一口。

周楷泽说，这东西还是给他吃吧。

曹天佑说，你吃点喝点，我有重要事情告诉你。

周楷泽吃了一口罐头，灌了几口酒。

曹天佑说，你再搞几口。

周楷泽就又搞了几口。

曹天佑把周楷泽拉到一边，悄悄地说，袁参谋长命令我把那头猪养成大象。

周楷泽盯着曹天佑足有半分钟，嘴里的罐头也不嚼了，说，水平啊。领导啊。不一般的领导啊。我再喝几口。

曹天佑高兴地说，你多喝几口。

周楷泽端起水壶猛灌了几口，把孙浩宇和房间里的战士看得目瞪口呆。

周楷泽不理他们，对曹天佑说，我顶你。

九十

执勤任务太重了,奥运会盛大的开幕式过了几天大家才看了重播。

官兵们看得心潮涌动,激情澎湃。尤其是看到出现在风中、水中、圆中、方中的"和"字时,张立轩说,这个玩意儿整得好。

刘鹏涛说,看来你挺有艺术细胞的?

张立轩说,我们还不是为了这个字来这儿的。

刘鹏涛说,你最近看来真学了不少东西。

曹天佑看到定格在空中的大脚印时兴奋了,心里想,要是长这么大脚印的人养出来的猪有多大呢?肯定比大象大多了。

官兵们是仁者见仁,智者见智,各有各的启发,各有各的见解。

所谓内行看门道,外行看热闹。官兵们既看出了门道,又很热闹。

甄小宓更是说出一句既雷人又经典的话来,她说,人多就是好玩,要是奥运会只有两个人比赛,那就没意思了,更没法看了。

这句话后,官兵们都无话可说了。他们也很想接甄小宓的茬儿,但接不着,简直是无解,无解导致了无语。无语也好,专心地看电视吧。

袁修杰对刘鹏涛说,我看最近就不要搞训练了,谁愿意冲楼梯自己冲,让弟兄们也看看奥运会吧。虽然奥运会离我们很远,但毕竟和我们有关系。

刘鹏涛说,这些狼不能放也不能养,吃完晚饭集体冲楼梯,练完体能再看。

等到比赛开始,看电视就有麻烦了,机动大队的官兵虽然喜欢动,可喜欢的项目不一样。一个电视那么多人,照顾谁呢?好在机动大队早有解决这个问题的先例,一大堆人用手心手背的方式先分成两组,再用剪刀石头布的游戏决胜负,谁赢了谁拿遥控器。

甄小宓觉得很好玩,也想参加,电视一打开,她就搬着凳子等着大家了。可直到奥运会结束,她也没拿过一回遥控器。

她和貂雯楠说,这帮家伙,表面上很憨厚,其实滴溜溜地滑。

貂雯楠说,人家在单位每天玩这个,是熟能生巧,怎么能说滑呢?

甄小宓说,看吧,说话都不站在我边了。我现在真成孤家寡人了。雯楠姐,我太伤心了。

貂雯楠说,我看你看得挺开心的。声音比谁都大。

奥运会是振奋人心,充满激情的体育竞技,官兵们看得热血沸腾,情不自禁地大喊大叫,有时叫的根本不在点子上,叫得还很难听,但没人在乎。

甄小宓说,我就想叫一叫,喊一喊,发泄一下,心里就舒畅多了。

说着说着,甄小宓真的伤心了,说,雯楠姐,我想家了。

貂雯楠过来搂着她说,快了,奥运会完了,我想我们也该回家了。

曹天佑没时间看比赛,自从袁修杰和他说了那句话后,他就只有一个想法,把这只猪喂成大象。

当然,那是很遥远的事,但他一定要看看能喂成什么样子。

曹天佑查过资料,我国辽宁一头猪重达900公斤,是迄今为止世界上最大的猪。这头猪于2004年2月5日死亡,已被制成标本保存在辽宁省农业展览馆。猪死时有2.5米长,腰围有2.23米,獠牙有14.4厘米。

现在最大的猪死了,那么小轻就有可能成为最大的猪了。

喂不成大象就喂成小象,小象还不是大象吗?

他就抱着一个收音机,和小轻一起听奥运。

其实听奥运才别有一番风味,可以天马行空任你想象,想象比赛的紧张刺激,想象运动员的动作和表情。

曹天佑一边听一边说,听,中国队又拿金牌了,太厉害了吧?作为中国人我很自豪,你呢,你生在中国,长在中国,我看也可以骄傲一下。

小轻哼了一下,表示回应。

曹天佑很满意。

有互动就说明沟通还可以。这事是件大事,如果它不同意长那么大,再努力也是白费劲。毕竟曹天佑照顾它这么长时间了,感情很牢固,现在的问题是说服它朝大象的方向长。

水滴石穿,绳锯木断,曹天佑有的是耐心和爱心,他信心十足,他相信他的信心也给了小轻信心。

于是曹天佑就想到了"心往一处想,劲往一处使"这句能证明团结就是力量的经典的十字箴言。

试想,一个边防战士和一头聪明的猪团结起来,那很多事情不就好办了。

想长大真的不是什么难事啊。

曹天佑越想越觉得他和小轻的前途光明,大不了就是小轻的鼻子比大象短点,不过,这世上哪有十全十美的事情。

心动不如行动,这是最重要的一点,曹天佑一下子就站起来,请了假到四川饭店喝茶去了。

对于他来说,喝茶就是加强警民关系,这是有定论的。看奥运那是捎带的事,自己拿着遥控板,想看举重就看举重,想看射箭就看射箭,还可以好几个台轮着看,也就是摁按键的频率稍快了点,不过没关系,小姑娘要么给他续水,要么坐在他旁边陪他一起看。

奥运真好看。

看饱了,看得心满意足了,小姑娘早就把剩菜剩饭准备好了。

等他给小轻提着一桶标志着警民情深的剩菜剩饭回来的时候,那帮人还在看一个上午都没有跑完的马拉松。赵致远拿着遥控板,正在大喊大叫,都看了三个小时了,再看一会,看看人家怎么跑的,我们跑个5公里还喘大气,丢不丢人?

好多人干脆不看了,赵致远不屑一顾地说,什么叫坚持就是胜利? 真没耐心。等他再一回头,就他一个人了。

一个人更要坚持,赵致远看得心安理得,因为遥控板在他手上。

曹天佑不操心那些事,唱着歌开始做午饭了。

九十一

残奥会距奥运会也就十多天时间,袁修杰把这十多天交给刘鹏涛了,他说,你把这十多天过渡好。

过渡好也就是过得好,刘鹏涛有办法让这帮家伙过得好。

过得好就要安全。他连楼梯都不让冲了,悬赏搞了两项比赛,他说得振振有词,你们都看了体操比赛了,跟人家国家队比起来,我们还不及人家万分之一。但是话又说回来,这样比较也不太合理。那我们就自己比,从最基础的开始,分别是引体向上和俯卧撑,以班为单位,每班出5个人组一个队,大队部刚好5个人,算一个队。冠军奖励1000元现金。

赵致远问,那亚军和季军呢?

刘鹏涛说,军人没有亚军和季军,只有冠军。

他接着说,比赛结束,要是还有哪个班认为发挥得不好,不服气,可以向冠军队挑战。我们大队部5个干部分别贡献出来200元当奖金。比赛规则是5个人4小时之内做的引体向上、俯卧撑的总和。怎么样?比铁人三项还有挑战性吧?

这不叫挑战,这简直是玩命。当然,还得动脑。

周楷泽的五班在这两项当中一向无人能及,但要二者兼顾,恐怕就很难了,所以周楷泽决定弃引体向上,确保俯卧撑夺冠。

孙浩宇的分析是五班肯定要保俯卧撑,那么一班就要全力以赴拼引体向上了。

其他班长都认为,这也就是个力气活,大家卖力就行了。

十班班长蒋小干想的是,这也就是个田忌赛马,第一轮我们输就是了,我们就是要在第二轮拼掉周楷泽的俯卧撑,把500元拿到手。

谁拿什么冠军对于刘鹏涛来说,都不重要,他算的是时间。

十个班加大队部共十一个队,每天只能比两个队,两项比赛完了就过去十一天。若有人向冠军队挑战,也不会超过两个队,正好十三天,那时残奥会开始了。

只要是部队比赛,哪个战士不是拼了命的?这是最基础的东西,再拼命最多也是个筋疲力尽,安全得很。

曹天佑天天看他们拼,每天也就那个样子,每个人也都差不多:全身瘫软,被抬着回去。

但他看明白了,想从这些家伙的牙缝里省点饭比登天还难。曹天佑看着他们拉单杠,眼看着就要掉下来了,还挣着拉了一个,又拉了一个,明明拉不上去了,还要用半天劲,直到一屁股坐了下来。曹天佑一边看,一边帮他们咬牙,一边帮他们使劲。

曹天佑彻底绝望了,要想省下粮食,除非他们绝食,而且必须是全部绝食。

只要有一部分人不绝食,他们就会把其他人的伙食干掉,直到一点不剩。

曹天佑看着他们流着汗,心里为他们加着油,虽然没喝酒,但喉咙里热辣辣的。

这才是火热的部队生活啊。

他很庆幸袁修杰同意他调机动大队了,这是他这一辈子最英明的决策了。把身上的力气拼完是个什么感觉,他还不知道。只要在机动大队,他就有机会知道。

结果没出什么意外,孙浩宇的一班引体向上第一名,周楷泽的五班俯卧撑第一名。

周楷泽很高兴,一边领那1000块钱,一边说,五班地位无人能撼,我们的基础很牢靠。

话音还没落,蒋小干说话了,十班挑战五班的俯卧撑。

周楷泽不屑一顾,说,蒋小干,你那点小把戏就别玩了。不就是5个人既做俯卧撑又做引体向上吗?剩下的那5个人我们也不放在眼里。

蒋小干说,周楷泽,你们吃肉,我们只要骨头。审时度势,量力而行,剩下的5个人在第一轮肯定干不过你们,但也差不了多少。现在是第二轮,你没有一点机会。

周楷泽说,我们已经休息了六七天了。

蒋小干说,干什么都要讲科学。你们班十个人的体力都已经严重透支,六七天是缓不过劲来的。科学绝不是一句空话。

科学两个字把周楷泽激火了,但再火也不行,人的肌肉运动是有极限的,靠意志可以坚持短暂的时间,但四个小时那可不是开玩笑的。

蒋小干笑吟吟地领走了500块钱。

蒋小干对再次瘫倒在地的周楷泽说,这叫田忌赛马,焉知非福。不把鸡蛋憋成结石,我是不会碰你这块石头的。

周楷泽头上全是汗,连说话的力气都没有了。

关智宸和刘鹏涛说了一句话,刘鹏涛问,还有没有哪个班挑战一班的引体向上?

问了三遍,没有应声。刘鹏涛说,大队部决定把这500元也奖励给十班。至于为什么奖,你们自己去想吧。

十班的战士兴奋得不知道东南西北了。

甄小宓说,雯楠姐,你看吧,他们还是有点滑的,所以还是要谨慎点。

貂雯楠笑了,说,这叫策略,不是滑。滑的是刘鹏涛,但也是形势所迫。

甄小宓噘着嘴说,你现在就是在变着法子理解他们。太嫉妒你了。

貂雯楠说,他们才让我们嫉妒啊。

九十二

袁修杰把总队发过来的官兵家庭困难情况报告放在了桌子上,让几名领导传阅。

困难不少,五丈原两名战士更是在最近痛失亲人。

袁修杰说,让他们回去不行,不让他们回去又不对。但他们居然都没说。

还有另外一份报告是五丈原发过来的。官兵们已经住了将近6个月的帐篷,报告称少数官兵出现了腰肌劳损、关节炎等病症。

司马辰逸说,我没什么办法。我想的只是这里马上从雨季转入冬季了,官兵们的御寒物资必须尽快到位。报告我已拟好了。

刘鹏涛说,我没辙。

关智宸说,按规定,野外执勤三个月就要换防,五丈原部队还超了三个月。尽管我们这边不能算野外执勤,但也有半年多时间。换防肯定是不行的。残奥会结束后,执勤任务就相对较轻了。我有个折中的办法,让困难较多的官兵轮流回家探家,人员比例可大一点,时间可短一点。

袁修杰说,行。通知五丈原,征求官兵意见,动员他们探亲。

张立轩说,这探亲还用动员吗?

刘鹏涛有点恨铁不成钢地敲打他说,你好好看着。

张立轩眼睛一眨一眨的,还是没搞明白。

早饭后,开了简短的军人大会,关智宸做了动员。会后,张立轩等着人来拿请假报告表。直到吃午饭,也没一个人找他,官兵们该干什么还在干什么。

张立轩渐渐明白了,这些人是不会请假的,动员也不会有多大作用。他心里有点嫉妒刘鹏涛了,这才叫"不抛弃,不放弃",他的机动大队什么时候才能变成我的机动大队?我的机动大队会是这样的吗?

除了嫉妒,就只剩佩服了。

两天过去了,没一个人找他。这个张立轩想到了,不会有人找他了。

袁修杰说,关智宸这个主意是个好主意。但没想到这些小子真他奶奶的硬气。

五丈原有两名战士关节炎比较严重,需要出去治疗,但并未要求回家探亲。

袁修杰问刘鹏涛,这边的人做做工作会不会有人回去?

刘鹏涛说,不会有。

袁修杰说,这种事也不能霸王硬上弓。还是应验你那四个字了。

刘鹏涛问，什么字？

袁修杰说，坚持、克服。

这时，营区里响起了一个夸张的声音：哈哈，我有孩子喽。

这是杨小修的声音。

杨小修兴奋地跑进前指办公室，激动地说，报告领导，我的孩子出生了，母女平安。谢谢各位领导的关心。谢谢！

袁修杰说，好，这是喜事。向你表示热烈祝贺。

司马辰逸说，这也是我们增援部队的喜事。支队安排的人还在照顾吧？

杨小修说，就住在我家，24小时照料。我妻子单位还专门给她请了保姆，说是要大力支持我的工作，不能让我有后顾之忧。

袁修杰说，真让人欣慰。司马部长，你代表部队表示祝贺一下吧？

司马辰逸说，我按领导的指示办。

司马辰逸很快就拿了一个红包过来，递给了袁修杰。

袁修杰说，这不一样的嘛。

司马辰逸说，你是领导，按规矩来。

袁修杰也不推辞了，拉过杨小修，把红包放在他的手里说，全体官兵都为你高兴，为他们母女高兴。同时也祝贺你荣升为父亲。

杨小修热泪盈眶，说，我只是想把这个好消息告诉你们。他看着手里的红包说，这个我不能要。

袁修杰说，这么多人替你高兴啊。你的女儿就是他们的大侄女。这是他的叔叔伯伯们的一点心意。他忽然又想起了什么，说，还有两个阿姨。

杨小修的眼泪掉了下来。刘鹏涛见此情景，说，都当爸爸的人了。去吧，打电话报喜去吧，告诉你所有的亲戚朋友。

杨小修擦了一把眼泪，立正，说，是。

袁修杰说，安排曹天佑加几个菜，为杨小修的女儿喝几杯。虽然事情很多，这也是我们的大事，是我们兄弟们的大事。

刘鹏涛说，是。

关智宸问，首长，那五丈原生病的两名战士呢？

袁修杰说，安排他们派一名家里比较困难的干部带队回永昌治疗，即刻启程。治好了就在永昌等我们回来。无论我们在这里待多长时间，都不能让他们提前归队，单独归队。

关智宸说，我明白。

袁修杰说，既然你们的兄弟们舍不得离开你们，就让他们看残奥会吧。那是我们最应该看的，尤其是当下。你们组织好就行了。不要什么事都让我操心，我倒觉得这个小家伙来得正是时候，所谓一喜解千忧，走，我们喝喜酒去。

九十三

让这群男人看残奥会就是最生动的政治教育。在永昌边防总队，他们声名远扬，每次执行重大任务都首当其冲。他们就是那么骄傲，总队每次比武，他们都会拿三个以上的单项第一，他们都会把团体第一捧在手中。他们付出了艰辛、汗水，甚至牺牲。但是，残奥会让这些人低下了骄傲的头颅。

他们一直觉得自己是多么坚强和强大，可以承受一切并摧毁一切，但一观看比赛，他们知道自己错了，大错特错了。

有的官兵看着比赛，热泪奔涌，悄悄地出去擦眼泪了。

有的官兵就在现场哭了，哭就哭了，流点泪还是一个男人。

他们一遍遍重温着精神的强健、生命的坚韧、人性的伟大，心灵最柔软处一次次被触动，或热泪盈眶，或心潮澎湃，或感慨万千。

但他们从未感到自己脆弱和藐小，奥运会让他们自豪，残奥会只会让他们更加执着。赛场上，每一位运动员的身体都有缺憾，但他们却让世界发出惊叹。我们身强体壮，不需要世界惊叹，只要自己不哀叹。

因此，看完比赛节目，他们都自觉地冲楼梯去了。

楼梯上早已有一个人了，是听比赛的曹天佑。

他的收音机摆在旁边,他双手抱头,慢腾腾地往上跳,有时一个台阶跳不上去,他就先迈上一只脚,再抬起另一只脚。

他的动作笨重而滑稽,不协调,很费劲。

困难重重,但他没有因此停止。

其他人身上还扛着一个人,速度不减,像是一马平川,快要到他身边的时候,他想让路,人家早已从他身边上去了。

别人扛着人冲了三个来回了,他还没到一半。

没人笑他,也不会有人笑他,反而是他们经过他身边的时候,会喘着气说,小曹,加油。有的战士说,小曹班长,坚持住。

曹天佑以前只想做一件事,就是把猪养成大象。现在他还想做一件事,就是成为机动大队的一员,和他们跑一下,比一下,哪怕是最后一名,但他上过场了。

上场就得入场券,他必须拿到入场券。

甄小宓一开始看着那胖乎乎的身体蹲下和没蹲一个样,上楼梯就是一步一挪,觉得太卡通了,笑得前俯后仰。看着看着,她笑不出声了,那个胖胖的身子越蹲越低,一步一挪变成了不标准的蛙跳。再后来,就变成了一只胖青蛙在跳。

曹天佑没有停止他的跳,他知道每跳一步,就离入场券更近了一步。别人不冲楼梯了,他还在跳。

甄小宓看着一只胖青蛙,不知疲倦地跳。

这比奥运会精彩多了,和残奥会一样令人感动,她看得泪流满面。

貂雯楠也看了,曹天佑一跳,就嗵的一声,震得她心里也是嘭的一声,她实在看不下去了,说了一句话,谁也不能小看这些人,他们每天都在跑着马拉松。

曹天佑还在跳,他的手里拿着收音机,他双手抱头,他的收音机就在他的头上。他一次跳两个台阶,速度均匀,节奏控制得很好。当他感觉到别人要经过的时候,他自觉而敏捷地跳到一边,给扛着人的战友让路。

曹天佑大汗淋漓，他躺在猪舍旁，喘着粗气说，小轻，机动大队哪有孬种？我虽不能像他们一样猱进鸷击，但我不能拖他们的后腿。

小轻好像没有听到他说的话，哼哼哼地直叫。曹天佑知道它饿了，强撑着站了起来，拍着小轻的脑袋说，别着急，你才是我现在最重要的。

小轻现在的食量很大，友邻部队和四川饭店的剩菜剩饭勉强够它吃。它吃不饱着急，曹天佑也跟着着急。

它饿极了会叫，听到曹天佑的声音，它叫得更急切了。但曹天佑不能叫。它用两只别人无法看到的眼睛看着曹天佑，嘴里哼哼叽叽地叫，它还会用舌头舔着已经干净的食盆，向曹天佑示威。

曹天佑想，猪聪明了也不好啊。

袁参谋长已经说了，要把这只猪养成大象。虽然不是公开说的，但军令不分公开不公开，首长说了就得按首长的命令办。

何况这个命令也是他曹天佑盼望的。

但养一只大象又不是闹着玩，即使在长板坡堆一个土象都难于上青天。

猪食在哪里？

正在曹天佑一筹莫展的时候，关智宸看不下去了，说，你找黄干事。

曹天佑一下子跳起来了，是啊，黄大干事给长板坡所有部队都讲过课，他们的剩菜剩饭加起来那就很多了。

曹天佑总觉得黄小忠干事和其他人不一样，在这支队伍里，再怎么说，他也是个文化人。

所以曹天佑和黄小忠干事说起这事的时候特别拘谨，黄小忠干事听了半天终于听明白了。

黄小忠干事说，你就是要驻长板坡部队的剩菜剩饭？

曹天佑说，是。

黄小忠干事说，你还说要把你的猪养成大象？

曹天佑说，是。

曹天佑担心黄小忠干事会笑他，黄小忠干事的表情却很严肃。他说，无论如何,我都支持你。把猪养成大象,这是一件大事。是我们部队的一件大事。

黄小忠干事把驻长板坡部队的剩菜剩饭都要来了,小轻怎么能吃得了这么多?

好就好在小轻是一头猪,它就不停地吃,想起来就吃,想不起来习惯性的也是吃。它就做一件事,吃。

以前曹天佑倒食的时候,它的眼睛会直直地盯着曹天佑,直到他倒得干干净净才开始吃,还会时不时地抬起头来看看他会不会再倒更多更好吃的给它,它怕自己不够吃。

现在好了,想吃多少就吃多少。

无论是谁,下定决心只做一件事情的时候,这件事一定会很像个样子的。

小轻就很像个样子,它在飞快地长。

每过一天,就离大象更近一步。

九十四

袁修杰希望他的判断是错误的。

残奥会结束快一个星期了,上级还没来通知,肯定是在定夺这支部队的去留问题。他的判断是,还得留下来。要决定撤回的话,命令早拟好了。

他的判断是正确的。

延期命令又来了。

这一次,上级首长还专门给他打了电话。首长说,小袁同志,你们的工作干得很出色,我和其他几位领导都知道你们驻地环境很艰苦,同志们很辛苦,根据目前形势和执勤任务需要,还需要你们再战斗两个月。有什么问题和任何需要,你可以直接向我和其他领导反映。

袁修杰站得笔直,说,请首长放心,保证完成任务。

时间明确了,袁修杰心里踏实了。他现在想着两个问题,一是要不要把明确的撤回时间向官兵宣布,万一再有特殊情况可就是覆水难收。命令上没有说明时间,是首长在电话里告诉他的,这说明首长还留有回旋余地。二是这地方直接从夏季进入寒冷的冬季,五丈原的官兵面临极大困难。

刘鹏涛和关智宸认为宣布撤回时间比较好,官兵们有个盼头,有利于工作开展。

张立轩说,万一再延长执勤时间,官兵情绪就会波动,怎么办?

刘鹏涛这次没有打击张立轩,只是说,我有办法。

司马辰逸说,其实,在五丈原,冬季要比夏季好过。我多要点御寒物资就行了。

袁修杰说,行。既然这两个问题都解决了,那就再坚持两个月。张立轩大队长,你来宣布命令?

张立轩站起来说,参谋长,我还不到火候,再学习一下。

命令当然是刘鹏涛宣布的。读完命令后,他说,我们前指研究过,综合各种情况,再次延长执勤时间完全在我们的意料之中。我们也做出了推断,最多两个月,部队就可撤回。

张立轩心里想,高明啊,又学了一招。

袁修杰以为队伍里会发出欢呼。但是没有,官兵们还是那样平静,好像他们都知道了一样。

刘鹏涛最后说,注意保密。

张立轩刚才还想,等刘鹏涛讲完了,他会站出来补充这四个字,很明显,刘鹏涛早已想到了。

张立轩太失望了。那四个字怎么也可显示一下自己的水平,从而可以借机树立一下威信,刘鹏涛连这个机会都没给他,太毒了。但他转念一想,能和刘鹏涛想到一起,虽然只有四个字,说明自己的进步还是明显的。以前,可是只能想到一个字,那就是汉语运用中频率最高的"的"字。

张立轩很快就从失望变成了高兴,还有点喜形于色。

他表情的变化没有逃过袁修杰的眼睛。

解散后，袁修杰问张立轩，张大队长，你一会儿表情凝重，一会儿又喜气洋洋，心理变化起伏不定啊。

张立轩说，参谋长真是明察秋毫。这也说明我在不停地思考问题，通过激烈的思想斗争，最后化悲观为乐观。

袁修杰说，很有进步。

得到袁修杰的表扬，张立轩更高兴了，迫不及待地给乔梦琪打了电话。

乔梦琪也为他高兴，但是乔梦琪警告他说，学习我是鼓励的，我也希望你能进步。你知道，我和我们家里人就是喜欢你的实在，不允许你学一些歪门邪道，改变了自己的本性。

张立轩说，是，是。政委批评得很及时。

张立轩一提成大队长，他就给乔梦琪提拔成"政委"，级别比他高了很多。乔梦琪当然高兴了，尤其是听到"部下"毕恭毕敬的应和，她在电话里开心地笑了起来。

张立轩又说，"政委"放心，我学的是策略，带部队的策略。

用策略带部队，那是能显示大智慧的大将风度，乔梦琪当然鼓励啦，自己的男朋友又老实，又上进，真是打着灯笼都难找啊。

于是，她就说了好多甜言蜜语。

张立轩听得心跳加速，浑身燥热，不知从哪里窜出一股无法控制的力量，就像火山快要爆发了。

一挂电话，他就冲楼梯了，速度很快，搞得曹天佑总是避让不及，两人撞了好几回。

张立轩一口气冲了三十个来回，衣衫湿透，他把汗水甩得到处乱飞，一边甩一边说，太舒服了。

好多战士莫名其妙地看着他。

马小超说，张大队长，是不是受到刺激了。

张立轩说，是。但是我不告诉你。

马小超说，恋爱中的男人更疯癫。

张立轩反正高兴着呢,懒得理他说的什么。

九十五

司马辰逸遗憾了很长时间了,他联系好了品种优良的猪仔,可乔问筠和乔梦琪不往这边飞了。因为没有直飞航线,中途还要转机,所以根本就运不过来。

他不是一般的失望,上次总队工作组领导来,他虽然喝高了,但他还记得他说的扩大养猪规模之类的话。军令状倒是没立,但他也是一级不算小的领导,向上级领导表了态又无法完成任务,以后领导还会信任自己吗?

所以司马辰逸又有了苦恼,就来找袁修杰。

袁修杰说,这还算个事啊?当时领导喝醉了,怎会记得?

司马辰逸说,一个男人说话也得算话啊。

袁修杰说,谁说你不算话了?这是条件不允许,是客观因素造成的。

司马辰逸听了稍微舒服了点,说,看来以后喝了酒不能乱拍胸膛了。

袁修杰笑着说,拍还是可以拍的,但不要拍成乳房。

司马辰逸说,我可没那水平。

袁修杰说,猪仔运不过来也好,两个月也喂不到什么程度。有那一头就足够了,看着就爽。

司马辰逸说,要是杀了怕够我们吃一个星期。

袁修杰说,你不要打它的主意。你不是说养猪提神吗?我也想看看曹天佑到底能把它养多大。

司马辰逸说,我只是说说而已。参谋长,你不是真要让曹天佑把它养成大象吧?

袁修杰说,养成大象不可能。你看看,它现在和一头成年的牛差不多了。告诉我,你看着是什么感觉?

司马辰逸说,不可思议,难以想象。

袁修杰说,当初你和曹天佑说养猪提神是要证明在高原上能养猪,我觉得你们简直是不可理喻,但后来证明你们是正确的,三只猪确实对艰苦条件下的工作生活中起到了一定的积极作用。现在让大家看着这只猪向大象的方向发展,对他们一定有一种无形的激励作用,让这只不断长大的猪陪着他们度过最后的两个月,那是一件很有意义的事情,甚至是一件很疯狂的事情。

司马辰逸说,参谋长,难得你这么理智的人,还会有这种冲动的激情。

袁修杰说,我也是受这帮小子感染。说实话,你当兵这么多年,在和平年代,有没有见过这么有生气的部队?

司马辰逸说,你当机动大队长时和他们差不多。

袁修杰说,少跟我来这套。我自愧不如。

司马辰逸说,确实,和他们在一起,我也觉得年轻了不少。我第一次来这么苦的地方,居然没觉得有多苦。后来想明白了,我是搞保障的,被保障的人都没觉得苦,我怎么会有苦呢。这也是我当兵这么多年来见到的唯一一支一日三餐把饭菜吃得干干净净的部队。太讲究了。

袁修杰说,这就对了。能带这样的部队,是我们的福气和运气,也给我们下一步加强机动部队建设提供了很多有益的借鉴。

司马辰逸说,归根到底,还是人的问题。刘鹏涛粗中有细,精明强干,关智宸大智若愚,思维敏捷。最关键的是,这两个人都很正直,这是一支部队良性发展的根本啊。

袁修杰说,司马部长,你说到点子上了。以前刘鹏涛赶走四任教导员,有些总队领导说他骄傲二气,唯我独尊,不予任用。可就没有想想教导员自身是不是有问题。我看刘鹏涛很有容人之量,不是小肚鸡肠之人。所以这一次我以前指党委名义力荐刘鹏涛。当然,这事没和你商量。

司马辰逸说,非常情况下必须采用非常之办法。我向上级要物资,还不是有几次打着前指党委的旗号。

袁修杰说,那我们扯平了。

司马辰逸这下彻底舒畅了,每个毛孔都很通透。和袁修杰这次谈得非常愉快,两个人不光交换了意见,也可算是交了心。至少直到目前,袁修杰对他的工作是满意的,对他个人的评价也没有偏颇,这就行了。司马辰逸有一点是非常自信的,他做的每一件事都是为大家考虑的。

所以,心情舒畅的司马部长特意去看了一下曹天佑的猪。

小轻感觉到有人来了,很明显不是曹天佑,它的鼻子哼了几下,头都懒得动一下。

司马辰逸看着小轻躺在那里,的确又肥又长,得赶快提醒曹天佑扩大猪舍了,还得加点挡风的板子,这里可正处在风口上。

正想着,就看见鲁伟诚、曹天佑和孙浩宇抬着几块木板从楼梯上下来了。

司马辰逸说,不错,想在我前面去了。但是,小曹同志,我提醒你,这次扩建的不是猪舍,是象舍。

鲁伟诚说,司马部长,我见过动物园里的象舍,那可是有二层楼高,至少也有500平米。

司马辰逸说,鲁伟诚同志,不要太死板太教条了,要因地制宜,符合客观实际。既能住得下它,又要保暖,当然,还要留有一小点活动空间。

曹天佑说,要是您哪天想起来又要杀它呢?

司马部长说,不会的。那两头猪虽然杀了,但都用在了刀刃上,对不对?这一头袁参谋长说了,不能杀。只要不杀,天天都是用在刀刃上。

曹天佑说,那它天天就在刀刃上跳舞。

司马辰逸说,说得好。能在刀刃上跳舞的猪就是不走寻常路的猪。只有不寻常的猪才能和我们走在一起。你们先扩建"象"舍吧,有什么困难我来解决。

曹天佑看着司马辰逸的背影说,司马部长今天太不寻常了。

九十六

甄小宓越来越想家了。残奥会过后,就是国庆,国庆后两天,就是中秋。

中秋节谁不想家。

但貂雯楠觉得甄小宓想家不是因为节日。节日只是一个由头。

她对黄小忠的意思大家都能看得出来,但是,就是黄小忠置身事外,对她不咸不淡的。

前两天,甄小宓说,黄干事,乘现在还有点景色,你帮我拍一组长板坡的照片吧。

黄小忠却说,我们是军人,怎么也得注意形象,巴掌大的长板坡,一个男军人给一个女军人拍照片,影响不好。

其实拍不拍不重要,主要是黄小忠的语气太生硬了。

甄小宓生气地说,你少用这种口气教训我。你以为我不知道军人形象吗?

结果搞得黄小忠干事一脸委屈,说,甄医生,我哪敢教训你啊?

甄小宓说,不要拿个破相机就以为自己了不起,我自己拿手机拍。

黄小忠干事没辙了,说,你能用手机拍,那还让我拍什么?

甄小宓憋了一肚子的气,从黄小忠的桌子上抓起自己的手机和书头也不回地回到宿舍。

她把黄小忠的诗也抓回来了,这首诗就是她最喜欢的那首:

昙花

不要怕错过花期
我一直在苦苦等待
倘若山崩地裂
我一定把握时机 舒展叶片
把自己开透
然后被埋入地层
在那一瞬变成化石

一百万年后

等你来了　我的样子

还像当初一样　娇嫩鲜艳

只需你轻轻看我一眼

我就会将自己打碎

每一枚花瓣落地　都会发出

清脆悦耳的声音

那是在反复咏叹：爱呀！

貂雯楠看了后说，多好的诗啊。是不是写给你的？

甄小宓委屈的眼泪都流出来了，我怎么知道？他又不说。

貂雯楠对甄小宓说，妹妹，你要表达，要争取，像孙浩宇一样。如果没争取到，也要像他们一样，骄傲地过好每一天。

甄小宓点点头，说，雯楠姐，我听你的。

黄小忠没有给甄小宓拍照，却给小轻拍了不少照片。

照片还登在了局域网上，有小轻躺着的、站着的、吃食的、闭目养神的、抬头望天的、低头沉思的样子，造型千姿百态，表情憨厚可爱。标题比照片还有冲击力，叫作"和你在一起"，标题的旁边，是乐哈哈的曹天佑。

甄小宓本来是要向黄小忠表白一切的，看到这则信息后，觉得自己在黄小忠眼里连头猪都不如，她说，什么乱七八糟的，这局域网再也不看了。

连续的生气让甄小宓的爱情之火迅速降温，她对貂雯楠说，雯楠姐，我看你是选对人了，这机关干部不光作风漂浮，心也漂浮，我看什么都漂浮。还是机动大队的人让人感到踏实。

貂雯楠知道这个时候劝她起不了任何作用，就说，妹妹，反正也快回家了，这个恋爱我们回家谈好不好？

甄小宓说，回家我也一定找个当兵的。

貂雯楠说，你说了算。

其实,黄小忠也很纠结,很矛盾,他又不是一个傻瓜,甄小宓对他的情义他一清二楚,只是装作不谙情事。

甄小宓是个漂亮的让人心动的姑娘,有很不错的家庭背景,多少人趋之若鹜,想进入她的视线,可她视而不见。在琅琊碰上了黄小忠后,黄小忠打动了她。

但是,黄小忠自从在琅琊做了半个月的报告后,当兵时的梦想又开始在他的脑海里萌发,尤其是看了很多关于琅琊的资料后,那个梦想像周楷泽的两棵树一样,肆意疯长,黄小忠根本无法控制。

所以他不能和甄小宓有什么,也不能伤害她,只能装傻。

好在时间不太长了,只要一回去,甄小宓会慢慢理解他的。

回家的日子越来越近,官兵们同女孩子通话的新奇劲也过去了,打电话的积极性不高了,成功的可能性也变得越来越小,但他们还是有收获的,至少脸皮比较厚了,没有以前害羞了。

乔问筠觉得自己很失败,介绍了那么多女孩子,只有张立轩和乔梦琪硕果仅存。

刘鹏涛安慰她说,这事不能勉强,缘分天注定。回去再说。

乔问筠说,你们要是都在永昌就好了。回来就得到边防,别说人家女孩子,我也有点受不了。

乔问筠有点伤感。

刘鹏涛在电话里的声音却很轻松,他说,说不定有惊喜呢,小心幸福砸到你的脚。

刘鹏涛明显话里有话。交往这么长时间了,乔问筠知道刘鹏涛从不说没有谱的话,她冰雪聪明,就没有再追问,而是说,你要舍得砸就砸吧。

刘鹏涛真被幸福砸着了。

他还想着兄弟们的幸福,机动支队成立不久,正是用人的时候,调二十人应该不成问题。不过,这有点釜底抽薪的意思,张立轩就不会很乐意了。

刘鹏涛把他的想法和关智宸说了,关智宸说,这对调动的人来说是好事,对张立轩也不是坏事,新老更替是自然规律,也是大势所趋。适当时候我和他谈谈。

九十七

中秋节到了,总队从永昌给官兵们寄来了火腿月饼,虽然不是很多,但解解馋还是可以的。

总队领导还在惦记着大家,官兵们很感动。

每逢佳节倍思亲。在电话里,官兵们告诉家里的亲人,在琅琊边防过了一个非常有意义的节日。

甄小宓接到的电话最多,因为中秋节后就是她的生日了。

她的心情还没有缓和过来,在电话里只能是强颜欢笑。

她心里想,今年这个生日注定是个没有蛋糕的生日了。

生日当天,她的手机里收到好多战友和朋友们的祝福信息,让她感到了些许安慰和温暖。这一天,她就是在阅读短信和回复短信当中度过的。她对貂雯楠说,这是一个特别的生日,她终生难忘。

她的话语中带着淡淡的忧伤,她反复用MP4播放着生日快乐歌。

貂雯楠听到了门外人声喧哗。

刘鹏涛在门外说,小宓同志,我们来祝寿来了。

甄小宓把门打开,看到的是鲜花,她的眼里全是鲜花。

没有玫瑰。但百十号人列队站在卫生室门口,每人手里都捧着一小把鲜花,这是今天执勤的战友专门采的,虽然这些鲜花被西北风吹得已经有些残缺,但这是真正的鲜花。

刘鹏涛说,没有蛋糕,没有也好,有了也不够吃。曹天佑为你做了长寿面,这个我们就不和你抢了。下面我们给你唱一首生日快乐歌。

刘鹏涛大手一挥,预备——唱!

大家张开大嘴唱了一遍。

甄小宓的眼泪在眼眶里挤得不行了。

刘鹏涛说，唱得不够好，男人唱歌要用丹田唱，要用力气唱。预备——唱！

这一次，战士们像拉歌一样，把个生日快乐歌吼得个四分五裂，那吼声裂锦断帛，穿过所有障碍物，直直地撞向两边的大山，两边的大山又相互反弹，于是，那吼声成了滚滚洪水，朝峡谷奔泻而去，直冲天际。

这根本就不是生日快乐歌的腔调，对战士们来说，腔调无关紧要。

此时，这世界上所有的声音都被这不靠谱的生日快乐歌压了下去。

这不靠谱的声音让甄小宓的眼泪滚滚而下。

貂雯楠不停地给甄小宓擦眼泪，擦着擦着，她的眼泪也下来了。

因为这声音实在是太不靠谱了。

她从未听过这么不靠谱的生日快乐歌。

有谱无谱都无所谓。貂雯楠觉得，这歌才是真正的歌，真正的歌就是该这么唱，这么吼，这么叫。

黄小忠居然也在队列里，他也铆足了劲儿在吼。

甄小宓捧着长寿面，眼泪还没有停下来。

她大口大口往嘴里填面条，直填得脸都变了形，眼泪还没有停下来。

她把一大碗面填完了，眼泪还没有停下来。

貂雯楠没想到，甄小宓那小小的身躯里会有那么多的泪水。

貂雯楠说，小宓，别哭了。

甄小宓索性抱住貂雯楠，大声哭了起来。

貂雯楠的眼泪重新下来了。

这个生日的确终生难忘。

第二天上午，曹天佑在四川饭店喝茶，小姑娘问他，大哥，你们那儿谁过生日？太热闹了。

曹天佑说，你听到了？

小姑娘说，长板坡所有的人都听到了。怕连国外的人都听到了。

曹天佑说，听到好。那个旋律本身就具有国际性。

他为他能说出这句话得意得不行,嘴巴咻溜咻溜的,把个茶喝得那叫一个响。

小姑娘说,你们好像唱什么歌都是一个旋律,声音太大了。

曹天佑说,声音不大怎么能有气势?要在战争年代,这歌声就能杀敌。至于旋律,沾点边就差不多了,哪能管得了那么多。

小姑娘咯咯咯地笑了起来,说,我就喜欢听你们唱歌,太带劲了。要是我过生日能听到昨天那样的歌,那简直幸福死了。

小姑娘的大眼睛大胆地盯着曹天佑,曹天佑赶快把目光挪开,匆匆回到营区,结果把剩菜剩饭给忘了。小姑娘又给他送到营区门口,等着他的还是热烈的眼神,曹天佑吓坏了,差点摔在楼梯上。

从此以后,曹天佑再也不敢到四川饭店喝茶了,剩菜剩饭也不要了,反正现在多的是,小轻吃也吃不完。

小姑娘以为他工作太忙了,没时间取,每天都要送到营区门口,哨兵用对讲机一喊,他只能硬着头皮上来,说一声谢谢,就像打了败仗一样,落荒而逃。

小姑娘望着他从楼梯上消失,怅然若失,满怀心思地走了回去。

九十八

第二阶段任务完成后,上级又给增援部队记功了。

马小超和孙浩宇因为抓捕嫌犯表现突出,分别立了二等功,其他还有十名官兵立了三等功,嘉奖的就更多了。

张立轩比立功的官兵们还高兴,他拍拍这个战士的肩膀,笑眯眯地说,不错,不错;他捶捶那个战士的胸脯,笑眯眯地说,再接再厉。他还想拍拍马小超的肩膀,看了一眼,觉得不太好拍,就放弃这个想法了。现在他是机动大队正儿八经的大队长,自己的部下立了功,那是为他争了光。

他得不失时机鼓励鼓励,很多领导都是这样做的。

这是他学来的。这一招确实很管用,他看到被他拍肩捶胸的战士有点受宠若惊的样子,很可爱。

张立轩的自我感觉就更良好了。自己以前也被领导拍着肩膀表扬过,心里真是春天般的温暖。他突然想起以前领导的手很有力量,一下子后悔自己刚才用的劲儿太小了。

下次一定得用劲。张立轩用左手狠狠地握了一下右手,提醒自己,要学习的东西实在是太多了。

虽然张立轩把学习挂在嘴边,但他不知道潜在的危机正向他袭来。

关智宸找张立轩谈话的时候,他还在比画怎样拍肩膀的动作。

关智宸说,你这是干什么呢?

张立轩挥动着手臂,说,活动活动。

关智宸说,小飞,你现在是大队长了,要有危机感啊。

张立轩睁大了眼睛,说,教导员,你不要吓我,有什么危机?

关智宸说,永昌机动支队刚刚成立,缺人手,我们一回去,会有多少人被抽调走?

张立轩说,那可以从别的机动大队抽调人啊。

关智宸说,你要是参谋长,你会抽调谁? 机动支队可是他的直属部队。

张立轩慌了,教导员,那我该怎么办呢?

关智宸说,从战士当中物色几个骨干多加培养,他们会给你撑起来的。

张立轩说,这要学习的东西怎么变得就这么快呢?

关智宸说,所以你也要快。我给你透露点消息,马上又有一批战士要晋职了,你可挑选几个,拟个名单。

张立轩快崩溃了,问关智宸,教导员,你说他们能行吗?

关智宸说,你说他们能行就能行,他们本来就能行。

小小的西北风越刮越有劲,张立轩觉得脊背都是凉的。这当正职和副职就是不一样,什么事都得想到,比当妈还难。

张立轩长长出了一口气,给自己鼓了一下劲,说,教导员,谢谢你提醒我。我就学着当一回妈吧。

关智宸说,只要你有决心带好这支部队,就没有什么能难住你。何况你当兵到现在一直都在机动大队。

张立轩说,教导员,你说得对。我不能给你和大队长丢脸。

关智宸说,不会的,现在正是你施展才能的机会。

张立轩给关智宸搬了一个小马扎说,教导员,你坐下慢慢说,得教兄弟几个绝招才行啊,我心虚得很。

关智宸说,你从刘鹏涛身上学到了什么?

张立轩说,义。讲义气。

关智宸说,你错了。刘鹏涛讲的不是义,而是情。

张立轩瞪大了眼睛。

关智宸说,他表面上大大咧咧,实际上心细如发。他对机动大队每一名官兵的情况了如指掌,看一下花名册就记下了甄小宓的生日,这一点连袁参谋长都很欣赏他。你我是做不到的。

张立轩干脆拿出小本子来做起了笔记。

关智宸说,不用这样吧?

张立轩说,你们不用,我得用。

关智宸说,记住这个"情"字你就什么都不用记了。

张立轩说,这个字大有文章。

关智宸说,有文章你就把文章做好。看看你的弟兄,他们朝气蓬勃,心地善良,怀揣着美丽的梦想,你得带领他们,帮他们实现梦想。

张立轩说,教导员,我明白了。他们的梦想就是我的梦想。

此时的曹天佑,正看着呼呼大睡的小轻,越来越觉得他的梦想很难实现了。

撤回的时间越来越近,虽然小轻越来越大,但离大象还差得远。

冰冻三尺非一日之寒,这是需要时间的,但留给他和小轻的时间不多了。

如果长板坡出现了一头象,出现了一头象一样的猪,那是什么概念?

而这头象一样的猪又是他喂出来的,雄赳赳气昂昂地站在增援部队的营区,那又是什么概念?

怕是这个世界也要被吓一跳的。

所以曹天佑希望的是执勤时间再延长,越长越好,直到他养出象一样的猪来。

曹天佑养的猪很多了,唯有这一次让他愁肠百结。

可这支部队除了他想延期,也就只剩孙浩宇了,大家都想回家。

九十九

其实不然,还有一个人,是黄小忠。

黄小忠做得更绝,直接申请留在琅琊边防总队。他不光通过各种关系找了上级领导,还把申请交给了袁修杰。

袁修杰暴跳如雷,指着黄小忠的鼻子骂,你这和背叛有什么区别?

黄小忠不说话。

袁修杰说,我把你带过来,你以为自己的翅膀就真硬了?

黄小忠还是不说话。

袁修杰说,你说,这里有什么好?

黄小忠还是一句话也不说。

他的申请里写得清清楚楚,他爱这里的天高地阔,爱这里的风起云涌,爱这里的雪山圣洁,爱这里的流水纯净。这里是男人待的地方。

袁修杰说,我把你们带到这里,就要一个都不少地把你们带回去。何况,你回到总队,我也会向领导汇报你的工作和在此次执勤中发挥的作用。

袁修杰说这话的意思黄小忠完全理解。回到总队,袁参谋长肯定会特别关照他的。

黄小忠说,我非常感谢您的厚爱。能跟随您到这里执勤,是我一生中最难得的经历,我会铭记在心的。做出这个决定我也很困难,但我决定了,您说过,男人不能优柔寡断。

袁修杰看着面前的黄小忠,8个月时间,那张略显稚嫩的脸上已沉淀了高原的颜色,磨出刚毅的棱角;而他的眼神已变得冷静和坚定,和总队机关那个成天挎着一个相机,跑来跑去嘻嘻哈哈的黄小忠完全不同。

袁修杰遗憾中带着一丝欣慰。

黄小忠接着说,我永远以我们的部队为荣,我是一名边防战士,无论我在哪里,都是您的部下,无论我在哪里,都不会给您丢脸。

袁修杰被打动了,也被说服了。他拍着黄小忠的肩膀说,好男儿志在四方,既然你决心已定,我再说什么就显得婆婆妈妈了。只是太便宜琅琊了。

很快,所有官兵都知道了这件事,没有一个不震惊的。

甄小宓更是惊得个目瞪口呆。

她问貂雯楠,雯楠姐,他不知道我对他的心意吗?

貂雯楠说,他心似明镜,怎会不知道?

甄小宓说,那就是他不喜欢我了?

貂雯楠说,不是这样的。他做报告回来,就和以前大不一样了。他是不能喜欢你。

甄小宓说,雯楠姐,我还能不能让他改变想法?

貂雯楠说,很难。不过你可以试试。

甄小宓出现在黄小忠面前的时候,他似乎早有预料。

甄小宓两眼含泪,楚楚可怜,她轻轻地问,黄小忠,你不能和我一同回去吗?

黄小忠说,对不起。我不能。这个地方就是我梦想开始的地方,它甚至让我疯狂。

甄小宓的眼泪像两条小溪一样流了出来,她说,我明白了。

黄小忠不说话了,他目送甄小宓慢慢走出他们的宿舍,那娇小的背影让人心疼。

其实黄小忠心里也挺难受的,他伤了一个女孩子的自尊心,他也不愿这样,可这事情谁能预料呢。

马小超看见黄小忠很郁闷,过去拍着他的肩膀说,黄干事,走,我陪你解解闷,消消烦心事。

曹天佑在猪舍旁看到黄小忠和马小超走了过来,赶快拿了两个小马扎。曹天佑对黄小忠说,黄干事,我太佩服你了。你太男人了。

马小超说,先整点东西再说。

曹天佑动作很麻利,很快就有吃有喝了。

马小超举起口缸说,黄干事,我敬你一杯。你太有勇气了,让我们自愧不如。

曹天佑说,黄干事,你对我和猪太好了,太关照了,我也敬你一杯。

三口酒下肚,黄小忠心里好过多了,话也多了,他说,其实我最佩服的是小曹师傅。谁敢把猪养成大象？只有他。关键是他说的不是空话,他就是这样做的。

曹天佑说,可惜时间不多了,这么大的猪又带不回去。

黄小忠说,小曹师傅,猪真的像你说的那样聪明吗？

曹天佑说,是真的。一个由生物学家组成的国际研究组公布了第一张猪的基因组草图。研究组组长之一,伊利诺伊大学的劳伦斯·斯库克说,虽然只是粗粗一瞥,"但是猪的基因组比得上人的基因组。在很多节,还保持着相似的完整性"。斯库克还说,猪的心脏和人的心脏差不多,牙齿也和我们的类似,"猪喜欢到处躺着,如果它们有这样的机会,我相信它们也会喜欢上抽烟喝酒看电视的"。

黄小忠说,小曹师傅,你简直就是我的偶像。

曹天佑有点不好意思了,说,猪是最好伺候的动物,它们只想一件事,把肚子填饱。

黄小忠越来越觉得眼前的这个厨师不简单,这话讲得太好了。有生活的人才有感悟,才能讲出听起来如此简单却富有哲理的话来。

黄小忠说,小曹师傅,我敬你一杯。

马小超说,养猪养到你这个份上,可算得上是很高的境界了。

三个人越喝越有兴致,黄小忠说,我给你们讲个猪的段子,也是说猪聪明的。

一群动物过江,至江心船开始进水,必须有一部分下水才行。

聪明的猴子想了一个主意,让各自讲一个笑话,若讲出的笑话不能让所有动物发笑,就要把讲的家伙扔下水。

于是开始抽签,结果是从猫第一个讲,然后是猴子、鸡……

猫费尽心思讲了一个笑话,结果所有的人都笑了,只有猪不笑。无奈动物们只得把猫扔下了水。

猴子的笑话更是让人笑得前仰后合,但是猪还是不笑,猴子也只得去喂鱼。

鸡害怕了,连聪明的猴子都难逃此劫……

孰料猪此时笑了,众动物怪曰:鸡还没讲,你笑什么?

猪曰:猫的笑话真好笑。

曹天佑也笑了。而且笑得很认真,连黄干事都称赞他养猪,支持他的观点,他当然很高兴。

黄小忠说,再讲一个比较经典的。

一男养一猪,烦,弃之。然其猪知家之归路,数弃未果。数日,男驾车弃猪,当晚致电其妻曰:猪归否?妻曰:归矣。男吼道:让它接电话,我迷路了!

这就是在夸猪的,曹天佑笑成一朵花了。要求黄小忠继续讲。

有一个养猪专业户,他养的猪是全国最好的猪。于是有一考察团前来考察,问他给猪吃了什么长得这么好。他乐呵呵地答道:就给他们吃些剩饭什么的,没啥。可是考察团的人说:我们是粮食保护基金会的,你这样浪费粮食,罚款一百块。第二天又有一考察团前来考察,同样问他给猪吃了什么长得这么好,鉴于上次的教训,他说:呵呵,也没啥,就是些不能吃的糠什么的,呵呵。可是考察团的人又说了:我们是动物保护协会的,你虐待动物,罚款一百块。第三天又来了一考察团,又是问给猪吃了啥,话还没落,他便再也耐不住了,大声吼的:我给它们一百块钱,它们想吃啥吃啥去。

黄小忠讲课得水平很高,讲段子就更不在话下了。何况又喝了不少酒,他刹不住车了，把他知道的关于猪的段子都讲了一遍，才尽兴而归。

九十八

孙浩宇是扳着手指头过日子的。日子一天一天被他扳走了。

当一个士兵要离开部队的时候，总是有一种失魂落魄的感觉。

孙浩宇感觉身上的力气被抽走了，老也提不起精神来。

马小超理解他的心情，没说什么。

倒是曹天佑说，好日子也得坚持，差日子也得坚持，只要坚持，这日子就过去了。孙浩宇，你不能这样，否则别人看不起你，貂医生更看不起你。

孙浩宇说，可我心里真的不好受。

曹天佑说，我知道。这么多天都过来了，再好好熬一下。这日子像猪食一样，只要用心熬，也能香喷喷的。你即使退伍，也要精精神神地走。

孙浩宇听了，觉得是这么个道理，说，行，你说得对，走就走吧。我得把军旅生涯的最后时光过得精彩一点。

谁也不知道，就曹天佑两句话让孙浩宇重新活过来了。

貂雯楠注意到了孙浩宇的难受，更看到了他的转变。

每天早晨，营区里起得最早的就是孙浩宇，他先把营区打扫干净，又把饭堂的桌子抹一遍，然后和大家一起出早操。

只要能找着的事情，他都做。

有时他也会看一会儿长板坡的黄昏，看上一会儿，他又陪着曹天佑冲楼梯了。

只要有事做，日子就是充实的。

碰到貂雯楠，他的目光不再躲躲闪闪了，而是主动迎了上去，还会主动送上一个自然的微笑。

迎接他的也是自然的微笑，那微笑中还有鼓励。

袁修杰也看到孙浩宇的表现了，说，是个不错的兵。

能当一个不错的兵,孙浩宇已经很满足了。

这时,却来了一个连袁修杰都想不到的通知,通知说,所有愿意留在部队的士官晋职,义务兵转士官。

那么,孙浩宇肯定是愿意继续留在部队。

曹天佑的两句话无疑帮助了他,部队是不会留一个颓废的兵的。

孙浩宇第一个交了留队申请。

义务兵吕小布等三名战士要求退伍,五丈原也有两名战士要求退伍。但是,他们一致要求推迟退伍时间,和大部队一起撤回。

袁修杰说,推迟退伍时间总队尚无先例,而且会影响档案移交、工作分配等工作,关系到战士们今后的切身利益。我建议由杨小修同志送他们回单位报到,然后杨小修可以直接休假。

前指几位领导都没有异议。

杨小修又不同意了,刘鹏涛连说话的机会都没给他,说,这是部队,由不得你,执行命令吧。

杨小修极不情愿地带领五位战士返回了永昌边防总队。临走,张小辽把这几个月积攒的5000元钱让他带了回去。

孙浩宇起得更早了,每天好像都有使不完的劲。

周楷泽和他开玩笑说,孙浩宇,你把事情都干了,我们只有吹西北风了。

孙浩宇说,不管什么风,只要吹着舒服就行。我现在干再多的活也觉得舒服。

周楷泽说,这话实在。回去后我俩还能干三四年,我也觉得是一件非常愉快的事。

和孙浩宇一样达到退伍或转业的战士还有七八个,他们都非常珍惜这次机会。离撤回的日子越来越近,他们干工作的劲头却是越来越足。

他们的行动感染了其他人。所以,整个部队一片热火朝天的景象。

袁修杰更轻松了,现在他在每天的情况报告上只签一个字:袁。

张立轩想来想去,绞尽脑汁,列了一个二十人的拟报班长、副班长名单,来和关智宸商量，问，人是不是有点多？

关智宸说，只要是你觉得需要，就不多。

张立轩说，那我心里可以踏实一点了。

黄小忠干事的心也逐渐踏实，他最近发现甄小宓脸上重新焕发了光彩。

甄小宓本身就是一个很阳光的女孩，虽然恋爱受挫，但她明白，强扭的瓜不甜。何况还有貂雯楠会开导她，她不是想不通的那种人。

不过有一件事情让她想了半天才想通，前两天家里打电话告诉她收到一张2000元的汇款，上面只留了一个名字：甄援。

其实，和她差不多时间收到汇款单的还有司马辰逸的家里，那是3000元，上面的名字是司马援。

九十九

曹天佑也没想到，小轻会长这么胖。它已不会走路了，在四五个战士的帮助下，勉强可以站起来，站个四五分钟，它又躺下了。平常它都懒得动一下，只有偶尔兴奋时甩一下尾巴。

它现在已超过小象了，两个月大的小象也没它重。

剩下的时间已经屈指可数了，曹天佑对小轻更是悉心照料，他现在只有一个想法，就是把小轻养得尽可能的大。

袁修杰来看过好几回，他说，这么巨大的猪他在部队没见过。他鼓励曹天佑说，小曹同志，你为我们这支部队创造了一个奇迹。

曹天佑说，参谋长，要不把它杀了吧？我看它活得也挺累的。

袁修杰说，不急，养着吧。只要它不想死，就让它好好活着。好死不如赖活嘛。

曹天佑听了很感动，立正，说，是。

驻长板坡的部队听说永昌的增援部队养了一头超级大肥猪，先是领导利用走访的机会来参观，参观后都觉得能在这个地方养猪已是先例，养那么大的猪简直令人难以置信,看了都不相信。

然后各个部队就分批组织人员来参观,他们也想通过参观,使官兵们受到教育。

教育的效果不知道怎么样,反正参观的官兵很兴奋,没有一个不说这是他们见到的最大的猪了,他们都觉得开了眼界,见了世面。好多官兵都给小轻照了相,有的还想和小轻合个影,但小轻已经站不起来了,猪舍的围栏又高,合影的难度太大了。

有的战士一边参观,一边叫,大肥猪,抬起头来。

曹天佑听了很反感,就一本正经地告诉大家说,它有名字,叫小轻。

有的战士不好意思了,说,我不知道它有名字。这个名字挺好听的。

后面的战士就叫,小轻,抬一下头嘛。

小轻很淡定,一般来说都不予理睬,它也不想理睬。它现在眨一下眼睛都很困难,那虽说在以前是一个简单又简单,轻松又轻松的动作,但现在不一样了,眨一下眼睛也要消耗能量,能不眨就不眨吧。抬头就更不可能了。

战士们知道它无法抬头了,他们只是想和它互动一下,看一下它有什么反应,也可体现人与动物和谐共处的美好愿望。

看完小轻,官兵们才知道小轻是曹天佑养的,都说,这就是猪王啊,真了不起。

第一次有了这么个头衔,曹天佑很不适应,说,我不是猪王,小轻才是猪王。

官兵们说,能养这么大的猪,你当然是猪王了。

曹天佑说,别,在部队哪有敢称王的?

一位排长说,三百六十行,行行可称王。部队有兵王,当然也可有猪王。

战士们也说,猪王你当之无愧。你就是我们的榜样。

这样一来,教育效果就有了。榜样的力量本身就是无穷的,在部队,榜样的力量更是不得了和了不得的,说战士们对榜样的敬仰之情犹如滔滔江水连绵不绝,是再客观不过的了。

于是，大家纷纷要求和猪王曹天佑合影，有的还拿出随身携带的笔记本请曹天佑签名。

曹天佑既有点受宠若惊，又有点鸭子被赶上架的感觉，还有点羞涩，他浑身冒汗，拿笔的手都在抖，他用求援的目光四外穷寻，马小超不接他的招，黄小忠和孙浩宇的目光都在鼓励他。而那些请他签名的战士们，目光明净，热情真诚，曹天佑只有硬着头皮签下了"与战友共勉"或者"互相学习，共同进步"之类的话，签字的战士们很满足，说，猪王太谦虚了。

曹天佑快虚脱了，他在想，以后要是再有机会看到自己今天写的字，肯定认不出写的是什么字。

不光部队，地方的领导也来看小轻了，他们还希望曹天佑能介绍一下养猪的经验，为长板坡乃至琅琊的经济建设做贡献。

袁修杰清楚曹天佑说不出个所以然来，就说，这方面，我们司马部长经验很丰富，很有心得，这猪是在他的指导下养的。

果然，司马部长很在行，讲起来头头是道，口若悬河，地方几个秘书说，部长，您说得慢一点，我们记不住。

司马部长讲得更快了。

晚上，曹天佑一个人对小轻说，不知道你在想什么，怎么想，但我觉得有这么多人看过你了，赞扬过你了，即使死，你也值了。

一〇〇

撤回命令终于来了。

袁修杰亲自宣布的命令。他把命令念完，故意顿了一顿，他期待的是队伍中山呼海啸般的欢呼雀跃。

没有。

连个兴奋的表情都看不出来，声音一点都没有。

这一次，这一天，袁修杰彻底被这支机动部队折服了。他觉得有必要向这些兄弟们说几句话了。

袁修杰后退了一步，身体站得笔直，说，同志们，从3月到11月，我们接到上级命令，部队紧急拉动，跋涉千山万水，克服重重困难，完成全部任务。在8个月的时间里，在8个月共同生活战斗的时间里，我时时刻刻在注视着每一名官兵，可以说，你们的一举一动都在我的视线范围之内。8个月的时间不算长，说实话，兄弟们，我喜欢你们这支部队。

队伍里爆发出潮水一样的掌声。

袁修杰接着说，我也带过兵，也执行过重大任务，但跟你们一起工作执勤，感觉真的不一样。也许我已经落伍了，也许我们存在代沟，但有一点是一样的，这也是最重要的一点，我们的责任是一样的。你们朝气蓬勃，意气风发，你们把苦日子过得有声有色，把小事情办得有板有眼，把大事情做得有章有节。你们的表现打动了我，也感染了我。现在，我们准备回家了，收尾工作对你们来说都是轻车熟路，我就不啰嗦了。我想告诉大家的是，这段时光令我难忘，你们令我难忘。

队伍里掌声又起，经久不息，大家都觉得这话听着带劲。原来袁参谋长也是有情有义的真汉子啊。

任务交接，物资移交，装备运输等工作要持续三四天时间。宣布命令一结束，官兵们都忙起来了。

曹天佑这两天更是忙。小轻彻底站不起来了，它无奈地躺在猪舍里，额头上肥厚的皱褶把它的眼睛遮得严严实实，曹天佑一天会有两次费力地帮它把皱褶扯开，让它看看这个世界，尽量不要忘记这个世界。关键是它现在闻到猪食的味道，也只能象征性地、费力地动几下脖子，脖子上的肌肉实在无法承担它那颗硕大的猪头，小轻自己已无法进食。曹天佑就一勺一勺地倒在它的嘴巴上，虽然浪费的比吃进去的多，但猪食还是足够吃。

曹天佑也不知道小轻究竟是何去何从。反正这个时候没人动小轻的主意了，只要袁修杰不发话，就喂到撤离的那一天，那一刻。

小姑娘还是坚持每天送猪食，她看到了部队在收拾东西，就问曹天佑，你们要走了？

这是最基本的军事机密，曹天佑当然不会说的。他说，冬天了，我们在改造营区。

小姑娘说，大哥，你好长时间没到我们饭店喝茶了，是不是我招待得不周到。

曹天佑这一次抬起了头，看着小姑娘说，你招呼得很周到，我真的没时间，这段时间太忙了。

小姑娘信以为真，说，大哥，你要多注意身体，我看你瘦了很多。

曹天佑说，我正在减肥，太胖了。

小姑娘高兴地笑了起来。

曹天佑发现，这个小姑娘真的很美，太美了。要是能留张照片就更美了。

等他走下楼梯的时候，黄小忠正在给甄小宓照照片，在长板坡不适合照，在营区是可以的。

甄小宓把营区的每一个角落都当作了景点，她想留住这美好也是难忘的记忆。黄小忠很配合她，又让她摆起了POSE，看得出来，甄小宓很高兴的。

等他们照得差不多了，曹天佑走过去说，黄干事，你给甄医生照完了，能不能给我照一张。

黄小忠很爽快，说，可以啊。

曹天佑想和小轻合个影，友邻部队的官兵没这个条件，他相信这难不倒黄大干事。

黄小忠给他照完后把图片放大拿给他看，他看见小轻躺着，他面朝小轻坐着，像两个老朋友一样在交流，在推心置腹说着知心的话。

曹天佑很满意，说，黄干事，谢谢你。

黄小忠理解他的心情，没说什么，只是拍了拍他的肩膀。

一切准备就绪，一切安排妥当，第二天就要出发了。晚上，曹天佑煮了一碗面送到袁修杰的面前。

袁修杰不说话，把面吃了个干干净净。

曹天佑站着不动。

袁修杰抹了抹嘴巴，认真地看着曹天佑说，小胖子，我知道你的意思，可我也不知道该怎么办。明天再说吧，明天肯定会给你一个交代的。

曹天佑没说什么，他对明天充满了期待。

一〇一

当晚，小小的西北风一下子大了起来，吹得房子都好像有点摇摇晃晃的。曹天佑很担心他的猪舍和小轻，起来看了好几次，没事，就睡着了。

他睡着后，风刮得更猛了，还下起了雪。

好多官兵都睡不着，因为天一亮，就要踏上回家的路了。

他们在想着回家后的许多情景，当然，有的情景是设想的，但设想的情景才是幸福的情景。

既然是幸福的，他们后来就像曹天佑一样，睡着了。因为这样的事他们经历得多了。

周楷泽从幸福的梦中醒来的时候，还没到起床时间。但他肯定是不准备再睡了，所以他第一个开始打扫营区的雪。

当他扫到曹天佑的猪舍旁边的时候，他呆住了：猪舍不见了，小轻不见了。只有雪，洁白的雪。

周楷泽很想探出头看看悬崖下边的情况，但他没有，作为一个经验丰富的班长，是不可能做出这样危险的动作的。

周楷泽呆呆地站在那里，一直等到起床的哨声响起。

曹天佑第一时间来到猪舍旁，他看到的只有周楷泽和雪。

然后官兵们都发现猪舍不见了，猪不见了。

孙浩宇怕曹天佑控制不住情绪，就站到了他的身旁。

曹天佑却说，这是小轻最好的归宿。说完，做早餐去了。

袁修杰也走过来看了看，摇了摇头。然后说，吃完早点，出发！

周楷泽打了一个激灵，赶快收拾背包去了。

黄小忠不放心，觉得曹天佑有点反常，好多官兵让他帮忙照雪景，他都没理，而是跑到厨房去了，他看着曹天佑正在专心地剁肉末，问了一句，小曹师傅，你没事吧？

曹天佑头也不回，手也不停，说，我能有什么事呢？

话虽这样说，可曹天佑还是会不由自主地想：小轻去哪儿了？怎么没说走就走了呢？想着想着，刀功了得的小曹厨师终于切了一回自己的手指头，血一下子就流出来了，沾在肉末上。

不知是由于要走的缘故，还是有了小曹厨师的鲜血，大家都说，长板坡的最后一顿早点，就像间筠乘务长来的那一顿，太精彩了。

大家吃得很开心，曹天佑的伤口也就慢慢不疼了，他站在楼顶上，望着长板坡铺满纯洁的雪，周围的山银装素裹，这里小是小了点，但是个美丽的地方。小轻的选择真是对的。

曹天佑放下心里最后一点难以割舍的东西，和大家高高兴兴地上路了。

来的时候，连目的地都不知道。这走的时候就不一样了，就两个字：回家。家就是目的地，是魂牵梦萦的地方，是闭着眼睛就能找到的地方。

回家当然不会迷路了，车辆也是最好的。大家坐在车里，轰轰隆隆地上山，轰轰隆隆地下山，舒服得很，享受得很。

甄小宓用手机不停地拍照，她不愿错过这一路美丽的风景。因为她不知道以后会不会再来这个让她刻骨铭心的地方。这个地方天高地阔，鹰击长空，确实是个好地方，是好多人向往的地方。

好多官兵没有看风景的雅致，他们都在兴奋地吹牛，把个牛吹得一塌糊涂，车里热闹得一塌糊涂。

貂雯楠静静地看着车窗外的雪山，内心却很不平静。

飞驰的车队翻过了一座又一座山。车外风卷残云，飞沙走石，车内谈天说地，欢声笑语。

马小超刚要准备吃干粮的时候，山阳县城就到了。

五丈原的兄弟们提前到达了,他们在一个兵站里列队迎接战友。

大家又是握手,又是拥抱,说说笑笑,互相讲着自己经历的故事。

华绍辉慢吞吞地走过来和貂雯楠、甄小宓握手,说,你们辛苦了。

貂雯楠和甄小宓发现华绍辉的头发白了很多,说,华组长,你在那边挺苦的吧?

华绍辉摸着自己的头发说,苦也不苦,就是水里的各种矿物质多了点。估计回去还能黑回去。

甄小宓笑着说,那赶快接个护发的广告。

华绍辉说,那不行,骗人的把戏我可干不来,还是好好当医生吧。

貂雯楠说,听说五丈原很苦。回去我们每天给你买纯净水喝。

华绍辉说,比你们苦不到哪里。看到你俩气色都很好,纯净水就算了吧。我一直担心你们受不了,还想象着你们有多憔悴呢。

甄小宓说,华组长,说实话,我们来这可是度了8个月的假。

华绍辉说,甄护士,你这种口气我好像在哪里听到过。

貂雯楠和甄小宓哈哈哈地笑了起来。

华绍辉说,小心一点,这是高原。

两个人笑得更厉害了。

<h2 style="text-align:center">一〇二</h2>

在兵站吃完饭,看到时间还早,袁修杰说,是不是我们直接赶到琅琊边防总队机关算了。

刘鹏涛说,安全要紧。

关智宸说,还是住一天吧,他们以后不知什么时候才能再来这里,让他们最后感受一下曾经战斗过的高原吧。

官兵们绝大多数都没有住过兵站,也就是这两个字刺激到他们的神经了,其实睡觉的地方就是一个大宿舍,但大多数人没睡多长时间。

他们有的是精神。

第二天坐在车上，照样神侃神聊。

一到总队机关，袁修杰带领前指成员向上级领导和兄弟部队领导详细汇报了8个月来的工作情况。

上级领导说，你们干得好，部队很过硬。

琅琊部队的领导说，我们从你们身上学到了不少东西。

袁修杰说，感谢上级给我们部队这次机会，感谢兄弟部队的大力支持。

上级领导问，袁参谋长，准备什么时候回去？可以让同志们在城里休整一下，四处看一看。

袁修杰说，谢谢首长，我们明天就回去，包机已联系好。

上级领导说，也好，同志们都归心似箭，他们出来得时间够长了。替我谢谢同志们。

袁修杰立正，说，是。

一上飞机，孙浩宇还和曹天佑坐在后面。只是乘务长不是乔问筠，乘务员当中也没有乔梦琪。

曹天佑说，真漂亮。

孙浩宇说，有四川饭店的小姑娘漂亮？

曹天佑说，风格不同。

漂亮的乘务长说话了，声音很甜美，她说，首先，我代表大鸟航空公司欢迎英雄回家。其次，我们竭尽全力为各位英雄服务。最后，间筠乘务长让我告诉大家，她就在飞机下面迎接你们。

孙浩宇说，我们什么时候成了英雄了？

周楷泽说，怕不是接我们吧？

大家都说，刘大队长，到底接谁呢？

刘鹏涛坐着不动，没理他们的起哄，脸上挂着幸福的微笑。

袁修杰问张立轩，张大队长，你的小乔呢？

张立轩说，她有任务。

袁修杰说，难怪情绪不高。

张立轩说，报告袁参谋长，没有情绪。我在想下一步机动大队的工作。

刘鹏涛不失时机地说，首长，我这里有个报告，调动名单。请您审批。

袁修杰说，你要招兵买马了？

刘鹏涛说，是。永昌机动支队刚刚组建，现在补兵退伍工作正在收尾，回去就可以下命令。

袁修杰说，多少人？

刘鹏涛说，不多。加上总队机关警卫总队一共31人。

袁修杰说扫了一眼，马小超、赵致远、孙浩宇、周楷泽等中坚骨干——在列，曹天佑也在调动名单之中，他盯着刘鹏涛问，给张立轩没留几个？

明显有责备的意思。

刘鹏涛说，是的。

袁修杰看着关智宸，关智宸正在看着他呢，眼里很平静。

袁修杰又问张立轩，张大队长，你有什么想法？

张立轩说，刘大队长和我交换过意见了，我没想法。

袁修杰用笔了敲了几下报告，签了一个字，调！

飞机穿云破雾，平稳地向前飞去。

貂雯楠向机舱的后面走去，她走到孙浩宇面前，递给他一个纸条，说，这是我家里和办公室的电话。

好多官兵都看到了这一幕，貂雯楠很平静地面对他们投来的目光。

孙浩宇激动坏了，大脑一下子缺氧了，想要站起来但被保险带勒住了，结果没站起来。

曹天佑问，你没事吧？

孙浩宇双手紧紧握着纸条，耳朵里只有空气的压力，没有声音。

刘鹏涛在机舱转了一圈后，坐在孙浩宇座位的扶手上，说，回去我给你放假，这事要趁热打铁。

刘鹏涛还有一句话没说，孙浩宇调永昌机动支队的命令回去就下了。

孙浩宇感觉到肩头上的那只大手很有力,很温暖。

永昌的阳光一直都是温暖的,大家终于可以接受它的抚摸了。

刘鹏涛一出机舱,就发现了站在总队欢迎队伍后面的乔问筠,因为她推了一个手推车,车上放着一个大纸箱,箱子里全是玫瑰,鲜红的玫瑰。

乔问筠也看见了刘鹏涛。

总队首长和官兵们一一握完手,准备登车,乔问筠推着手推车就站在车门口,刘鹏涛就站在她的身后,每一名官兵都接到她送的一束鲜艳的玫瑰花。

曹天佑接到玫瑰花后,没上车,说,问筠乘务长,我有礼物送你。

他从迷彩服里掏出一个用猪骨头做的项链,给问筠戴在脖子上。这是用小气和小淘气的骶骨做的。

八颗骶骨做成的项链被打磨得很光滑,乔问筠抚摸着项链,扑在刘鹏涛的怀里,失声痛哭。

张立轩也交给了乔问筠一样东西,是一封信。

乔梦琪临时有飞行任务,不能来机场迎接张立轩,他的确非常遗憾。留下了一封信给她,信是这样写的:

小乔:

我是很实在的人。

我讲的故事大多数是别人的,是我的战友们的。

一直以来,我都在刘鹏涛和关智宸的大树下乘凉,工作和生活没有任何压力,他们很优秀,是我的榜样。

现在机动大队交给了我,那么多人看着我,我得自己扛着干了。

干好了,我们就结婚;干不好,我不配和你结婚。

一〇三

车队从机场出发了,大家捧着玫瑰,新奇地望着外面,车窗外,高楼林立,车来车往,行人匆忙。原来这就是城市啊。

孙浩宇忽然看到一幢高楼面向机场公路的一侧，扯着一块巨大的红布，上面写着四个大字：欢迎回家。

一个字至少有五层楼高。大家都看见了。

刘鹏涛掏出望远镜，看到楼顶上是吕小布和四个退伍的战士，他们正在向车队挥手。

刘鹏涛把望远镜递给了袁修杰。

总队首长问，那是什么意思？

袁修杰说，报告首长，是退伍的那五个战士。

总队的首长们都向红布望了过去。

那块把楼的一面遮住的红布，太拉风了。

那么大的一块布，的确拉住不少风。

像帆。

那幢三十几层高高耸立的大楼，成了桅杆。

总队首长从座位上站了起来，向大楼的方向敬礼。

袁修杰站了起来，用对讲机喊，所有车辆注意，全体官兵目视三点钟方向，听我口令，起立——敬礼。

所有车辆内的官兵动作统一，起立，敬礼。

车队还在匀速前行，貂雯楠和甄小宓放在额际的手，久久没有放下。

在那幢高楼上，五个人很小很小。

他们一直在挥着手，一直在望着前行的车队。孙浩宇想，不知他们的工作找好了没有？

车厢内一点儿声音也没有。

貂雯楠和甄小宓一直站着，脸上挂满了晶莹的泪珠。

大风(代后记)

那天的风真大。

我觉得用"大"形容够准确，像"狂""暴""猛烈"等词都不妥。

在珠穆朗玛峰下的茫茫戈壁，我们十一辆车组成的车队被风困住了。

确切地说，是被大风困住了。

刹那间，风就塞满了戈壁。

就像一只气球涨到了极限，再加一点气就会爆了一样。

戈壁上的风也不能再多了，我觉得再多一点，就会把天撑高，把地压低。

当时的能见度几乎为零，我们的车队在大风中进退维艰，不得不停下来。

八风齐聚，从车的每一道缝隙钻进了车厢，在车内形成一个整体，挤占我们的空间，那种压迫感来自各个方向，让我们很不自在但又无能为力。

后面的风延绵不绝地撵着前面的风，推着前面的风，更多的风被风赶进了车厢。

风是有重量的，并且越来越重，我感觉自己要被压没了。

我只得闭上眼睛，调整自己的呼吸。

绝大多数战友和我一样的反应，在自然面前，在大风面前，我们的任何行动都起不了作用。

只有一个声音在风中左冲右突，那是对讲机传出的急促的声音。

车队在向指挥车报告位置、车辆、人员及遭遇的情况。

其实都是一个意思，原地待命，人员正常，周围什么也看不见。

在大风中，所有手机都没有信号，一部应急的卫星电话根本无法连接卫星。

也就是说，我们108人的部队在大风中失联了。

那天是2008年3月28日。

我们进藏的第二天。

拉萨发生"3·14"事件后，为了确保奥运圣火安全顺利登顶珠峰，我们部队作为增援部队，赴西藏边境一线执行边境防控任务。

之前，我们对困难做了足够的假设和想象，也做了充分的应对准备。

但没想到，一场大风就把我们困在了戈壁。

在地球最高的高原上，想象不到的事情多的是。

这只是个开始。

以后的考验接踵而来。

我们想尽一切办法应对暴雪、塌方、无水源、断电、无平地驻扎营地、通信困难等自然环境和工作环境的挑战，甚至解决了有一段时间面临食物短缺等保障的困难。

办法总比困难多。

再困难也没有那场大风困着难。

在西藏，我们当时执勤的确很苦，但除了我记在心上，别人都好像没心没肺似的，根本不把苦当回事。

我们执勤也简单，都是程式化的。因此，不执勤的人挤在一个很小的营区着急，一着急就找事干。

我只想表达一种简单的意思：战士就得有想法，有事干，哪怕这种想法和事情是幼稚的；哪怕他们本来就知道那是幼稚的。

他们大智若愚，内心纯洁。

于是我想写个小说，写写兄弟们的想法和事情。

小说的好处在于可以虚构,可写完之后,我竟分不清哪些内容是虚构的。

这是我的一个心愿,虽然出了一本诗集,但大多数人不看诗,那些曾经和我在一起的兄弟更是懒得看。

小说好看。看热闹也是可以的。

看着痛快。

我总得有一个交代,对自己,对兄弟。

要么,这件事总压在我心上,办不了其他的事。

现在轻松了。

和所有的兄弟一样,我怀念那八个月零一天的纯粹日子。

我怀念我们走出那场大风那种狼狈的情形:全体官兵都下了车,灰头土脸的,和戈壁完全是一个颜色。

一模一样的颜色!

我顿时明白了:这就是战士的本色。

范玉泉

2014 年 9 月 20 日